KB017018

에네껜 아이들

에네껜 아이들

개정증보판 1쇄 인쇄 2022년 6월 15일
개정증보판 1쇄 발행 2022년 6월 20일

지은이　문영숙
펴낸이　김형근
펴낸곳　서울셀렉션㈜
편집　지태진
디자인　이찬미, 김유정

등록　2003년 1월 28일(제1-3169호)
주소　서울시 종로구 삼청로 6 출판문화회관 지하 1층 (우-03062)
편집부　전화 02-734-9567 팩스 02-734-9562
영업부　전화 02-734-9565 팩스 02-734-9563
홈페이지　www.seoulselection.com

ⓒ 2022 문영숙
ISBN 979-11-89809-54-6　03810

에네껜 아이들

문영숙

차 례

인간 시장

힘 좋은 소를 고르는 우시장(소를 팔고 사는 시장) 같았다. 팔려 가는 것이 소가 아니고 조선 사람이라는 게 다를 뿐이었다. 농장 주인은 하얀 살결에 체격이 컸고, 마차를 모는 마부는 작달막한 키에 살갗은 마른 진흙 바닥처럼 반들반들해서 바늘로 찔러도 피 한 방울 나지 않을 것처럼 단단해 보였다.

무더위에 지쳐 파김치처럼 축 늘어진 조선 사람들은 불안과 설렘을 동시에 품고 일꾼들을 고르는 농장주의 지팡이 끝에 초조하게 눈을 맞췄다. 농장 주인은 무더위에 축 늘어진 조선 사람들의 모시 잠방이(가랑이가 무릎까지 내려오도록 짧게 만든 홑바지) 자락을 들추며 힘살이 울뚝불뚝한 근육질 사내들만 먼저 골라냈다.

하인처럼 보이는 젊은 남자는 농장주가 지팡이로 가리키는 남자들의 입을 벌려 입 안을 살폈다. 조선 사람들은 영문을 몰라 입을 벌리긴 했지만 하고 많은 중에 왜 이를 검사하는지 알 수가 없었다. 체격이 단단해 뵈는 사람이라도 키가 작

거나, 이가 빠졌거나, 어린 티가 나면 농장주의 눈에서 밀려났
다. 조선 사람들은 나중에야 치아 검사라는 걸 알아차렸다. 강
단이 세기로 소문난 덕배 아버지도 작은 키 때문에 밀려난 것
같았다.

두루마기에 갓을 쓴 양반들은 쨍쨍 내리쬐는 햇볕을 피할
수 없는 데다 무덥고 습한 더위에 땀을 줄줄 흘리면서도 '어
험! 으흠!' 마른기침으로 위엄을 차렸다. 그러나 농장주들은 양
반들의 눈빛과 행동을 보고는 일꾼으로 다루기엔 까다로운 존
재임을 먼저 알아차린 듯 그들을 제쳐 놓았다.

농장 주인은 직접 고른 일꾼들을 마차에 태운 후, 조선 사
람들의 머릿수에 따라 묵서가(멕시코) 화폐인 페소를 세어 안내
인에게 건넸다. 안내인은 페소를 세어 보고 농장 주인에게 따
지듯 실랑이를 했다. 그러나 농장주는 마부에게 빨리 떠나라
고 재촉했고 조선인들을 태운 마차는 급히 사라졌다.

조선에서 일포드호를 탄 1,033명 중 1,030명이 40여 일에
걸쳐 태평양을 건너와 유카탄반도까지 와서 며칠 동안을 천막
에서 대기하다가 그런 식으로 어저귀(에네껜, 용설란) 농장으로
팔려 나갔다.

맨 처음에 온 농장 주인은 여러 대의 마차를 끌고 와서 200
여 명의 조선인들을 골라 데려갔는데, 나중에 온 농장주들은

에네껜 아이들

점점 그 수가 줄어 몇십 명씩 데리고 갔다.

이제 남은 사람들은 서른 명도 채 되지 않았다. 덕배는 소녀를 훔쳐보며 속으로 중얼거렸다.

'제발 나와 같은 농장으로 가야 하는데…….'

안하무인 같은 소녀의 남동생이 못마땅하긴 했지만 덕배는 소녀와 헤어지지 않기를 마음속으로 간절하게 빌었다.

소녀의 가족은 여전히 양반네 거드름을 피우며 사람들과 섞이는 걸 싫어하는 눈치였다. 소녀네 하인인 한구는 맨 처음에 온 농장주가 데려간 터라 소녀 가족은 이제 맘대로 부릴 하인도 없었다.

덕배 눈에 낯이 익은 사람들은 전라도 사투리가 구수한 감초 아저씨 부부, 한양에서 군졸이었다는 김씨, 충청도에서 머슴을 살다 왔다는 박씨, 경상도에서 온 소리꾼 방씨 부부였다. 태평양을 건너오는 동안 거친 입담으로 무료함을 달래 주던 소리꾼 방씨가 투덜거렸다.

"보이소, 농장주들이 돈을 내고 조선 사람들을 사 가는 것 봤제요? 내 신세가 꼭 장마당 파장에 무녀리(한 태에 낳은 여러 마리 새끼 가운데 가장 먼저 나온 새끼로 좀 모자란다는 뜻)만 남은 돼지 새끼 같소."

소리꾼의 말이 떨어지자마자 서로 앞다투어 푸념을 늘어놓았다.

"글쎄올시다. 도대체 우린 어느 농장으로 가게 될지 눈이 빠질 지경이오."

"참말로 다시 조선으로 돌아갈 수도 없고, 깨구락지 헤엄으로 태평양을 건널 수도 없고, 함흥차사 기다리다 지쳐 이제 지레 죽겠소. 지상낙원이라더니 이러다 모두 이 더위에 쩌 죽는 건 아닌지 모르겠소."

"근디 뭐 땜시 이빨을 다 살핀다요? 부자 나라라서 끼니마다 고기반찬을 줄랑가?"

"아, 이빨이 오복 중 하나라고 안 혀요? 이빨로 복을 점치는 갑소."

남은 사람들은 그동안 어떻게 참았는지 모를 정도로 여름밤 무논(물이 고여 있는 논)의 개구리처럼 와글와글 시끄러웠다. 그러다가 어느 순간이 되니 서로가 경쟁자의 눈빛으로 자신의 몸집과 다른 사람들의 몸집을 곁눈질로 비교해 보기도 하고 어떤 사람은 손가락을 입에 넣고 자신의 이를 더듬기도 했다. 덕배도 불안해서 아버지에게 물었다.

"아버지, 우리를 데려갈 농장이 없으면 어떻게 해요?"

"그럴 리가 있갔네? 오늘은 너무 늦었고 이제 자고 나면 또 일꾼을 데리러 오갔디. 걱정 말라우. 여직까지 기다렸는데 며

에네껜 아이들

칠을 못 참갔네?"

덕배는 아버지의 가슴속에는 항상 묵직한 돌덩이가 딱 버티고 있어서 덕배가 불안해 할 때마다 흔들리지 않게 꾹꾹 눌러 준다는 생각을 했다.

해가 넘어가자 시원한 바람이 불어왔다. 남은 사람들은 시무룩한 얼굴로 짐 보따리들을 다시 챙겼다. 벌써 며칠째 아침에 눈을 뜨면 오늘은 농장에 갈 수 있겠지 기대하며 짐을 쌌는데, 또다시 짐을 풀어야 할까 말까 망설일 때였다. 말발굽 소리가 요란하게 들렸다.

"아이고, 또 마차가 오는구만이라! 이번에는 기어코 마차를 타야 할 텐디요."

감초댁이 가장 먼저 서둘렀다. 외톨이 소년이 덕배 뒤로 바짝 따라붙었다.

"나, 형 알아. 나도 형이랑 함께 갈래."

"나를 안다구?"

덕배는 외톨이 소년을 돌아보며 물었다.

"응, 형이랑 형 아버지가 풍랑을 만났을 때 사람들을 구해 줬잖아."

"그랬지. 그래서?"

"난 봉삼이라고 해. 나 형이랑 함께 갈 거야."

봉삼이가 덕배의 팔에 덥석 팔짱을 꼈다. 붙임성이 여간 좋은 게 아니었다. 마차가 급하게 멈추었다. 덕배 아버지가 덕배의 손을 잡아끌고 마차 쪽으로 다가섰다. 마차에서 내린 농장주가 손가락으로 덕배와 덕배 아버지를 가리켰다. 덕배는 아버지와 함께 얼른 마차에 올랐다. 봉삼이도 재빨리 올라탔다.

남은 사람들은 마차에 먼저 타려고 우르르 몰려들었다. 그때 옥당대감(옥당玉堂은 홍문관의 부제학副提學 이하 교리校理, 부교리, 수찬修撰, 부수찬 등 실무에 임하던 관원을 통틀어 가리키는 말)이 팔자걸음으로 안내인 앞으로 다가갔다.

"나는 일꾼으로 온 게 아니오. 이 나라의 관리를 만나게 해 주시오!"

옥당대감이 안내인에게 명령하듯 말했다.

"무슨 말을 하는 겁니까? 빨리 마차에 타시오."

안내인이 옥당대감의 등을 마차로 떠다밀었다.

"이보시오! 나는 일꾼으로 온 게 아니란 말이오!"

"말이 필요 없소! 빨리 타란 말이오! 시간이 없소."

안내인은 귀찮게 하지 말라는 듯 대꾸하며 사람 머릿수대로 농장주에게 돈을 받느라 정신이 없었다. 옥당대감이 안내인에게 다시 다그쳤다.

"이보시오! 이 나라 관리를 만나게 해 달란 말이오! 내 말을

에네껜 아이들

못 알아듣겠소?"

그러나 안내인은 들은 척도 하지 않았다. 안내인이 돈을 챙기자마자 마부가 말채찍을 내리쳤다. 마차가 덜커덕거리며 움직이기 시작했다. 남은 사람들이 한숨을 내쉬며 손을 흔들었다.

"다들 몸 건강히 잘 지내소. 조선으로 돌아갈 때 다시 만납시다."

"그래요. 잘들 가시오."

마차를 타고 떠나는 사람들과 열 명도 채 안 되게 남은 사람들이 서로 손을 흔들며 작별인사를 나누었다. 덕배는 구석에 앉아 있는 소녀를 살폈다. 이제 소녀와 같은 마차를 탄 이상 같은 농장으로 갈 것이고, 앞으로 4년 동안은 헤어질 일이 없을 거라 생각하니 그제야 안심이 되었다.

덕배를 포함한 1,030명의 조선 사람들은 일포드호를 타고 무려 한 달 반 동안 태평양을 건너 묵서가의 최남단 살리나크루스 항구에 도착했다. 배가 너무 커서 부두에 댈 수가 없어 작은 배로 갈아타고 항구에 내리기까지 또 하루를 배 안에서 기다렸다.

가랑잎 같은 거룻배가 온종일 큰 배에서 사람들을 육지로 실어 날랐다. 태평양을 건너오는 동안 조선 사람들은 하늘과 물이 맞닿은 망망대해에서 육지가 너무나도 그리웠지만, 묵서가 땅에 내리기도 전에 가마솥 열기 같은 뜨거운 바람에 숨이 턱턱 막혔다.

조선 사람들은 묵서가 땅에 발을 딛자마자, 푹푹 찌는 무더위에 숨이 막혔다. 눈 앞에 펼쳐진 풍경은 기름진 지상낙원과는 거리가 멀었다. 항구 뒤로 솟아 있는 황량한 언덕에는 이름 모를 잡목들이 띄엄띄엄 보였다. 덕배의 눈에는 지상낙원은커녕 거친 황무지로 보였다. 지상천국이라는 이야기를 들었건만 농작물이 자랄 만한 논도 밭도 보이지 않았다. 도대체 어디쯤에 신문광고에서 선전했던 지상낙원이 있다는 걸까?

선착장엔 건물 두 채가 우뚝 서 있었는데, 오수가 섞인 바닷물은 비릿하고 역한 냄새가 코를 찔렀다. 챙이 유난히 넓은 모자를 쓴 사람들이 구경꾼들처럼 조선 사람들을 신기한 듯 쳐다보았다.

항구에는 일포드호 말고는 큰 배가 없었고 작은 배들만 몇 척 보였다.

배에서 내리기만 하면 지상낙원이라 했으니 맛있는 음식과 편안한 잠자리가 기다리고 있으리라 기대했던 조선 사람들은 선착장이 내려다보이는 벌판에 세운 임시천막에서 하룻밤을 보냈다. 끼니때는 배에서 음식을 날라다 주었는데 배를 채우기엔 터무니없이 적었다.

이튿날, 안내인은 선착장에서 조금 떨어진 기차역으로 조선 사람들을 데려갔다. 육지에 내렸는데도 뱃멀미를 계속하는 사람들도 있었다. 피로와 허기와 불안감에 지친 조선 사람들은 피난민과 다름없었다.

한참을 걸어가니 기차역이 보였다. 한양에서 제물포까지 다니던 기차와는 딴판으로 네모난 칸이 죽 이어진 화물 운반차 같았다. 지붕도 없고 물건을 실어 나르는 네모난 상자 같은 기차였다. 다른 손님들은 없었다. 조선 사람들을 태우려고 마련한 임시 기차 같았다.

조선 사람들은 짐짝처럼 옹기종기 모여 앉아 한나절 가량을 달린 후 작은 역에 도착했다. 역에서 점심을 주는데, 역한 향신료 냄새 때문에 제대로 먹을 수가 없었다. 다시 기차에 올라 어두워질 때까지 계속 달렸다. 가도 가도 벼농사를 짓는 논은 보이지 않았다.

날이 어두워질 무렵 도착한 곳은 코아찰코알코스 항구라고 했다. 조선 사람들은 바다만 봐도 멀미가 날 지경이었는데 이곳에서 하룻밤을 자고 다음 날 다시 배를 타야 한다고 했다. 도대체 얼마를 더 가야 지상낙원 농장이 나타날까. 그나마 밤이 되면 서늘한 기운이 돌아서 낮 동안 무더위에 지친 조선인들은 밤이 더 좋았다.

이튿날 아침, 항구에 커다란 화물선이 나타났다. 안내인이 서둘러 조선 사람들을 배에 태웠다. 또 얼마나 더 가야 할까. 배는 육지를 옆구리에 끼고 계속 북쪽으로 올라갔다. 배에서 이틀 밤을 보낸 후 드디어 오후에 프로그레소 항구라는 곳에 도착했다. 바다 색깔이 지금까지 보던 파란색이 아니라 비췻빛에 가까운 아름다운 색이었다. 날씨는 점점 더 무더워져 숨쉬기도 어려웠다.

배에서 내리자마자 챙 넓은 모자를 쓴 나팔수들이 나팔을 불며 조선 사람들을 환영했다. 그제야 조선 사람들은 이제 다 왔구나 하는 안도의 숨을 내쉬며 사방을 살폈다. '지상낙원은 어디 있을까.' 그러나 그 순간도 잠시, 곧바로 여러 대의 기차가 나타났는데 지붕도 없는 화물차였다. 조선 사람들은 다시 화물차에 태워져 한나절 가까이 달렸다.

그렇게 도착한 곳이 유카탄반도의 중심지인 메리다라고 했다. 조선 사람들이 일을 하게 될 농장은 유카탄반도 곳곳에 있는 농장인데, 중심지 메리다에서 반경 20~30킬로쯤에 여러 개의 농장이 흩어져 있다고 했다.

프로그레소 항구를 벗어나자 처음 묵서가에 도착했을 때

보던 건조한 풍경과는 달랐다. 우뚝우뚝 장승처럼 솟은 선인장도 없었고, 길 양옆에는 울창한 숲이 원시림처럼 무성했다. 숲에는 나무들이 많았는데 나뭇잎에서 금세 물이 뚝뚝 떨어질 것처럼 습도가 높았다. 햇볕이 쨍쨍 내리쬐다가도 금세 소낙비가 내리기도 했다. 햇살이 너무나 뜨거워서 조선 사람들은 지상낙원이란 말이 점점 아득하게 느껴졌다.

조선 사람들을 마침내 내려놓은 곳은 넓은 공터였다. 그곳에서 보름 동안 기약 없는 천막생활을 하며 농장주들을 기다린 것이었다.

더위를 못 이겨 옷을 벗고 맨살을 드러낸 사람들은 불기둥같은 햇빛에 데어 살갗이 벌게졌다. 밤이면 등에 잡힌 물집이 화끈거려 바닥에 등을 댈 수도 없었다. 보름을 기다리는 동안 이곳 날씨에 조금씩 익숙해져 갔다. 피부는 더 단단해지고 웬만한 더위는 참을 만했다. 조선 사람들은 너 나 할 것 없이 금덩이가 굴러다닌다는 곳으로 하루라도 빨리 가서 농사를 지으며 기름진 쌀밥에 고깃국을 먹겠다는 꿈으로 하루하루를 버텨냈다.

덕배는 지겹던 기다림이 끝나고 드디어 농장으로 간다 생각하니 자기도 모르게 기운이 솟았다. 마차에 함께 탄 사람들은 모두 스물두 명. 이제 농장에 도착하면 열심히 일해서 돈을 벌 수 있다는 생각에 가슴이 벌렁거렸다. 안내인은 등불을 들고 있었는데 마차가 흔들릴 때마다 등불도 흔들려서 기괴한 그림자들이 땅바닥에서 춤을 췄다.

덕배 곁에 바짝 달라붙은 봉삼이가 귓속말로 물었다.

"옥당대감은 일하러 온 게 아니라며? 관리를 만난다고 하더니 이제 어떻게 되는 거야?"

봉삼이는 마치 친동생처럼 살갑게 굴었다. 봉삼이는 웃을 때마다 양 볼에 보조개가 옴폭 파여서 귀여웠다.

"그라고 봉께 이 마차에는 통역관이 없구만이라."

감초 아저씨가 마차에 탄 사람들을 둘러보며 불안하게 말했다.

"참말로 그러네요잉!"

맞장구치는 감초댁의 목소리에도 어두운 그림자가 배어 있었다. 스물두 명의 조선 사람들을 실은 마차는 캄캄한 길을 밤새 달렸다. 길 양쪽에는 숲이 우거져 더 캄캄했는데 가도 가도 길은 끝이 보이지 않았다. 마차 위에서 졸다 깨다를 반복하던 어느 순간 희뿌옇게 여명이 밝아 오기 시작했다.

덕배는 소녀부터 살폈다. 구석에 쓰개치마로 얼굴을 덮고 앉아 있는 소녀가 보였다. 마차가 덜컹거릴 때마다 소녀의 쓰

　　　　　　　　　　　　　　에네껜 아이들

개치마가 흔들렸고 그때마다 살짝살짝 소녀의 흰 얼굴이 드러났다. 핏기가 하나도 없어 보였다. 덕배는 문득 소녀의 모습이 이슬에 젖은 모시나비 날개 같다는 생각이 들었다. 땅에 내리면 금세 녹아 버리는 눈송이처럼 가냘픈 모습이 안쓰러웠다.

날이 완전히 밝자 후텁지근한 더위가 다시 시작되었다. 길가에는 사람이 들어갈 틈이 없을 만큼 나무들이 빽빽했다. 마차는 쉬지 않고 계속 달렸다. 드디어 해가 떠오르자 숨을 쉴 때마다 무더운 증기가 온몸을 가득 채우는 느낌이었다. 밤새 달려온 탓에 배도 고프고 어질어질했다.

마차가 속력을 서서히 줄였다. 멀리 있던 초록색 얼룩 같은 게 점점 가까이 다가와 드넓은 농장이 되었다.

"아버지, 저 앞에 보이는 넓은 곳이 우리가 일할 농장인가 봐요. 드디어 도착했나 봐요."

"오, 기렇구나. 드디어 다 왔는가 보다."

덕배 아버지의 말에 감초 아저씨가 마차에서 목을 길게 빼고 앞을 살폈다.

"저기 보이는 게 벼 아니랑가? 참말로 농장이 바다처럼 넓으요. 우리네 산골 다랭이 논(산지의 계곡이나 구릉지에 자연적으로 형성된 계단식의 작은 돌)과는 비교도 안 되는구만이라."

초록색 농장은 사람들에게 금세 생기를 돌게 하는 청량제 같았다.

"우리네 논밭은 저 농장에 비하면 코딱지만 하겠네. 저게 좀 보랑께요. 하늘 한복판 맹키로 넓당께라. 하이고 이제야 우리가 지상낙원에 왔구만이라."

감초댁의 목소리도 달떴다.

짙푸른 농장이 점점 가까워졌다. 그러나 검푸르던 색이 진초록으로 바뀌면서 왠지 불길한 느낌이 들기 시작했다. 멀리서 푸른 벼처럼 보이던 것은 억세고 커다란 가시나무였고, 생전 처음 보는 것이었다. 쭉쭉 뻗은 긴 잎들은 마치 기다란 칼날을 수십 개 꽂아놓은 것처럼 하늘을 향해 치솟아 있었다. 잎 끝에는 대바늘 같은 커다란 가시가 달렸는데 무척 날카롭게 보였다.

"아버지, 저게 풀이에요? 나무예요?"

덕배는 처음 보는 식물이었다.

"내래 처음 보는 거이다. 참 이상하게 생겼습메."

감초댁도 불안하게 중얼거렸다.

"오메! 무신 가시가 저래 많당가. 저 잎 가장자리에도 가시가 삐죽삐죽 나와 있구만이라. 설마 저 가시나무 밭에서 우리가 일하는 건 아니겠지라?"

벼농사를 짓는 줄 알았던 조선 사람들은 도착하자마자 기

　　　　　　　　　　　　　에네껜 아이들

뿜은 모두 사라지고 불길한 예감이 마음 가득 밀려들었다. 밭고랑 끝이 아득히 보이지 않을 정도로 광활한 농장에는 줄을 맞춰 심어 놓은 가시나무만 꽉 차 있었다. 쌀이나 보리, 밀 등 농사를 짓는 줄 알고 온 조선 사람들은 도대체 자신들이 무슨 일을 해야 하는지 짐작조차 할 수 없었다.

마차가 붉은 담이 길게 이어진 곳에 다다랐다. 바로 앞에 커다란 문이 있고 안쪽 건물은 굉장히 커 보였다. 조선의 기와집보다 몇 배나 더 큰 건물이었다. 마차가 안으로 들어서자 하인처럼 보이는 사람들이 달려 나와 말고삐를 받아 들었다. 농장 주인이 마차에서 내려 건물 안으로 들어갔다. 그제야 하인처럼 보이는 남자가 조선 사람들을 마차에서 내리라고 했다. 너무 오래 마차에 타고 있어서 엉덩이도 등도 어깨도 모두 아팠다. 각자 꾸려 온 보따리를 들고 마차에서 내리려 하는데 아까 그 하인이 그대로 있으라고 손짓했다. 농장주가 다시 나와 마부에게 뭔가를 지시하고 안으로 돌아가자 마부가 마차를 몰고 큰 건물 밖으로 나왔다.

조선 사람들은 큰 건물이 앞으로 자신들이 살 집인 줄 알고 좋아하다가 다시 건물 밖으로 나오니 도대체 영문을 알 수 없었다. 나중에야 그 건물이 농장주가 사는 저택임을 알았다. 마차가 도착한 곳은 저택에서 한참 떨어진 가시나무 농장 옆이었다. 작고 보잘것없는 돌담이 이어져 있고 허름한 돼지우리 같은 건물이 옹기종기 모여 있었다.

나뭇가지로 얼기설기 지붕을 이은 건물은 집도 아니고 외양 간도 아닌 움막이었다. 어떤 움막에는 옷도 걸치지 않은 아이 들이 우르르 몰려나와 마차 주위를 에워쌌다.

마부가 호루라기를 불자 아이들의 부모인 듯한 사람들이 나와 조선 사람들을 도와 짐을 내렸다.

"우리는 여기서 머무는가 보오."

움막과 움막 사이에는 돌로 쌓은 담장들이 경계를 이루고 있었다. 지붕은 넓은 나뭇잎으로 덮여 있고, 벽은 나무 기둥과 나뭇가지를 얼기설기 엮어 그 위에 진흙을 발라 놓았는데 구멍이 숭숭 뚫려 있었다. 바닥은 아무것도 깔려 있지 않은 맨흙이었다.

마부가 조선 사람들에게 마차에서 내리라고 했다. 움막에 사는 사람들이 조선 사람들의 짐을 들고 움막 안으로 들어가며 "파하! 파하!"라고 외쳤다.

"무슨 말인가? 이곳은 짐을 두는 창고인가 보오. 부자 나라 라는데 설마 이런 곳에서 살라 하지는 않겠지비?"

덕배 아버지가 움막으로 짐을 옮기며 말했다.

"그렇겠지라. 소가 자는 외양간도 푹신한 짚을 까는데, 설마

저런 맨땅에서 살라 하겄소잉?"

조선 사람들이 움막에 짐을 놓고 모두 밖으로 나오자 안내하던 사람이 손가락으로 움막을 가리키며 안으로 들어가라고 했다. 그들은 마부나 농장주와는 확연하게 키가 작고 옹골차게 생겼는데, 나중에야 마야 원주민이라는 걸 알게 되었다.

"형, 이 집을 '파하'라고 하나 봐."

봉삼이가 덕배에게 말했다.

"이보랑께요. 짐은 여기 놓지마는 우리가 살 집은 어디 있당가요? 사람이 살 집 말이오. 집!"

감초 아저씨가 물건을 내려놓고 마부에게 손짓, 발짓을 하며 물었다. 마부는 들었는지 못 들었는지 아무 대답도 없이 조선 사람들이 다 내리자마자 마차를 돌렸다. 감초 아저씨가 마부에게 또다시 다그쳤다.

"이보시오! 아니, 우릴 이대로 놔두고 가뿔면 어쩐다요?"

지켜보던 덕배 아버지가 마차 앞으로 가서 앞을 가로막고 소리쳤다.

"이대로 내팽개치면 어쩌자는 거요? 물은 어드메 있소? 어이? 물 말이요. 물 말임메. 마실 물이라도 줘야 하지 않슴메?"

마부가 덕배 아버지를 바라보며 어리둥절한 채 머뭇거렸다. 덕배 아버지가 손으로 물을 퍼 마시는 시늉을 했다. 그제야 마

부가 마야인에게 "세노테, 세노테!"하고 말했다. 그러자 마야
인 한 사람이 조그만 물통을 들고 따라오라고 손짓했다. 마차
는 금세 흙먼지를 일으키며 오던 길로 되돌아갔다.

"오늘 밤은 여기에 묵으라는 가 보오. 아이고, 허리, 등짝 안
아픈 곳이 없슴메. 덕배야, 우선 물을 떠 와야 하지비. 저 사람
을 날래 따라가 보자우."

덕배는 물통이 될 만한 그릇을 들고 봉삼이를 불렀다.

"갈수록 태산이랑께라. 이대로 내던져 불고 그냥 가 버리면
우린 어쩐다요? 저 헛간에서 돼지 새끼 맹키로 자빠져 자란
말인갑소."

감초 아저씨도 물그릇을 들고 투덜거리며 따라왔다.

우물은 움막에서 조금 떨어진 곳에 있었는데 늪지대처럼 물
기가 많고 길도 석회석이 많아 단단하게 다져져 미끄러웠다.
우물은 까마득하게 깊어 무서울 정도였다. 긴 줄로 간신히 물
을 길어 올려 갈증부터 풀고 그릇에 물을 길어 왔다. 마야인
들은 우물을 '세노테'라 했다. 각 농장마다 일꾼들이 사용하는
세노테가 있다고 했다.

덕배는 봉삼이와 함께 마야인이 사는 곳을 둘러보았다. 어
디선가 꿀꿀 돼지 소리가 들렸다.

덕배는 살금살금 돼지 소리가 나는 곳으로 가 보았다. 흙바

닥에 나뭇잎으로 엮은 자리가 깔려 있고 아이들이 벌거벗은 채 놀고 있었다. 돼지가 꿀꿀거리며 사람들 사이를 돌아다녔다. 이가 다 빠진 노인이 호기심이 가득한 눈길로 덕배를 바라보았다.

봉삼이가 덕배의 옆구리를 툭툭 치며 말했다.

"돼지랑 함께 사나 봐. 외양간도 이보다는 낫겠어, 형."

방은 칸막이도 없이 식구들이 함께 살고 있는 것으로 보였다. 게다가 돼지까지. 덕배는 기가 막혀 다리가 휘청거렸다. 어른들은 빈 움막으로 들어가 짐을 부리기 시작했다. 하지만 임시로 머물 곳이라 생각하고 짐 보따리에서 당장 필요한 물건들만 꺼냈다.

소녀네는 덕배네보다 더 안쪽에 있는 움막에 들어갔고, 그 옆 움막에 감초 아저씨네가 들어갔다.

덕배 아버지는 흙바닥에 앉을 자리를 마련하다가 봉삼이에게 말했다.

"봉삼이라고 했디? 너도 우리와 함께 지내야디. 네 짐도 날래 이리 가져오라우."

"아저씨, 저는 제 몸 하나예요. 헤헤."

봉삼이가 멋쩍게 웃으며 대답했다.

"시원한 목물이나 했으면 좋겠네. 푹푹 찌는 더위 땜시 숨이 턱턱 막힌당께요."

감초 아저씨가 손부채를 부치며 덕배네 움막을 기웃거렸다.

덕배 아버지도 손부채로 더위를 쫓으며 벽에 몸을 기댔다.

"도대체 어쩌라는 건지……. 이대로 우리를 내치고 가 버리니 참말로 답답하우다."

덕배도 너무 힘이 들어 아버지 곁에 누웠다. 몸이 바닥에 닿으니 금세 눈이 감겼다. 바로 그때 밖에서 왁자지껄하게 떠드는 여자들의 말소리가 들렸다.

"무슨 일이죠?"

덕배가 벌떡 일어나 밖으로 나왔다. 감초댁이 먼저 나와 있었다. 마야인 여자들이 호떡처럼 생긴 음식을 내밀었다.

"덕배야, 빨리들 나와서 저거 받으라고 해야겠다."

감초댁이 마야인에게서 받은 음식을 조금 떼어 입에 넣으며 말했다. 마야인 여자들이 감초댁에게 "또르띠야, 또르띠야"라고 말했다.

"강냉이(옥수수) 맛이 나네. 강냉이 가루로 만든 모양인디, 먹을 거를 준께 고맙구만이라."

감초댁이 마야인들에게 고맙다고 인사를 하고 다른 가족들을 부르러 갔다.

"형, 이걸 또르띠야라고 하나 봐. 또르띠야? 이름 참 요상하네. 얼른 먹어 봐야지."

봉삼이가 혀를 굴리며 마야인 여자들이 하던 말을 흉내 냈다. 지치고 허기진 배에 음식이 들어가자 졸음이 더 쏟아졌다. 바닥에 누워 잠이 들락 말락 할 때였다. 이번엔 밖에서 남자들의 말소리가 시끄럽게 들렸다.

"이번엔 또 무슨 일이지?"

덕배가 밖으로 나와 보니 마야인 남자들이 자루가 달린 칼을 들고 흔들며 말했다.

"마테체! 마테체!"

"저게 뭐야? 우리를 어쩌려는 거지?"

봉삼이가 화들짝 놀라 덕배 뒤로 몸을 숨겼다.

"우리를 쫓아내려나 봐. 저게 칼이야, 낫이야? 형, 어떻게 해? 아저씨, 무서워요."

겁에 질린 봉삼이의 말이 끝나자마자 덕배 아버지가 마야인 남자들에게 물었다.

"이보기요, 무슨 일임메?"

"마테체! 마테체! 마테체!"

마야인 남자들이 덕배 아버지에게 연장을 흔들어 대며 말했다. 덕배의 눈에는 마치 칼로 위협하는 것만 같았다.

"마테-체! 왜 칼을 들고 야단임메?"

덕배 아버지가 어리둥절해하자 맨 앞에 있던 마야인이 덕배 아버지에게 연장을 내밀었다.

"이거이 무엇임메? 주는 물건이니 받기는 하갔는데……."

"허긴 싸우자는 무기는 아닌갑소. 웃음서 건네는 걸 봉께."

감초 아저씨도 마야인이 내미는 연장을 받아 들었다. 마야인들이 그제야 고개를 끄덕이며 자기들이 사는 움막으로 돌아갔다. 마테체는 일을 하는 데 필요한 연장인 것 같았다. 풀이나 나무를 베는 낫과 비슷한 자루가 달렸는데 칼날은 둥그스름했다. 덕배는 봉삼이와 함께 조심스럽게 마테체를 움막 안 구석에 내려놓았다.

"칼도 아니고 낫도 아니고 칼날이 둥그렇게 생긴 연장은 처음 보갔네."

덕배 아버지가 마테체를 살피며 말했다. 덕배는 자리에 눕기 전에 소녀네 움막으로 눈길을 돌렸다. 안쪽이라 잘 보이지는 않았지만 몸도 약한 소녀가 울퉁불퉁한 땅바닥에 어떻게 누워 있을까 걱정이 되었다. 소녀네 가족은 마테체도 받지 않았다. 봉삼이는 눕자마자 코를 곯았다. 두 번이나 잠이 깬 덕배는 흙바닥에 어깨가 배겨 잠이 잘 오지 않았다. 조선을 떠난 지가 한 달 보름 정도밖에 되지 않았는데도 조선 땅에 있던 때가 까마득한 옛날 같고 자신이 여기에 있는 것도 잘 믿겨지

지 않았다. 고향 생각을 하면 다른 생각은 잘 안 나고 이상하
게도 제물포를 떠나던 날이 떠올랐다.

제물포에 부는 새바람

4월이라지만 제물포는 갯내 섞인 바람이 차가웠다. 작년 초에 터진 러일전쟁의 여파로 항구에는 일본군과 그들의 군장비가 눈에 많이 띄었다. 부서진 채 바닷물에 처박혀 있는 러시아 함대는 앞으로 이 나라에서 일본 사람들의 힘이 더욱 세질 것임을 말해 주는 것 같았다.

제물포에는 새로운 바람이 불고 있었다. 온갖 신문물이 조선으로 쏟아져 들어오는 제물포는 한양과 함께 조선의 중심지가 되고 있었다. 노량진에서 제물포까지 철도가 개통된 지도 벌써 5년이나 되었다. 점점 더 많은 일본인들이 한양과 인천을 분주히 오고 갔다. 하지만 덕배네는 돈이 없어 기차를 탈 수 없었다.

덕배는 아버지와 꼬박 이틀을 걸어 제물포에 도착했다. 제물포로 꾸역꾸역 모여드는 사람들은 덕배네처럼 조선을 떠나려는 사람들이었다. 대부분 평민들이었고, 여자보다 남자가 훨씬 많았다.

그들은 두 부류의 사람들로, 한 부류는 산천을 넘나들며 각설이타령에 피리를 불던 풍각쟁이부터 나무꾼, 농사꾼, 떠돌이 거지들까지 남루한 옷차림에 걸망을 짊어진 모습이 대부분이었다. 아낙들은 코흘리개 아이는 업고, 맨발의 아이들은 걸리고, 보따리를 머리에 이었다. 남자들은 지게에 솥단지와 이불보퉁이와 옷가지들을 짊어지고 있었는데, 패랭이나 갓을 썼고, 더러는 흰 무명천으로 머리를 질끈 동여맨 남자들도 있었다.

또 한 부류는 절대 허리를 굽히지 않는 양반들이었다. 하인에게 짐을 지운 양반들은 수염을 연신 쓰다듬으며 팔자걸음을 걸었는데 아무리 급해도 뛰는 법이 없었다. 남자아이들은 검은 댕기머리 위에 호건(아이들이 한복을 입을 때 쓰는 모자의 일종)을 쓰고, 여자아이들은 붉은 댕기머리 위에 꽃무늬 수를 놓은 아얌(겨울에 외출할 때 머리에 쓰는 쓰개)을 썼다. 부인들도 머리까지 쓰개치마를 써서 갓을 쓴 남자들처럼 모두 머리를 가렸다.

제물포 앞바다에는 한양의 숭례문보다 훨씬 커 보이는 배가 정박해 있었다. 사람들은 발음도 쉽지 않은 낯선 영국 말로 일포드호라고 했다. 덕배는 일포드호의 크기에 입이 딱 벌어졌다.

덕배는 아버지 심부름으로 마포나루에 여러 번 갔었다. 마포나루에는 충청도나 전라도에서 올라오는 배들이 많았다. 곡식과 생선, 젓갈들을 실은 황포돛배는 바람을 안은 모습이 제격이었다. 노들나루를 건너 주던 거룻배나, 또 고기잡이배도 많이 보았지만, 일포드호에 비하면 모두 가랑잎처럼 느껴질 정도였다. 일포드호는 그야말로 어마어마한 크기였다.

일포드호를 타기 위해 모여든 사람들은 제물포 갯벌에 마련한 임시 천막에서 지냈다. 덕배 아버지는 양반들과 상민들 자리의 중간쯤에 짐을 풀었다.

"덕배야, 니는 지금부터 새로 태어나는 거임메. 내 말 무스 그 말인지 알갔디?"

덕배 아버지는 덕배의 귀에 더께가 앉도록 같은 말을 이르고 또 일렀다.

덕배가 임시 천막에서 새우잠을 잔 지 열사흘째 되는 날, 먼바다 쪽을 향해 있던 일포드호 앞에 작은 배들이 오락가락하고 부둣가에 많은 사람들이 웅성거렸다.

"아버지? 작은 배들이 큰 배 쪽으로 움직이고 있어요!"

"암, 그래야디. 이제 떠날 때가 된 거임메."

덕배 아버지가 일포드호를 바라보며 벌떡 일어섰다. 백사장에서 기다리던 사람들이 웅성거렸다. 안내인들이 사람들을 향해 호루라기를 불었다. 사람들은 숫자가 적힌 승선표를 꺼내 들고 빨리 배에 오르려고 짐들을 챙겼다.

양반들은 배웅 나온 하인들과 마지막 인사를 나누느라 정신이 없었다. 덕배 아버지는 떠난다는 사실을 아무에게도 알리지 않았다. 혹시 알아보는 사람이 있을까 봐 일부러 양반들 틈에 낀 덕배 아버지는 패랭이를 더 깊게 눌러썼다.

그때였다. 허리가 굽은 노인이 눈시울을 붉히며 덕배 뒤에 서 있는 양반에게 말했다.

"대감마님, 안녕히 다녀오십시오. 마님이랑 애기씨, 그리고 도련님! 부디 건강하셔야 합니다."

그러자 덕배보다 어린 남자아이가 주머니에서 엽전을 꺼내 들고 노인에게 달려들어 안기며 말했다.

"할아범! 이거, 맛있는 거 사 먹어!"

노인이 아이를 껴안고 "도련님!" 하며 울음을 터뜨렸다. 아이가 노인의 품에서 빠져나오며 울먹이는 목소리로 말했다.

"할아범, 나 올 때까지 꼭 살아 있어야 해!"

"암요, 도련님, 도련님 돌아오실 때까정 지가 꼭 살아서 마중 나올 꺼구만요. 도련님, 꼭 돌아오셔야 합니다. 애기씨두요! 한구야, 대감마님 잘 모셔야 한다."

"네, 염려 마세요."

덕배보다 조금 큰 청년이 등에 짐을 메고 노인을 향해 머리를 숙였다.

"할아범, 흐흑, 흑……."

남자아이가 할아범을 부르며 울먹거리자 쓰개치마 사이로 볼그레한 복숭앗빛 얼굴을 살짝 드러낸 앳된 소녀도 "할아범!" 하며 흐느꼈다.

"대감마님, 안녕히 가세요. 흐흑!"

노인이 소맷부리로 눈물을 찍어냈다. 덕배는 짧은 순간 스친 소녀의 눈길에 가슴이 두근두근 뛰었다. 할아범이라 불리는 노인이 어린 아이에게 '도련님', '애기씨'라고 부르는 걸로 봐서 소녀의 가족은 지체 높은 양반임이 틀림없어 보였다. 한구라는 청년은 함께 가는 하인 같았다.

덕배는 소녀의 가족이 왜 하인까지 거느리고 이 배를 타는 것인지 무척 궁금했다. 일포드호에 타는 사람들은 일을 하러 가는 일꾼들이었다. 모두가 돈을 벌겠다고 낯선 나라로 가는데 아쉬울 것 없어 보이는 소녀의 가족은 무슨 사연이라도 있는 걸까. 덕배의 궁금증은 갈수록 커졌다.

"덕배야, 배에 오르디 않고 뭐 하간? 날래 올라가자우."

덕배 아버지가 소녀를 바라보느라 넋이 나간 덕배를 재촉했다. 덕배는 그제야 일포드호에 올랐다. 소녀의 가족들도 뒤따라 올랐다.

덕배는 일포드호에 오른 순간 애오개 저자 마당만큼이나

넓은 갑판을 보고 깜짝 놀랐다. 아무리 배가 크다 해도 이 정도일 줄은 몰랐다. 이렇게 큰 배가 바다에 떠 있다는 사실이 믿어지지 않았다.

드디어 며칠 후 배가 움직이기 시작했다. 배에 탄 사람들은 모두 뱃전에서 하얗게 갈라지는 세찬 물살을 보며 제물포를 향해 손을 흔들었다. 덕배는 아버지와 함께 갑판에 서서 점점 멀어지는 제물포를 바라보았다.

"덕배야, 잘 봐 두기다. 다시 볼 수 없는 조선의 모습임메. 느 그 어마이가 하늘에서 내려다보겠지비. 어마이한테 새 세상에 가서리 잘살게 해 달라고 빌어 보라우."

덕배는 아버지의 목소리가 바닷물에 푹 젖은 것처럼 축축하게 느껴졌다.

덕배는 기억조차 없는 어머니의 얼굴을 마음속으로 그려 보았다. 덕배는 열다섯 살이 된 지금까지도 여성의 따뜻함을 모르고 자랐다. 어머니는 덕배의 기억에 새겨지기도 전에 이미 세상을 떠나서 덕배는 늘 어머니란 존재에 대해 아련한 그리움을 안고 살았다. 덕배는 마음속으로 조용히 어머니를 불러 보았다.

'어머니, 묵서가에 가면 학교도 가고 새로운 삶을 살 수 있게 해 주세요. 아버지의 소원이고 저의 소원입니다. 어머니, 아

에네껜 아이들

버지와 저를 잘 보살펴 주세요.'

덕배의 가슴으로 어머니의 손길 같은 잔잔한 파도가 가득 가득 밀려들었다.

"아버지, 묵서가까지는 얼마나 걸려요?"

"한 달 보름쯤 걸린다고 하지비."

"한 달하고도 보름이나요?"

덕배 아버지의 얼굴 위로 햇빛에 반사된 물결이 일렁거리고 있었다. 배가 제물포를 뒤로하고 깊은 바다를 향해 나아가자 사람들은 하나둘씩 선실로 내려갔다. 덕배도 아버지와 함께 선실로 들어갔다. 서양 사람들이 통역관을 데리고 선실을 돌며 주의 사항을 말해 주었다. 덕배는 서양 사람들이 낯설었다. 애오개에서 어쩌다 서양 사람들을 본 적이 있지만 일포드호에 있는 이들은 더 우락부락하고 험상궂게 보였다. 조선에서는 서양 사람들을 '양이' 하고 부르기도 하고 코가 크다고 '코쟁이' 라고도 불렀다.

선실 안은 빛이 들어오지 않아 어두컴컴하고 퀴퀴한 냄새가 났다. 사람들은 저마다 좋은 자리에 짐들을 부리고 앉을 자리를 잡느라 야단이었다.

갓을 쓴 사람들은 옷차림이나, 느릿느릿한 행동들로 금세 양반이라는 표가 났다. 일포드호를 타면서 노인과 이별하던 소녀 가족도 양반들 틈에 섞여 있었다. 소녀 가족은 자리를 잡을 생각도 하지 않고 엉거주춤 서서 두리번거렸다. 소녀의 어머니가 얼굴을 찡그리며 말했다.

"대감, 우리 거처를 따로 마련해 달라 하세요. 조선의 법도에 남녀가 유별하고 반상(양반과 상사람)이 다른 법인데 이렇게 지낼 수는 없는 노릇 아닙니까?"

그러자 소녀의 아버지가 한구라는 청년에게 뭐라 일렀다. 한구가 문 쪽을 향해 선원을 불렀다. 걸음걸이가 거만하게 보이는 통역관이 다가와 부리부리한 눈으로 무슨 일이냐고 물었다.

"우리 대감마님 거처는 따로 마련해 주세요. 우리 대감마님은 이런 누추한 곳에 계실 분이 아닙니다."

선실 안이 갑자기 술렁거렸다. 갓을 쓴 양반들이 고개를 끄덕이며 긴 수염을 쓰다듬었다.

"암, 그렇고말고. 양반과 상민이 한방에 머물 수는 없소."

"당연한 말씀이오. 어서 우리가 거처할 곳으로 안내하시오."

갓을 쓴 사람들이 모두 들고 일어나자 통역관이 서양 선원에게 다가가 한참 동안 속삭였다. 서양 선원이 갑자기 선실 안을 주욱 훑으며 "우하하핫" 너털웃음을 터뜨렸다.

그러자 통역관이 모두 잘 들어 두라는 듯 큰 소리로 말했다.

에네껜 아이들

"이 배에 탄 사람들은 모두 일꾼들이오. 이 배는 조선의 안 방이 아니란 말이오! 그러니 따로 지낼 생각은 꿈도 꾸지 마시 오. 알겠소? 당신들은 모두 일꾼이란 말이오."

통역관의 말이 끝나자마자 한구가 벌떡 일어나 통역관에게 대들었다.

"이보시오, 말이 지나치지 않소. 일꾼이라니요? 감히 우리 옥당대감마님한테 일꾼이라니요?"

"하하하핫, 이 사람이 뭘 몰라도 한참 모르는군. 이 배에 탄 사람은 모두 묵서가 나라의 농장으로 일하러 가는 일꾼들이 오. 양반 타령은 조선에서나 실컷 하시오. 묵서가에 가서는 남 자든, 여자든, 양반이든, 상민이든 모두 똑같은 일꾼이란 말이 오. 내 말 알아듣겠소?"

"아, 아니 저, 저런!"

갓을 쓴 양반들이 놀라서 입을 딱 벌린 채 눈을 치떴다.

덕배는 소녀의 아버지 얼굴이 심하게 떨리는 것을 보았다. 소녀가 겁에 질린 채 동생의 어깨를 감싸 안았다.

덕배는 답답했던 가슴이 뻥 뚫리는 기분이었다. 양반 앞이 라면 머리도 못 들고 벌벌 떨었는데 통역관은 보기 좋게 호통 까지 친 것이다. 이 배 안은 확실히 별천지였다. 그 후부터 다 른 양반들도 눈빛이 불안하게 흔들렸다. 덕배 아버지가 기다렸다는 듯 입을 열었다.

"이보기요, 우리가 가는 묵서가란 나라도 양반, 상놈 구별이 없다고 들었슴메. 우리 같은 사람들에게는 천국이 아니고 뭐겠슴둥? 지체 높으신 양반 나리가 무스그 일로 묵서가까지 가는지 모르지만 배를 잘못 탄 거 같슴메. 아니 그럼메?"

덕배는 양반들의 눈치가 보여 조마조마했다. 그때였다. 갓을 쓴 사람이 덕배 아버지를 노려보며 소리쳤다.

"네 이놈! 어느 앞이라고 감히 함부로 입을 놀리는 게냐?"

덕배는 그 사람이 당장이라도 아버지에게 달려들어 곤장이라도 치지 않을까 겁이 났다. 덕배 아버지가 양반을 노려보았다. 그 순간 덕배 아버지의 얼굴에서 칼자국 흉터가 꿈틀거렸다. 덕배 아버지가 단단히 화가 났다는 증거였다. 덕배 아버지가 벌떡 일어나 양반에게 다가갔다.

"이보기요, 양반 나리. 내는 양반들 꼴 보기 싫어서리 이 배를 탔슴메. 이 배는 바다 한가운데 떠 있수다래. 그러니 내래 어찌 양반이라도 무서워하겠슴둥? 이제부터는 당신이나 나나 하늘에 머리를 두고 사는 똑같은 사람일 뿐임메. 이보기요. 내 말이 틀렸슴둥?"

덕배 아버지는 그동안 양반들에게 당한 분풀이라도 하려는 듯 큰 소리로 말했다. 덕배 아버지의 말에 응원이라도 하듯 패랭이를 쓴 사람이 고개를 끄덕이며 말했다.

"요새는 돈만 주면 양반도 사고판다고 합디다. 우리도 돈 벌어 오면 양반 딱지를 사서 죽기 전에 보란 듯이 양반 행세를 해 볼 참이오."

그러자 선실 안이 갑자기 술렁거렸다.

"여기서도 양반, 저기서도 양반, 그러다 온통 양반 세상이 되면 일은 누가 하고 농사는 누가 짓소?"

"그러게나 말이오. 양반들은 우리가 농사지은 쌀을 먹으면서 자기들은 하늘에서 떨어진 줄 안다니까. 어느 놈은 양반 위해 뼈 빠지게 일만 하고, 어느 놈은 양반입네 하고 놀고먹으니, 바다 건너 왜놈들까지 조선을 넘보는 게 아니겠소?"

"내는 묵서가에 가면 기를 쓰고 돈을 벌어 왜놈들이 야금야금 집어삼킨 내 점방을 되찾을 겁니더."

"보소, 당신은 왜놈한테 빼앗겼능교? 하이고, 내는 못된 양반들한테 빼앗겼소이다. 내는 돈을 벌어 오면 그 양반들부터 거덜을 내고 말 거라요."

누가 묻지도 않는데 여기저기서 약속이라도 한 듯 양반들을 몰아세웠다. 사람들의 말투가 거칠어지자 갓을 쓴 양반들이 슬슬 눈치를 보기 시작했다.

"에헴! 흠, 흠. 에헴!"

"으흠. 흠! 에헴!"

갑자기 양반들이 헛기침을 해 댔다.

"대감마님, 어쩌지요? 감히 대감마님이 어떤 분인 줄도 모르고……."

한구가 안타까운 듯 말끝을 흐렸다. 소녀의 아버지가 점잖게 한구를 불렀다.

"한구야, 쓸데없는 말 하지 말고 한쪽에 자리를 마련하도록 해라."

"예, 대감마님."

한구가 소녀 가족의 짐을 구석자리에 옮겨 놓을 때였다. 덕배 뒤쪽에 앉아 있던 아저씨가 몸을 앞으로 쑥 빼며 말했다.

"저 혹시 효자동에 사시는 옥당대감마님 아니신게라? 지는 약현에 사는 감초인디요."

그러자 소녀 아버지가 고개를 돌려 감초라는 사람을 뚫어지게 바라보았다. 그 눈빛이 얼마나 강렬한지 몰랐다.

"예, 맞습니다. 우리 대감마님을 어찌 아십니까?"

한구가 먼저 대답하고 물었다.

"약현에 살던 허 의원님 아시지라? 지가 그 밑에서 약 심부름을 했었구만요."

"허 의원이라 하면 작년 가을에 세상을 떠나지 않았느냐?"

에네껜 아이들

소녀 아버지가 감초 아저씨에게 조용히 물었다.

"맞구만요. 지가 이태 전에 네댓 번 대감마님 댁에 간 적이 있었당께요. 그때 애기씨가 많이 아프셨제라?"

"그때 내 집에 드나들었단 말이냐?"

"그러제요. 허 의원님 심부름으로 대감마님을 먼발치서 몇 번 뵌 적이 있어라우. 그란디 어쩐 일이다요? 대감마님이 무슨 일로 이 배를 타셨는게라?"

"알 것 없다. 나는 따로 할 일이 있어서 이 배에 탔느니라."

"그러시겠지라. 저들하고는 하늘과 땅 차이니께요. 애기씨는 다 나셨는게라?"

감초 아저씨의 말에 한구가 얼른 끼어들었다.

"우리 애기씨는 댁 같은 사람이 함부로 입에 올릴 만한 분이 아닙니다."

"아, 예, 예. 우리 의원님이 살아지실 제 하도 정성스레 약을 지었던 생각이 나서 지가 그만, 반가운 마음에……."

감초 아저씨가 얼굴이 빨개진 채 다시 말했다.

"허 의원님이 세상을 떠나신 뒤로 지도 갈 곳을 찾아 헤매던 중이었지라. 안사람과 고생 좀 하면 한밑천 잡을까 싶어서 이 배를 탔어라우. 며칠 전부터 대감마님을 뵈면서 설마설마 했당께요. 그란디 오늘 말씀허시는 걸 들으니께 옥당대감마님이 맞으시구먼요."

감초 아저씨가 혼잣말처럼 중얼거렸다. 그러자 소녀의 아버지가 조금 누그러진 목소리로 말했다.

"내 집에 드나들었다고 해서 쓸데없는 말은 삼가거라. 조선의 법도를 알 리 없는 뱃사람들 처신 때문에 내 너희들과 한방에 있게 되었다만 곧 다른 조치가 있을 게야."

"암만요. 그리되셔야 하지라. 지들하고는 천지 차이니께요."

덕배는 옥당대감이란 양반이 얼마나 대단하기에 하늘과 땅 차이라고 하는 걸까 궁금했다.

잠시 후 양반들이 슬금슬금 옥당대감 곁으로 자리를 옮겼다. 그러자 평민들은 덕배 아버지 곁으로 모여 양반의 자리와 평민의 자리가 자연스럽게 나뉘었다. 선실 안이 조용해지자 감초 아저씨가 덕배 아버지에게 말했다.

"묵서가에 갈 때까지 좋든 싫든 한방에 있어야 할 것잉께 서로서로 인사나 나눕시다요. 지는 감초라고 합니다. 여기는 내 안사람이오."

그러자 바로 곁에 있는 아주머니가 얼른 입을 열었다.

"안녕하신게라? 옷깃만 스쳐도 인연이라는디 한배를 탔으니 잘 지내 보드라고요. 지는 감초댁이구만요."

감초댁이라고 소개한 여자는 감초 아저씨와 부부였는데 목소리가 나긋나긋해서 선실 분위기가 한결 부드럽게 느껴졌다.

감초댁의 뒤를 이어 모두 약속이라도 한 듯 돌아가며 인사를

했다.

"지는 경상도 소리꾼 방씨라 캅니더."

"저는 등짐장수 김서방입니다."

"저는 충청도에서 머슴을 살다 온 박가라구 하는구만유."

"나는 왜놈의 앞잡이 노릇하는 별기군이 꼴 보기 싫어 조선

을 떠나는 군졸이외다."

덕배는 아버지 차례가 오자 혹시 아버지가 진짜 신분을 드

러내지 않을까 바짝 긴장이 되었다.

"내는 덕배 아바이오. 이 아가 내 아들 덕배임메."

덕배 아버지가 덕배의 어깨에 손을 얹고 말했다. 덕배는 그

제야 마음이 놓였다.

"덕배라 했소잉? 참말로 인물이 훤허니 아버지하고는 딴판

이오. 아들만 봐도 배가 부르겠어라. 장가보내도 되겠소. 이리

훤한 아들과 헤어지려니 덕배 어매 눈깨나 짓물렀겠오."

감초댁이 덕배를 부러운 듯 바라보며 말했다.

"우리 덕배 어마이는 먼저 하늘나라로 갔슴메. 내래 그래도

외롭디 않디요. 우리 덕배만큼 잘난 아들 본 사람 있슴네까?"

덕배는 아버지의 자랑에 얼굴이 화끈거렸다. 덕배만 바라보

고 살아온 덕배 아버지는 덕배 자랑을 할 때마다 늘 신바람이 났다.

덕배의 마음은 온통 소녀에게 가 있었다. 어디가 얼마나 아팠길래 의원이 드나들었을까? 지금도 파리한 눈매로 보아 건강한 상태는 아닌 것 같았다. 왜 지체 높은 양반이 몸도 허약한 소녀를 데리고 이 배를 탔을까?

덕배는 저잣거리에서, 혹은 남산골 먼발치에서 양반집 소녀들을 본 적이 있지만, 지금처럼 가까이에서 양반 댁 소녀를 본건 처음이었다.

사람들이 서로 인사를 주고받는 사이 감초 아저씨가 안주머니에서 신문 기사 조각을 꺼내 선실 바닥에 펼쳤다.

"이 종이 한 장에 우리의 운명이 걸려 붙었다요. 제발 풍랑이 없어야 할 텐디라. 용왕님헌티 바다를 잠잠하게 해 달라고 모두 빌기라도 해야 쓰겄어라."

감초 아저씨가 종이에 적힌 글을 더듬더듬 읽기 시작했다.

<부자가 될 수 있는 길>
아메리카 남쪽의 묵서가는 미합중국과 같은 지상낙원의 부자 나라.
물과 땅이 좋고 기후가 온난하여 장질부사 같은 역병이 없는 나라.
금이 많이 생산되어 부자가 많은 나라.

에네껜 아이들

중국인과 왜인들이 돈을 많이 벌어 부자가 된 꿈의 땅.

마흔 살 이하의 일할 사람을 구함.

열다섯 살까지의 아이들은 학교에 보내 줌.

-대륙신민합자회사-

"댁은 글을 아시오?"

패랭이를 쓴 사람이 신문 기사를 들여다보는 감초 아저씨에게 물었다.

"글뿐잉게라, 우리 냄편은 반의원이라요. 아픈 사람 있으믄 미리미리 말들 허쇼. 우리 냄편은 약도 짓고, 침도 놓고, 진맥도 할 줄 알어라."

감초댁이 자신 있게 남편 자랑을 늘어놓았다.

덕배는 감초 아저씨 옆에 서서 신문 기사를 한참 동안 들여다보았다. 글을 모른다는 게 무척 답답했다. 이제 새로운 세상에 도착해 학교에 가면 열심히 글공부를 하리라 다짐했다. 어른들은 돌아가며 나라 걱정을 시작했다.

"우리가 돈을 왕창 벌어 조선으로 돌아올 때쯤이면 나라 형편도 좋아지겠지."

"왜놈들이 모두 바다 건너 자기 나라로 돌아가야 맘을 놓지요."

"그런디 왜놈들의 횡포가 점점 심해지는 것 같지 않어라우?"

"청나라도 왜놈헌티 넘어가고 이제 아라사(러시아)까지 왜놈들이 전쟁을 일으켰다 하니 앞으로 왜놈들이 물 만난 고기처럼 날뛰지 않겠소?"

"맞아요, 맞아. 양반입네 하는 작자들이 당파 싸움만 일삼더니 나라 꼴이 이 모양이 된 거지요. 왜놈들의 야심인 줄도 모르고 신식군댄지 별기군인지를 새로 만들더니 결국 국모까지 잃지 않았소. 그 바람에 나 같은 군인들은 하루아침에 오갈 데 없는 신세가 되었단 말이오. 그러니 이 꼴 저 꼴 다 보기 싫습디다. 돈이나 많이 벌어 노후에 편안히 살까 하고 배를 타긴 했는데……."

군졸이었다는 남자가 푸념하듯 말했다.

"도대체 나라님은 궁궐에서 뭐 한다요? 떠도는 소문엔 조선이 왜놈의 허수아비가 다 되었다고 하던디, 하기사 국모가 돌아가신 것도 왜놈들 짓이라는 말이 파다하게 퍼졌던디 참말로 그렇게라?"

"쉿! 말조심허시오. 왜놈들이 이 배에도 있을 것이구만요. 이 배가 일본에 들렀다 간다 하더만요."

선실에 있는 평민들이 양반들을 두고 이러쿵저러쿵 말장단

에네껜 아이들

을 맞추자 양반들이 눈치를 보는 것 같았다. 배가 움직이기 시작한 첫날부터 평민들을 호령하던 양반들은 말을 잃었고, 천한 백성으로 짓눌려 살던 평민들은 분노를 떨쳐내듯 성난 파도처럼 출렁거렸다.

1905년 4월 4일, 일포드호는 제물포 앞바다에서 출항의 뱃고동을 길게 울렸다. 묵서가란 나라로 돈을 벌기 위해 떠나는 조선 사람은 모두 1,033명이라 했다.

어저귀

종소리가 요란하게 울렸다. 덕배가 눈을 떴을 때는 깜깜한 꼭두새벽이었다. 덕배 아버지도 일어나 밖을 살폈다. 전날 밤에 마테체를 나눠 주던 마야인 남자들이 호롱불과 마테체를 들고 줄을 서 있었다. 언제 왔는지 마차 앞에는 험상궂게 생긴 남자가 말을 탄 채로 종을 흔들고 있었다. 마야인들이 마테체를 들고 마차에 타면서 조선 사람들에게 빨리 타라고 손짓을 했다.

"어디로 떠나는 갑소, 싸게싸게 짐들 챙겨야 쓰겠소."

감초 아저씨가 짐 보따리를 들고 나오려 하자 말을 탄 남자가 손을 내저으며 마테체만 가지고 가라고 하는 것 같았다.

감초 아저씨는 소녀네 움막으로 달려갔다.

"대감마님, 이 연장을 들고 마차에 타라는데요. 아마 농장에 가는 모양이라요. 대감마님은 어찌하실랑가요?"

"어서 가 보게. 나는 일을 하러 온 게 아니야. 책임자를 만나야 하네."

옥당대감이 안에서 말했다. 그때 말을 탄 남자가 감초 아저씨에게 빨리 마차에 타라고 호루라기를 세게 불었다. 덕배가 머뭇거리자 말을 탄 남자가 덕배에게도 빨리 타라고 손짓을 했다. 덕배 아버지가 급히 손을 내저었다.

"이 아는 아직 어린아요. 일꾼이 아님메. 덕배야, 봉삼이와 여기서 기다리고 있어야 함메."

덕배 아버지의 말에 말을 탄 남자가 뭐라고 고함을 치더니 말 안상에서 종이를 꺼내 들고 사람들의 숫자를 세었다. 그러더니 덕배와 봉삼이를 손으로 가리키며 빨리 마차에 타라고 손짓을 했다. 덕배 아버지가 말에 탄 남자에게 대들 듯 소리쳤다.

"이보기요, 이 아들은 일꾼이 아니란 말입네다."

말을 탄 남자가 덕배 아버지를 보며 험상궂게 얼굴을 찡그리더니 더 이상 고집을 부리지 않았다. 마부가 호루라기를 불며 말 엉덩이에 채찍을 내리치자 마차가 달리기 시작했다. 덕배는 아버지가 어디로 가는지, 언제 오는지 몰라 망망대해 한가운데 홀로 떠 있는 조각배 같은 기분이었다.

"아침도 못 묵었는디 배는 얼매나 고플까잉? 덕배야, 우리도 어서 뭐라도 끓여 먹어야 쓰겠다."

감초댁이 멀어져 가는 마차를 바라보다가 봉삼이에게 말했다.

"봉삼이라고 했냐? 너는 이 먼 길을 누구랑 왔다냐? 부모님은?"

"전 혼자예요. 다 돌아가셨어요."

"시상이나, 그럼 고아 아녀? 근디 워쩌코롬 혼자 여그까지 왔다냐?"

감초댁이 봉삼이를 보며 혀를 쯧쯧 찼다. 그때 소녀 어머니가 감초댁을 불렀다.

"이보게, 강냉이죽이라도 끓여 먹어야 우리 애가 기운을 차리겠는데 어제 떠 온 물 좀 남아 있는가?"

덕배는 감초댁이 대답도 하기 전에 얼른 먼저 말했다.

"물은 제가 얼른 떠 올게요."

덕배는 양반집 소녀를 가까이에서 볼 수 있을 거란 기대에 절로 미소가 지어졌다. 덕배는 소녀가 자신에게 고마워하는 걸 상상만 해도 가슴이 두근거렸다. 소녀의 동생인 윤재가 덕배에게 못되게 굴 때마다 자기 동생을 타이르는 걸 보면 확실히 소녀는 마음이 착한 데다 덕배에게 마음을 쓰는 것 같았다. 그런 소녀가 물이 필요하다는데 가만히 있을 수 없었다.

물통을 들고 가는 덕배의 발걸음이 나는 듯 가벼웠다. 봉삼이가 덕배를 따라오며 말했다.

"히힛, 형 속이 훤히 들여다보인다."

"뭐? 무슨 말이냐?"

"난 벌써부터 눈치를 챘지. 형 마음을 홀랑 빼앗은 게 그 자식 누나 맞지?"

"뭘 마음을 뺏어, 인석아."

덕배는 봉삼이 눈치가 보통이 넘는다고 생각했다. 하지만 속마음을 들키고 싶지 않았다.

덕배가 물을 떠 오자, 감초댁이 큰 돌을 주워 와서 솥 받침을 만들고 불을 피웠다. 그리고는 그 위에 솥을 얹고 강냉이 가루를 풀어 죽을 끓였다.

"마님, 죽이 다 되긴 혔는디라 양이 적어서 누구 입에 붙인다요?"

감초댁이 그릇에 절반도 차지 않은 옥수수 죽을 저으며 걱정스럽게 말했다. 마님이 죽이 끓고 있는 솥을 보며 한숨을 내쉬었다.

"조금씩 나누어 먹어야지 별수 있는가?"

"마님, 저는 조금만 먹을게요. 별로 배가 고프지 않아요."

덕배는 침을 꿀꺽 삼키며 거짓말을 했다. 봉삼이가 덕배의 옆구리를 쿡 찔렀다. 그때 윤재가 빈 그릇을 들고 나오다 덕배와 눈이 마주치자 얼굴을 홱 돌렸다. 덕배는 일부러 모른 척하고 봉삼이에게 물었다.

"봉삼아, 넌 배를 탈 때부터 혼자였니?"

"아냐, 여럿이 왔는데 뿔뿔이 흩어졌어. 가장 친했던 찜벵이는 배에서 죽었구, 돌쇠 형은 맨 처음 왔던 마차를 타고 농장으로 떠나 버렸어."

봉삼이는 지나가는 말처럼 아무렇지도 않게 말했다.

"찜벵이는 누구고 돌쇠 형은 누군데?"

"둘 다 수표다리 밑에서 만났어. 찜벵이는 한쪽 눈이 찌그러져서 모두 그렇게 불렀어. 찜벵이 그 자식 불쌍한 앤데, 불이 나서 한쪽 눈을 다쳤대. 부모도 불이 나서 돌아가셨다고 했는데……. 그런데 찜벵이 자식 결국 배에서 죽어 버렸어. 열나고 토해서 격리실로 데려갔는데 나중에 들으니까 옘병(염병, 장티푸스)인가 뭐가 걸려 바다에 던져 버렸대. 불쌍한 자식. 아마 물고기밥이 되었을 거야."

덕배는 가슴이 서늘했다. 어찌 저렇게 담담하게 말할 수 있을까.

"수표다리는 청계천에 있잖아. 그럼 수표다리 밑에서 살았단 말이니?"

"나도 몰라. 철들고 보니까 수표다리 밑이 집이더라구. 내가 몇 살인지, 어디서 태어났는지, 난 아무것도 몰라. 그냥 남들이 나를 봉삼이라고 부르니까 내 이름이 봉삼인 줄 알지."

봉삼이는 아무런 망설임도 없이 남의 말 하듯 자기 이야기를 털어놓았다. 봉삼이는 고아에 거지였다는 말이다. 청계천 다리 밑에는 거지들이 많이 살았다.

"일포드호는 어떻게 타게 되었니?"

"생각해 보면 딱 귀신에 홀린 거 같아. 어느 날 혀 짧은 소리를 하는 왜놈한테 붙들렸어. 용산 어디로 끌려갔지. 왜놈들은 무슨 일을 저지를지 모르니까 이젠 죽었구나 했는데 웬걸. 며칠 동안 배불리 먹여 주더라구. 이게 웬 천국인가 했지. 우리만이 아니었어. 나처럼 붙잡혀 온 애들이 열댓 명은 되었을 거야. 하룻밤 자고 나면 자꾸 수가 불어났으니까. 세상에 태어나서 처음 호강이란 걸 해 봤지. 왜놈은 우리한테 거지로 사는 게 어디 사는 거냐고 하면서 지상낙원이 있다는 거야. 언제까지 거지로 살 거냐? 돈을 벌어 와서 종로 바닥 한가운데 떡 벌어지게 기와집 짓고 살고 싶지 않느냐고 물었어. 두말하면 잔소리 아냐? 돈만 있으면 뭐 하러 거지로 살겠어? 우리한테 거지들을 더 데려오라는 거야. 우린 도깨비한테 홀린 기분으로 무조건 시키는 대로 했지. 얼마 후 스무 명쯤 모였는데 열다섯 살이 넘어야 돈을 벌러 데려갈 수 있대. 나처럼 키가 작은 애 몇 명은 열다섯 살이라구 빡빡 우겼어. 못 먹고 고생해서 키가 안 컸다고 했지. 사실인지도 몰라. 내 나이를 정확하게 모르니까. 왜놈들이 우리를 제물포로 데려갔어. 거기서 몇 명은 뭔 낌새를 챘는지 도망쳐 버렸어. 우린 어차피 돌아갈 곳이라곤 청계천 다리 밑 밖에 없으니까 배가 떠날 때까지 고분고분 말을 잘 들었어. 공짜로 먹여 주는 것만도 어디야. 배에 오른 후무슨 영문인지 우리를 여러 방으로 흩어 났어. 그래서 헤어졌지. 찜벵이랑 돌쇠 형은 나와 함께 있었는데 찜벵이가 그렇게된 후로는 돌쇠 형만 의지했어. 묵서가에 도착한 후에도 돌쇠형이랑 함께 가고 싶었는데 맨 처음 왔던 농장주가 돌쇠 형만데려가 버렸어. 키도 크고 튼튼해 보이니까 일을 잘할 것 같았나 봐. 난 외톨이가 되어 누구를 따라갈까 고민 고민하다가 형을 본 거야. 형이랑 형 아버지가 양반네들 코를 납작하게 해줘서 사람들이 다들 영웅이라며 좋아했어. 나도 속이 시원했고."

덕배는 봉삼이 말을 넋을 놓고 들었다. 부모도 형제도 없는거지라면서 어쩌면 저렇게 명랑하고 태평일까. 말도 얼마나 잘하는지 구수한 이야기꾼 같았다.

"사람들이 아버지를 영웅이라고 했다고?"

"그럼. 그때 형이랑 형 아버지가 얼마나 멋졌는지 모르지?모두 태풍 앞에서 쩔쩔 매는데 형 아버지가 형을 데리고 동에번쩍 서에 번쩍 하면서 사람들을 도와줬잖아. 그때 형이 얼마나 부러웠는지 몰라. 나도 저런 아버지가 있으면 얼마나 좋을까 생각했지. 형을 보니까 돌쇠 형 생각도 나고. 그래서 형을 친형처럼 생각하기로 했지. 형이라고 불러도 되지?"

보조개가 쏙 들어간 봉삼이 얼굴이 더 어리게 느껴졌다. 아무리 봐도 열여섯 살은 뻥튀기가 분명했다.

"그런데 너 열여섯 살은 너무했다. 나를 형이라 부르면서 나보다 나이가 많으면 안 되지. 진짜 나이는 몇 살이냐?"

"헤헤, 왜놈은 속일 수 있어도 형은 못 속이겠다. 그러니까 솔직히 형이라고 부르잖아. 아마 내 진짜 나이는 열셋이나 열네 살쯤인 것 같아."

봉삼이가 혀를 날름 내밀며 눈을 찡긋했다. 봉삼이는 힘들게 살아왔으면서도 이야기를 할 때 보면 목소리가 아침을 깨우는 참새 소리처럼 맑았다. 봉삼이에 비하면 윤재는, 몸은 아이면서 얼굴엔 주름살이 골진 늙은이처럼 굴었다.

덕배 아버지와 어른들은 밤이 늦어서야 돌아왔다. 온몸이 축 늘어진 채 "아이구! 아이구!" 하면서 마테체도 간신히 들고 있었다. 온몸에는 가시에 찔린 상처들이 벌겋게 빗금이 가 있었다. 옷은 땀에 젖어 풀을 먹인 듯 서걱거렸다.

"내래 속았디. 완전 속았디. 에네껜인지, 어저권지, 마귀나무가 있다 해도 그런 끔찍한 나무는 없을 거임메. 지옥의 마귀나무인기라. 마귀나무!"

덕배 아버지가 어기적어기적 갈지자걸음으로 간신히 발을 옮기며 중얼거렸다. 감초 아저씨는 감초댁 손이 상처에 닿을 때마다 "아이고, 오메, 나 죽네!" 하며 아파했다.

"농장이라고 해서 쌀이나 보리처럼 곡식을 키우는 논밭인 줄 알았제. 세상에 나문지 풀인지 칼날처럼 억세고 커다란 잎을 자르는 일일 줄 어찌 알았당가! 생김새는 풀인디 억세긴 나무보다 더 단단하당게. 잎사귀 끝마다 손가락만 한 가시가 달렸는디 얼매나 아픈지, 게다가 독이 있어서 이렇게 상처가 부풀어 오른 것 좀 보랑께. 마테첸가 뭔가 칼날이 둥근 이유를 알았어라. 어저귀 잎이 얼매나 큰지 칼날이 둥글어야 그나마 베어지지, 조선의 낫처럼 한 방향으로 난 칼이라면 베기가 더 힘들 것 같어. 마테체를 도끼질하듯 찍어서 베어내야 하는디…… 아이구, 팔이야, 앞으로 어떻게 견뎌낼지 앞이 캄캄하구만이라."

감초 아저씨가 한숨을 푹 내쉬며 말했다. 덕배 아버지는 온몸이 아파서 똑바로 눕지도 못했다.

"아버지, 먹을 거는 뭐 줘요? 식사는 제대로 하셨어요?"

"강냉이 가루로 만든 종잇장 같은 개떡을 줬슴메. 점심도 저녁도, 개돼지보다도 못한 대접이디. 낼도 똑같은 일을 해야 하는디 여간 걱정이 아이다."

감초댁은 짐 보따리에서 지네 기름을 찾아 사람들의 상처에 발라 주었다. 냄새가 고약했지만 아픈 것보다 낫다고 했다.

"이대로 있을 게 아니라 대감마님이랑 의논 좀 해 봐야 쓰겄어라."

"감초 아저씨가 간신히 몸을 일으키며 말했다.

"무스그 의논을?"

"아무리 생각혀도 이런 곳인 줄 알았으면 안 와 불었제. 여기 농장 이름이 야스체라 하더만요. 돼시우리 같은 이 집도 그렇고, 이런 데서 살 수는 없지 않겄어라. 옥당대감마님께 의논해서 무신 방도를 찾아야 쓰겄소."

"소용없는 짓이오. 여기서는 양반도 끈 떨어진 연에 구멍 뚫린 벙거지 신세 아님메?"

"음마, 그게 무신 말이당가요? 대감마님 들으면 어쩔라고, 대감마님은 무신 방도가 있을 것이오."

감초 아저씨가 덕배 아버지에게 서운하다는 듯 말했다.

"날래날래 눈이나 붙이라우."

덕배 아버지는 아픈 등을 간신히 누이며 체념한 듯 말했다. 감초 아저씨가 옥당대감에게 가야 한다고 일어섰다. 덕배는 봉삼이 손을 슬쩍 끌고 감초 아저씨를 따라나섰다. 소녀를 볼 수 있는 기회를 놓치고 싶지 않았다. 여닫을 문도 없는 움막은 용

에네껜 아이들

기만 있으면 누구든 맘대로 드나들 수 있었다. 하지만 덕배 혼자서 소녀를 보러 갈 수는 없었다. 감초 아저씨가 소녀네 움막 앞에서 조심스럽게 말했다.

"대감마님, 주무시는게라?"

"무슨 일인가?"

"의논드릴 일이 있당께요. 지들 잠시 들어가겠어라."

감초 아저씨를 앞세우고 몇몇 어른들이 안으로 들어갔다. 덕배와 봉삼이는 문 앞에 섰다. 호롱불이 어두컴컴해서 소녀는 보이지 않았다.

"대감마님, 이곳 관리인을 만난다고 허셨지라? 대감마님이 빨리 손을 써 주셔야겠어라. 농장 일이 도저히 사람이 헐 일이 아닌 것 같당께라우."

"무슨 일을 했는가?"

"말도 못한당께요. 돈은 고사하고 사람이 먼저 죽게 생겼어라! 농장 주인은 따로 있는디 감독이 사람을 짐승 다루듯 헌당께요. 호루라기를 불어 대며 채찍을 휘두르는디 여간 독종이 아니어라. 품삯은 나무때기로 된 전표를 준답디여. 그 전표를 내고 직영상점에 가서 필요한 물건을 외상으로 갖다 쓰라는디 물건도 많들 않어라. 속옷하고 쌀, 강냉이 가루, 팥, 또 뭐시더라……. 아, 차드라라고 하는 기름이 전부라요. 한 달 후에 전표를 돈으로 바꿔서 외상값을 갚아야 한다는디, 일이 힘이 드니께 품삯이야 많이 주겠지만, 오늘 해 봉께 한 달은커녕 열흘도 못하고 다 쓰러질 것 같어라."

"그래, 어찌하면 좋겠는가?"

"먹을 거라도 많이 줘야 하는디 허기가 저서 일은커녕 더위에 쓰러지지 않은 것도 기적이구만요. 앞으로 어찌해야 할지 눈앞이 캄캄하당께요."

"알았네. 날이 밝는 대로 이곳 관리를 만날 터이니 그만 돌아들 가게."

옥당대감의 말에 감초 아저씨와 어른들이 밖으로 나왔다.

"형, 진짜 일이 힘든가 봐. 우리는 어떡하지?"

봉삼이가 밖으로 나오면서 걱정스레 말했다.

"마차에 타던 날도 관리를 만나게 해 달랬잖아. 안내인은 들은 척도 안 하던데 관리를 만날 수나 있을까? 그리고 말도 안 통하잖아."

봉삼이의 말을 들으니 앞일이 더 걱정되었다. 움막으로 돌아온 감초 아저씨가 감초댁에게 말했다.

"낼부터는 어저귀 잎을 쉰 개씩이나 따서 서른 다발을 묶으라 했당께. 쉰 개도 따기 힘든디 쉰 개씩 서른 다발을……. 시상에 생각만 해도 지레 죽어불 것 같어."

"그 잎으로 뭘 한답디여?"

감초댁이 혀를 쯧쯧 차며 물었다.

"말이 통해야 물어라도 보는디 꿀 먹은 벙어리 노예 신세랑께. 이런 지옥인 줄 알았으면 돈을 무진장 준다 혀도 오지 말았어야제. 돈이 웬수제. 이러나저러나 우리는 대감마님만 믿어야제 별수 있겠소잉."

"그럼요. 이도 저도 안 되믄 당장 돌아가게 해 달라고 해야지라."

농장에 나갔던 사람들은 일에, 더위에, 가시에 질린 데다 불안한 앞날 때문에 밤새 뒤척였다. 덕배 아버지는 금세 드릉드릉 코를 골았다.

이튿날도 날이 새기 전에 종소리가 울렸다. 어른들은 온몸이 두드려 맞은 것처럼 아픈 몸을 일으켜 간신히 마테체를 들고 마차에 올랐다. 덕배는 걸을 때마다 아파서 끙끙대는 아버지가 안쓰러웠다.

"아버지, 저도 농장에 나갈래요."

"니는 아니 됨메. 어림도 없지비. 일은 나 혼자로 족하디. 덕배 니는 집에서 봉삼이랑 함께 있으라우. 봉삼이라도 있어서리 심심하디 않을 거구마."

덕배가 아버지를 따라갈까 말까 망설이는 사이 옥당대감이 밖으로 나왔다. 마부가 옥당대감을 보자마자 마차에서 내려와 옥당대감에게 마테체를 내밀었다. 일을 나가라는 말인 것 같았다. 옥당대감은 얼굴이 굳어진 채 큰 소리로 말했다.

"나는 일을 하려고 이곳에 온 게 아니오. 통역관을 불러 주시오."

마차에 탄 사람들의 표정이 순간 밝아졌다. 그때 뚜그덕뚜그덕 말발굽 소리가 들리더니 말을 탄 사람이 어디선가 나타났다. 얼굴이 험상궂었다.

"저 사람이 짐승 같은 감독이어라."

감초 아저씨가 작은 소리로 말했다. 마부가 말에 탄 사람에게 다가가 알아들을 수 없는 말로 뭐라 떠들었다. 감독의 인상이 험악하게 변하면서 옥당대감을 독수리눈으로 쏘아보았다. 옥당대담이 얼른 입을 열었다.

"당신네 나라의 관리를 빨리 만나게 해 주시오!"

감독이 너털웃음을 웃자 옥당대감이 급히 안으로 들어가서 여러 번 접은 종이를 들고 나왔다.

"이걸 당신 나라 관리에게 전해 주시오. 난 일꾼으로 온 게 아니오이다."

옥당대감이 감독에게 종이를 내밀자 감독이 거친 손길로 종이를 낚아챘다. 종이에는 붓글씨가 가지런하게 쓰여 있었는데 맨 아래에 붉은 도장이 찍혀 있었다. 감독은 종이를 제대로 보지도 않고 "우하하하!" 하고 웃으면서 종이를 북북 찢어 땅바닥에 휙 내던졌다. 찢어진 종잇조각들이 나풀거리며 흩어졌다. 순간 옥당대감의 얼굴이 심하게 일그러졌다. 감초 아저씨가 깜짝 놀라 찢어진 종잇조각을 주우려 하자 농장주가 찢어진 종이들을 발로 짓이겼다.

"아니, 이 무슨 짓이오! 당신 나라 관리에게 전하라 하지 않았소?"

옥당대감이 부르르 떨며 감독에게 소리쳤다. 그러자 감독의 눈길이 사납게 변했다. 마차에 탄 어른들의 얼굴도 새파랗게 질렸다. 옥당대감이 잔뜩 화가 난 목소리로 다시 말했다.

"어서 당신네 나라 관리를 불러 달란 말이오. 어서요!"

그때였다. 감독이 옥당대감을 향해 채찍을 휘둘렀다. 옥당대감이 감독의 채찍에 힘없이 땅바닥으로 푹 쓰러졌다. 소녀의 어머니가 기겁을 했다.

"아, 아니! 이, 이게 무슨 짓이오? 나리! 괜찮으시옵니까?"

"아버지!"

윤재가 자기 아버지에게 달려갔다. 소녀는 얼굴이 파랗게 질린 채 바들바들 떨고 있었다. 감독은 채찍을 거두고 아무 일도 없었던 것처럼 다시 말을 타고 돌아갔다. 어느새 마차도 농장 쪽으로 사라졌다. 옥당대감이 비틀거리면서 간신히 일어났다.

"나리, 이제 어쩌면 좋습니까? 흐흑……."

소녀의 어머니가 사색이 된 얼굴로 흐느끼며 옥당대감을 부축했다. 옥당대감이 찢어진 종잇조각을 보물처럼 보듬고 움막 안으로 비틀비틀 사라졌다.

덕배는 양반의 권위가 땅바닥에 곤두박질치는 모습을 보면 고소하고 기분이 좋을 줄 알았는데 웬일인지 조금도 기쁘지 않았다.

그 종이는 뭘까? 어떤 글이 쓰여 있었을까? 흙바닥에 짓이겨진 그 종이처럼 조선 사람들은 이제 한 가닥 희망도 남아 있지 않은 것일까? 옥당대감이 움막 안으로 들어가자 감초댁이 한숨을 내쉬었다.

"오메, 무신 일이까? 참말로 시상에, 대감마님이 채찍을 맞다니! 하이고, 무신 세상인지 모르겠네."

언제나 무거운 침묵을 깨는 사람은 감초댁이었다.

"형, 그것 봐. 아저씨 말이 맞잖아."

봉삼이가 덕배에게 귀엣말로 속삭였다.

"뭘! 무슨 말?"

"어젯밤에 아저씨가 그러셨잖아. 다 소용없는 짓이라고. 형,

여긴 정말 양반도 아무 소용없나 봐."

"봉삼아, 나도 양반이라면 무조건 미웠는데 왠지 마음이 아프다."

덕배는 이곳이 별천지라는 생각은 들었지만 채찍을 맞는 옥당대감의 모습을 보니 소녀의 마음이 얼마나 아플까 먼저 헤아려졌다. 감초댁이 덕배를 불렀다.

"방인지 부엌인지 분간이 있어야 살제. 덕배야, 얼른 죽이라도 끓여 먹어야 쓰겄으니 밖에다 부엌을 만들어야겄다. 아궁이도 만들고, 부뚜막도 만들어야 솥이라도 걸제."

감초댁은 들판에 핀 억새처럼 강해 보였다. 어머니의 손길을 모르고 자란 덕배는 감초댁이 의지가 되어 봉삼이와 함께 물을 길어 오고 돌멩이를 주워 날랐다.

"아주머니가 부엌을 어떻게 만들어요?"

"내사 못하는 일이 있간디. 우리 냄편이 약초 캐러 집을 떠나면 몇 날 몇 달이 걸릴 때도 있었제. 그라믄 나 혼자서 남정네 일까정 다 하고 살았어야. 몸뎅이만 건강하믄 이래저래 다 살아가게 되어 있당께."

감초댁은 돌멩이를 쌓은 다음, 물에 갠 흙을 돌멩이들 사이사이에 넣어 아궁이를 만들었다.

새로 만든 아궁이에 솥을 걸고 점심으로 강냉이죽을 끓여 먹은 후였다. 새벽에 말을 타고 왔던 험상궂은 감독이 낯선 사람을 데리고 나타났다. 덕배는 또 무슨 일인가 싶어 몸이 빳빳하게 굳었다.

"나 조선말 할 수 있는 통역관이오. 문제를 일으킨 사람 나오라 하시오."

감초댁이 얼른 옥당대감을 불러냈다. 통역관이 옥당대감에게 말했다.

"나 중국 사람이오. 나 조선말 할 수 있소."

옥당대감의 얼굴이 순간 환하게 밝아졌다.

"이보시오. 나는 조선의 황족이오. 나는 일꾼으로 온 게 아니란 말이오. 이 나라 관리에게 보일 소개장을 갖고 왔는데 오늘 아침 저 사람이 그 중요한 소개장을 찢어 버렸소. 이것 보시오. 이 귀한 소개장을 이렇게……."

"으하하하핫! 당신도 속은 거요. 그런 소개장 여기서는 아무 소용이 없소. 중요한 사실은 당신도 똑같은 일꾼이란 사실이오."

통역관의 말에 찢어진 소개장을 들고 있는 옥당대감의 손이 부르르 떨렸다.

"이, 이것을 보란 말이오. 이 소개장에 내가 해야 할 일이 적혀 있었단 말이오. 나는, 나는 이 나라의 학교에서……."

"하하하, 학교는 무슨! 이곳엔 학교가 없소. 우리 중국 사람들 중에도 당신처럼 똑같이 당한 사람이 있었소. 그 소개장은 당신처럼 다루기 힘든 사람을 이 땅으로 데려오기 위한 수작이었다는 말이오. 이제 알겠소?"

"그, 그럴 리가!"

옥당대감이 이마에 손을 얹고 비틀거렸다.

"일을 하지 않으면 굶는 수밖에 없소. 당신들의 몸값을 일본에 미리 지불했단 말이오. 앞으로 4년 동안 일을 해서 여기까지 온 뱃삯과 음식 값도 갚아야 한단 말이오."

통역관의 말을 듣던 옥당대감의 얼굴이 점점 하얗게 변했다.

"도망쳐도 소용없소. 피부색도 다르고 말도 안 통하니 어딜 가든 금세 붙잡힌단 말이오. 우리 중국 사람들도 당신들보다 먼저 많이 왔다가 모두 돌아갔소. 난 묵서가 말을 할 줄 알아서 통역을 하며 먹고살고 있는데 당신에게 알아듣게 말해 주라 해서 왔소. 반항해 봐야 아무 소용없소. 오히려 더 고통만 당할 거요."

통역관이 잠시 말을 끊었다가 감독의 눈치를 보며 다시 말했다.

"이 사람이 농장 감독 로페즈요. 감독에게 대들면 사정없이 매를 맞고 지하 감옥에 갇힌단 말이오. 그러니 내일부터 당장 일을 나가시오. 그게 살아남는 방법이오."

옥당대감이 몸을 부르르 떨며 말했다.

"이보시오. 우리 조선 사람들은 팔려 오지 않았소. 분명히 지상낙원 같은 농장에서 돈을 많이 벌 수 있다 해서 온 것이란 말이오. 거짓이라면 우린 다시 조선으로 돌아가겠소."

통역관이 기가 막힌다는 듯 껄껄껄 웃어 젖혔다.

"내 말을 아직 못 알아들었소? 당신들은 전대금제도(고용주와 이민회사, 선박회사들이 사전 합의로 비용을 지불하고 노농자들을 고용현장에 데려온 다음 그 비용을 일정 기간의 임금에서 빼는 제도)에 매여 돌아가려면 4년 동안 일을 하지 못한 벌금과, 이곳에 올 때 든 돈을 몽땅 갚아야 갈 수 있단 말이오. 우리 중국 사람들도 속아서 이곳에 와서 고생 많이 했소. 이제 우리 중국 사람들이 더는 속지 않으니 아무것도 모르는 조선 사람들을 데려온 거요."

통역관이 로페즈 감독의 눈치를 보며 안타깝다는 듯 말했다. 옥당대감이 비틀거리며 움막 울타리에 몸을 기댔다.

"전대금제도라니? 그럼 우릴 볼모로?"

"이제야 내 말을 제대로 알아들었소?"

통역관이 말을 마치자마자 로페즈 감독이 급히 통역관을 말에 태우고 사라졌다. 옥당대감이 넋이 나간 듯 그 자리에 한

　　　　　　　　　　　에네껜 아이들

참 서 있었다.

"그 일본 놈이 사기를 친 게야. 황족인 내가 일꾼으로 간다면 가지 않을 테니까 엉터리 소개장을 써 줬는데 그걸 철석같이 믿었다니, 으으으윽."

옥당대감이 신음을 내뱉었다. 감초댁이 한숨을 푹 내쉬며 말했다.

"대감마님, 그랑께 시방 통역관 말은 왜놈들이 우릴 팔아묵었다 그 말이라요? 쥑일 놈들. 대감마님도 우리맹키로 똑같은 일꾼으로 팔아묵었다, 그 말 아니라요? 시상에 우째 이런 일이 있다요? 참말로 기가 탁 맥혀 뻔지네."

옥당대감이 비틀거리며 간신히 몸을 가누었다. 윤재가 자기 아버지를 얼른 부축했다.

"아이고, 대감마님, 고정하시라요. 이 땅은 사램이 상하도 없는 막되어 먹은 땅인개 빈디 앞으로 어쩌면 좋아요?"

감초댁의 푸념 속에는 야릇한 기운이 감돌았다. 조선에서 상민들은 거의가 양반들의 차별을 달가워하지 않는다. 감초댁은 정말로 이곳에서도 하인처럼 살기를 바라는 것일까. 덕배는 위도 아래도 없고 양반과 상민도 없는 바로 이런 땅을 찾아 조선을 떠나온 것이다.

그런데 학교가 없다니. 덕배는 아버지와 함께 새로운 세상에서 학교에 다니려고 왔다. 덕배는 아버지가 빨리 돌아오기만 기다렸다. 감초댁은 바삐 돌아다니며 혼자서 구시렁거렸다.

"험한 일을 시키니께 품삯은 많이 주었지라. 도리가 없제. 당장 이 헛간 같은 움막이나 사람 살게꼬롬 맹글어야 쓰겄다. 어쩌겄냐. 살아지는 대로 살아야제. 그 고생을 하면서 여그까지 왔는디. 이대로 주저앉을 수는 없지 않겄냐?"

감초댁은 아무렇게나 던져 놓은 물건들을 제자리를 찾아 바르게 놓았다. 일을 하러 간 어른들은 전날보다 더 늦은 한밤중에 돌아왔다. 마차에서 내리는데 "아이고, 아이고!" 소리를 질렀다. 온몸이 가시에 찔려 더 끔찍한 모습이었다.

"오늘은 왜 이리 늦었다요?"

감초댁이 감초 아저씨를 부축하며 물었다.

"피도 눈물도 없는 놈들이여. 하루에 서른 다발을 베라는디 여그 사람들이야 이력이 붙었으니께 별게 아니겠지만, 고작 하루밖에 안 된 우리가 가당키나 하겄어? 쉰 개씩, 서른 다발을 어떻게 베냐구? 밤늦도록 억지를 부리더니 이제사 보내 줬당께."

감초 아저씨의 말이 끝나자마자 감초댁이 한숨을 내쉬며 말했다.

"감독이 중국 사람을 데불고 왔었어라. 통역관이라는디, 낼

부텀 대감마님도 일을 나가야 헌담서 안 나가면 굶어 죽는답디여."

"뭐시여?"

감초 아저씨가 아파서 움츠렸던 허리를 꼿꼿이 펴고 물었다.

"그뿐이 아녀라우. 왜놈들이 우리 몸값을 챙겨 불고 팔아묵었다요."

"무스그 말임메? 팔아먹다니?"

"우리가 타고 온 뱃삯이랑 먹은 밥값까지 벌어서 갚아야 한답디여."

"뭐이가 어드레요?"

덕배 아버지도 기가 막힌 모양이었다. 덕배는 아버지에게 학교 문제를 얘기했다.

"아버지, 학교도 없다고 했어요."

"무스그 말임메? 핵교가 없어? 아니 되지비. 덕배 니는 무슨 일이 있어도 꼭 핵교에 가야 한다이."

"아버지, 통역관이 학교는 무슨 학교냐고 모두 거짓말이라고 했다니까요."

덕배의 말에 덕배 아버지의 얼굴에 있는 칼자국 흉터가 심하게 뒤틀렸다.

"잘못 알았갔디. 학교에 보내 준다고 써 있었드랬어."

덕배 아버지의 말이 끝나자마자 감초댁이 고개를 흔들며 말했다.

"다 거짓뿌렁이랑께요. 통역관이 자기네 중국 사람들도 우리보다 먼저 이곳에 와서 일했는디 우리처럼 속아서 왔답디여."

"아버지, 내일부터 저도 농장에 나가 일을 해야겠어요."

"아니 된다이. 절대 아니 되지비. 덕배 니 벌써 잊었네? 니가 와 여기 왔는지 모르간? 염려 말라우. 내래 어케든지 덕배 니는 핵교에 댕기게 하겠습둥."

"아버지, 학교가 없다고 했다니까요."

"아이다. 덕배 니는 꼭 배워야 한다 말이다. 아바이 말 명심하라우."

덕배는 아버지의 말이 정말 이루어질 수 있을까 막연했다. 덕배 아버지는 자리에 누워서도 온몸이 아파 한 자세로 오래 누워 있지도 못했다.

"아버지, 그런데 황족이 뭐예요?"

"응? 누가 황족이라 했습메?"

"낮에 옥당대감이 감독에게 자기는 황족이라고 말했어요."

덕배 아버지가 고개를 갸웃거리며 말했다.

"무스그 말인지 모르갔다. 황족이라면 상감마마와 성이 같다는 말인디."

"임금님과 같은 성씨! 그럼 상감마마와 친척이라는 말이네요."

"그렇구마. 그런데 뭣 하러 여기까지 왔슴메? 괜한 말이갔디."

"아버지, 그래서 감초 아저씨가 우리랑은 하늘과 땅 차이라고 했나 봐요."

"신경 쓸 거 없다이. 어서 자라우."

덕배는 잠이 오지 않아 옆에 누워 있는 봉삼이를 불렀다.

"봉삼아, 난 내일부터 농장에 나가 아버지를 도와야겠어."

"형, 난 이제야 뭔가를 알 것 같아."

봉삼이가 자리에서 일어나 앉으며 말했다.

"뭘?"

"일본 놈이 한 사람당 얼마씩 받고 우릴 일꾼으로 팔아넘긴 거야. 그래서 열여섯 살 이상이어야 한다고 했던 거지. 생각해 봐. 우리 같은 애들은 밥만 먹여 줘도 말을 잘 듣잖아. 일본 놈들이 머릿수대로 소개비를 받아먹고 우릴 팔아넘겼다니까. 우린 밥을 굶다가 먹을 것을 주니까 무조건 고마워했던 거지. 팔려가는 줄도 모르구."

"그랬구나. 그래서 농장으로 데려올 때도 사람 수대로 돈을 주고 데려왔구나."

덕배는 모든 게 거짓 선전이었다는 걸 그제야 확실히 알 수 있었다.

"내일 형 일하러 가면 나도 갈래. 새벽에 일어나려면 빨리 자야겠다."

봉삼이가 자리에 누우며 말했다. 덕배는 소녀가 걱정이 되었다. 옥당대감도 어쩔 수 없이 일꾼이 될 수밖에 없을 터였다. 덕배는 눈을 감은 채 배에서 소녀와 함께했던 순간들을 아슴아슴 더듬기 시작했나.

가슴에 심은 꽃

큰 바다에 나오자 배가 기우뚱거렸다. 여기저기서 왝! 왝! 토악질을 해댔다. 뱃멀미였다. 선실 바닥은 금세 사람들이 토해 낸 누런 음식물로 더러워졌다. 여자들이 더 심하게 멀미를 했다. 비릿하고 시큼한 토사물 냄새가 선실 안을 가득 메우고, 양반과 상민이 한데 섞이고, 남자와 여자가 한데 섞였다.

덕배도 눈앞이 빙빙 돌기 시작했다. 장옷을 내린 소녀는 복숭앗빛 얼굴이 백지장처럼 새하얗게 변했다.

"아가, 정신 좀 차리거라! 대감, 이 아이가 큰일입니다. 손발이 얼음장이에요."

소녀의 어머니가 놀라서 허둥댔다. 그때 감초 아저씨가 짐보따리에서 뭔가를 꺼냈다.

"마님, 애기씨가 아직도 많이 허약하신 게라. 이거 말린 인삼인디요, 입에 넣으면 좀 진정이 될 것이요잉."

감초 아저씨가 소녀의 어머니에게 팔이 닿지 않자 덕배에게 인삼을 건넸다. 그 순간 배가 기우뚱하는 바람에 덕배가 소녀의 가슴팍 위로 확 쓰러지고 말았다. 소녀의 어머니가 기겁을 하고 덕배를 밀쳐냈다. 덕배는 선실 바닥으로 내동댕이쳐지면서도 꼭 움켜쥔 인삼을 놓지 않으려고 안간힘을 썼다.

덕배는 멀미가 잦아들자 간신히 일어나 소녀의 어머니에게 인삼을 내밀었다. 소녀의 어머니가 덕배의 손에서 말린 인삼을 받자마자 몹쓸 오물이라도 묻은 양 털고 또 털었다.

그 모습을 지켜보던 덕배 아버지가 큰 소리로 말했다.

"이보기요? 우리 아 손에 똥이라노 묻었습네까? 일부러 넘어진 것도 아닌데 내래 보기 민망하우다."

덕배 아버지의 말에 선실 안이 찬물을 끼얹은 듯 조용했다. 덕배는 그런 아버지가 조금 부끄러웠다. 가뜩이나 안절부절못하겠던 차에 사람들의 시선이 모두 덕배에게 쏠렸다. 덕배는 뱃멀미로 괴로운 순간이었지만 소녀의 가슴팍으로 쓰러진 걸 생각하면 얼굴이 화끈 달아올랐다. 덕배는 소녀의 체취를 느꼈던 순간이 가슴이 터질 것처럼 부풀어 올랐다. 혹시 아버지가 눈치를 챌까 봐 조마조마했다. 덕배는 더는 그곳에 있을 수 없었다. 덕배는 얼른 갑판 위로 올라갔다. 탁 트인 바다를 바라보며 숨을 크게 들이쉬었다.

'그 소녀는 왜 이 배를 탔을까?'

일포드호는 일본에서 며칠을 머물렀다. 일본에서는 항구에

에네껜 아이들

서만 머물렀고 배에 탄 사람들은 그대로 배에 머물렀다. 일본까지 오는 동안 멀미를 심하게 했는데 일본을 떠난 후에는 그 사이 적응이 되었는지 처음보다는 멀미가 덜했다.

덕배는 갑갑할 때마다 갑판으로 나와 소녀를 생각하며 떠나온 육지를 떠올렸다. 애오개 언덕엔 배꽃이 흐드러졌을 것이었다. 배꽃이 질 때는 눈이 내리는 듯했다. 덕배는 배꽃을 떠올리자 얼굴도 기억나지 않는 어머니와 소녀의 모습이 겹쳐지면서 무엇인가 배꽃처럼 가슴에서 흩날리는 것 같았다.

덕배는 불현듯 흙을 밟고 싶었다. 철따라 피는 들꽃들, 초록의 나무들도 보고 싶었다. 마음은 애오개 배 밭에 있는데 발을 딛고 있는 갑판은 황망한 바다 위에 놓인 사막 같았다. 갑자기 인왕산 자락에서 흘러내리는 청계천이라면 얼마나 좋을까 싶었다. 청계천 물에 발을 담그고 물장구를 칠 수 있다면……. 덕배는 망망대해의 푸른 바닷물을 바라보면서도 시원한 청계천 냇물이 그리웠다. 소녀가 곁에 있는데도 소녀를 실컷 보지 못하는 덕배의 마음처럼. 덕배는 소녀를 그리워하며 두리번거렸다.

소녀도 가끔 남동생과 함께 갑판으로 나와 바람을 쐬곤 했다. 덕배는 그런 날이면 슬쩍 선실을 나와 먼발치에서 소녀를 살폈다. 소녀는 동생의 머리를 쓰다듬으며 슬픈 눈으로 바다를 바라보곤 했다. 덕배는 그런 정경을 볼 때마다 소녀 같은 누나를 둔 소녀의 동생이 몹시 부러웠다.

큰 바다에 나오니 섬 하나도 보이지 않았다. 하늘과 맞닿은 아득한 수평선에 눈을 맞추면 바다에 있는지 하늘에 있는지 분간할 수 없을 만큼 끝이 없었다. 푸른 파도가 물결을 감아 올리며 밀려왔다가 뱃전에서 스러지면 저만치서 새로운 물결이 이랑을 이루고 밀려왔다.

며칠 후 덕배가 갑판 위에서 바람을 쐴 때였다. 소녀가 눈물을 훔치며 갑판 구석에 서 있었다. 무슨 일 때문에 눈물을 흘리고 있을까. 홀로 슬픔에 잠겨 있는 소녀의 모습은 덕배의 가슴을 사정없이 흔들었다. 아버지가 그토록 증오하는 양반의 딸한테 왜 마음을 통째로 빼앗겼는지 속으로 아버지에게 미안한 생각도 들었다. 덕배는 소녀를 훔쳐보며 어머니를 떠올렸다. 덕배에게 여자란 존재는 어머니에 대한 그리움인지도 몰랐다. 막막한 바다 위에서 치맛자락을 나부끼는 저 소녀가 어머니라면 당장 달려가 치마폭에 싸이고 싶은 충동이 물결처럼 일렁거렸다.

덕배는 정신을 놓은 채 소녀를 한참 바라보았다. 얼마나 지났을까. 소녀의 동생이 갑판으로 나와 소녀를 찾는 것 같았다.

소녀는 동생을 보자 얼른 눈물을 닦으며 어색하게 웃었다.

"누나, 혼자 나와 있으면 어떡해? 어머니가 빨리 나가 보라고 해서 올라왔어. 얼른 선실로 들어가."

"윤재야, 박복한 이 누나 때문에 너도 고생이 많지? 미안하다."

"누나, 무슨 말이야. 이제 육지에 도착하면 누나도 새로운 세상을 만날 거야. 아무 걱정하지 말고, 밥도 많이 먹고 제발 아프지 마."

"그래. 그래야지. 하지만 자꾸 자신이 없다. 꼭 나 때문에 식구들이 고생을 하는 것 같아. 그때 힘들었어도 그 혼담을 거절해야 했었는데. 난 난 여자들이 변해야 한다고 생각했었는데 그만. 윤재야, 내 사정이 아니었으면 그리 급하게 한양을 떠나지 않아도 되었을 텐데……."

"누나, 누나 때문이 아니라니까. 오히려 다행이야. 누나가 매형도 없는 집에 가서 시집살이한다고 생각해 봐. 어머님도 아버님도 늘 한숨만 쉬실걸. 나도 누나랑 헤어져서는 못 살아. 차라리 잘된 거야. 누나도 모두 다 잊어."

"아니야. 내가 아니었으면 이렇게 배를 타고 우리 가족이 이 고생을 하지 않아도 되었을 텐데……. 나 때문에 아버님이 사람들에게 모욕을 당하고, 어머님도 너도 험한 꼴을 당하고 말

이야. 다 내 팔자가 사나워서 이리된 거잖아. 너한테도 미안하
다."

"쉿! 누나, 아버님이 왜 서둘러 한양을 떠나려 했는지 잘 알
잖아. 괜한 신경 쓰지 마. 그리고 묵서가에 갈 때까지 우리 신
분을 티 내지 말랬어."

"그래. 알았어. 하지만 아버님은 나 때문에 더 서두르셨을 거
야."

덕배는 남매가 나누는 대화를 숨어서 들으며 가슴이 두근
거렸다. 매형도 없는 집에 시집살이라니. 그렇다면 소녀가 시집
을 갔단 말인가. 박복하다는 건 또 무슨 말일까. 덕배는 안개
속을 걷는 것처럼 답답하기만 했다.

그때 갑판 위에서 담배를 피우던 서양 선원 두 사람이 휘익,
휘익, 휘파람을 불며 소녀에게로 다가갔다. 소녀가 깜짝 놀라
남동생 뒤로 몸을 사리자 선원 둘이서 히죽거리며 소녀의 쓰
개치마를 잡아당겼다. 소녀의 동생이 눈이 휘둥그레진 채 겁을
먹고 소녀의 앞을 가로막았다. 건장한 선원이 소녀 동생의 등
덜미를 움켜잡고 번쩍 치켜올렸다. 소녀의 동생이 선원의 손에
대롱대롱 매달렸다. 소녀의 동생이 몸부림치며 소리쳤다.

"이거 놔요. 왜 이래요?"

소녀가 애원하듯 말했다.

"내 동생을 그만 내려놓으세요!"

서양 선원들은 소녀의 말을 들은 척도 하지 않았다. 그뿐만이 아니었다. 선원 한 명이 소녀에게 다가가 붉은 댕기를 잡고 희롱하기 시작했다. 덕배는 어찌해야 좋을지 몰랐다. 어떻게 하든 저 짐승 같은 선원에게서 소녀를 구해야 한다는 생각뿐이었다. 덕배는 망설일 틈도 없이 번개처럼 서양 선원에게 달려들었다.

"애기씨, 어서 선실로 피하세요!"

소녀를 희롱하던 선원이 갑자기 몸을 덮친 덕배와 함께 갑판 위에 나동그라졌다. 그 틈에 소녀가 동생의 손을 잡고 허겁지겁 선실로 피했다. 갑판 위에 떨어진 소녀의 쓰개치마가 바람에 나뒹굴며 펄럭거렸다. 덕배가 비틀비틀 일어나 소녀의 쓰개치마를 집으려는 순간이었다. 갑자기 코 앞에서 번갯불이 번쩍 일었다. 선원의 억센 주먹이 덕배의 얼굴을 갈겼다.

"뭐야, 이건!"

또 한 명의 선원이 발로 덕배를 걷어찼다. 덕배는 그대로 갑판 위에 나동그라졌다. 덕배는 선원의 발길질에 점점 정신이 몽롱해졌다.

덕배는 자기 몸이 어딘가로 들리는 걸 느끼다가 그대로 정신을 잃었다. 얼마나 지났을까. 덕배가 정신을 차린 곳은 사방이 꽉 막힌 방이었다. 방 밖에서 어렴풋이 덕배 아버지의 목소리가 들렸다.

"덕배야, 내래 아바지다. 정신이 드네? 어쩌자고 바보 같은 짓을 했습메?"

"아, 아버지, 여 여기가 어디예요?"

덕배는 입술이 진흙이 덕지덕지 붙어 있는 것처럼 무거웠다. 몸을 일으키려 하자 팔, 다리, 허리가 서로 뒤엉켜 잡아당기는 것처럼 아팠다.

"아, 아버지이……."

"오냐, 내래 여기 있다. 짐승만도 못한 놈들. 아를 어쩨 저리 처참하게 때린단 말임메. 덕배야, 니 어쩨서리 양반의 일에 분수없이 나서서 몰매를 맞았습둥? 많이 아프네?"

"아, 아버지, 애기씨는 어때요?"

"니 덕분에 무사하다마는 어쩌자고 선원한테 대들었네? 용기도 좋지마는 어른들을 불렀어야디!"

덕배는 소녀가 아무 일 없다는 말에 안심이 되었다.

"덕배야, 선원들이 온다. 무조건 잘못했다고 빌어야 함메. 무조건 살려 달라고 해라. 알겠네? 무조건 빌라우."

서양 선원의 발소리가 점점 가까워지자 덕배 아버지가 선원에게 애원하는 소리가 들렸다.

"이보기요. 우리 아들 좀 풀어 주기요. 저러다 잘못되면 어케 하겠슴둥? 제발 우리 덕배를 풀어 주기요. 이, 이거는 조선에서 가장 귀한 인삼입메. 부디 우리 아들을 풀어 주기요."

서양 선원은 인삼을 받아 들고 덕배가 갇혀 있는 방문을 열었다.

"특별히 봐주는 거다. 다시 한 번만 선원들에게 대들면 그때는 바다에 던져 버리겠다. 알겠나?"

"명심, 또 명심하갔습네다. 고맙습네다. 앞으로 조심하겠슴메."

덕배 아버지가 문 밖에서 선원에게 허리를 굽히며 말했다. 선원이 나가자마자 덕배 아버지가 방 안으로 들어와 덕배를 업었다. 덕배는 온몸이 다 쑤시고 아팠다. 선실로 내려오자 감초댁이 혀를 내둘렀다.

"오메, 징허게 아프겄구마. 참말로 폭폭허요잉. 어쩨 사람을 이리 모지락스럽게 팼당가? 시상에 온몸에 구렁이 기어간 것맹키로 멍이 들었구만이라. 애기씨 구하려다 큰일 날 뻔했구마는."

덕배 아버지가 선실 바닥에 깔개를 깔고 덕배를 눕히며 감초 아저씨에게 말했다.

"이봅세. 내래 약값은 얼마든지 주겠으니 우리 덕배 울혈이 빨리 가시는 약 좀 주기요. 아까 그 인삼 값도 내 나중에 후하게 값을 쳐 주리다.”

“알겠구만이라. 이거이 두꺼비랑 지네 기름인디요. 멍든 데는 그만이랑께라. 덕배야, 니 욕봤다. 애기씨를 구하다 이리되었응께 마님도 속으로 고마워하실 거이다.”

감초댁이 덕배를 안쓰럽게 바라보며 말했다.

“우리 덕배는 얼마나 마음이 넓고 깊은지 모르겠슴메. 지 어마이도 양반 때문에 잃었는데 양반을 위해서리 몸을 던지다니, 내 아들이 장하지 않소? 사내대장부로 태어났으면 우리 덕배처럼 사사로운 감정을 가져서는 아니 되지비. 암, 당연히 그래야 하지비.”

덕배 아버지가 덕배의 몸을 살피며 혼잣말처럼 중얼거렸다. 덕배는 아버지에게 미안했지만 몸은 아파도 마음은 뿌듯했다. 덕배에게 소녀는 양반이기 이전에 연약하고 아리따운 소녀였다. 게다가 소녀는 한순간에 덕배의 마음을 앗아 간 존재였으니 당연히 소녀를 보호해야 했다. 덕배는 아버지가 자신의 속마음을 알아차릴까 봐 조마조마하면서도 소녀에게 향하는 마음을 거둘 수가 없었다.

‘양반집 소녀는 내게 오르지 못할 나무야. 누구든 말만 들어도 외면하는 내 근본을 알면 소녀와 소녀 가족은 기절하겠지. 어쩌자고 내 마음이 소녀에게 점점 더 빠져드는 걸까. 나는 보통 사람들도 가장 업신여기는 천민 중에 가장 밑바닥 천민 인데……'

덕배의 마음은 소녀에게 더 가까이 다가가라 부추기고, 머리는 제발 정신 좀 차리라고 덕배를 나무라는 것 같았다. 덕배는 온몸에 시퍼렇게 든 멍이 가실 때까지 소녀에게 기우는 마음과 줄다리기를 멈추지 않았다. 그 때문에 선실에 있으면 가슴이 더 답답했다. 소녀와 한방에 있으니 자신도 모르게 소녀의 모습을 훔쳐보다 괜스레 얼굴이 붉어지기 일쑤였다. 그 일이 있은 후로 한구는 소녀를 그림자처럼 따라다니며 보호했다.

조선인들을 태운 배가 태평양 한가운데 이르자 사방은 온통 푸른색뿐이었다. 하늘도 푸른색, 바다도 푸른색으로 어디가 하늘과 맞닿은 곳인지 분간할 수도 없었다. 덕배는 몸이 조금 회복된 후 자주 갑판으로 나와 답답함을 달랬다.

잿빛으로 내려앉은 하늘이 덕배의 마음을 닮은 것처럼 느껴지던 저녁 어스름이었다. 먼바다 쪽에서 검푸른 파도가 점점 작은 파도를 집어삼키며 고개를 빳빳이 쳐들고 달려드는 거대한 짐승처럼 몰려오고 있었다. 물기를 가득 머금은 바람도 점점 거세졌다. 폭풍우가 칠 것 같아 덕배는 서둘러 선실로 내려갔다.

이튿날 새벽이었다. 덕배는 요란한 물소리에 놀라 눈을 떴다. 깜깜한 선실 안에서 "우지끈!" 하는 소리와 함께 갑판으로 올라가는 문틈으로 번갯불이 번쩍 일었다. 뒤이어 선실로 물이 쏟아져 들어왔다. 배가 기우뚱거릴 때마다 물살은 점점 세졌다.

덕배 아버지가 사람들을 깨우고 짐을 물이 닿지 않는 곳으로 옮기고 있었다.

"덕배야, 선실에 물이 차고 있다. 어서 이쪽, 여기 이 계단으로 날래 올라가라우. 모두들 이쪽으로 나오라우요. 물이 점점 불어나고 있슴메."

덕배는 거센 물살에 몸을 가누며 아버지 쪽으로 몸을 돌렸다. 선실로 쏟아지는 물은 금세 발목까지 잠겼다. 소녀의 어머니가 허둥거리며 소리쳤다.

"한구야, 할아범! 아이고 내가 정신이 나갔네. 여기 할아범이 어디 있다고. 대감, 어찌하면 좋아요? 우리 윤서랑 윤재는 어디 있느냐? 한구야, 어서어서 우리 애들을!"

소녀 어머니는 반쯤 정신이 나간 것 같았다. 양반들은 하인을 부르던 습관이 몸에 배어 급한 일 앞에서는 무조건 하인만 찾는가 보았다. 한구는 옥당대감을 부축하느라 정신이 없었다.

에네껜 아이들

덕배는 갑판으로 올라가다가 번갯불이 번쩍할 때 물살에 허우적거리는 소녀를 보았다. 덕배는 쏜살같이 소녀에게 다가가 소녀의 팔을 움켜잡았다.

그때 감초 아저씨가 급히 선실로 들어와 소녀의 부모에게 소리쳤다.

"대감마님, 어서 이리로! 마님, 마님도 제 팔을 꽉 잡으시요잉. 어서요! 금세 물이 찬당께요. 덕배야, 그래. 옳지. 너는 애기씨를 갑판으로 모시고 올라가거라. 어서!"

그때였다. 소녀의 동생이 물살에 휩쓸리며 소녀를 불렀다.

"누나! 으악! 헙푸우!"

소녀가 동생을 보자 발을 못 떼고 허둥거렸다. 덕배는 소녀의 애타는 눈빛을 모른 체할 수 없었다.

"야! 손을 이쪽으로! 어서 내 허리를 감아. 어서!"

덕배는 소녀와 동생을 간신히 붙잡고 갑판 쪽으로 한 발 한 발 내딛었다.

갑판으로 올라가는 계단 위에서 덕배 아버지가 덕배에게 손을 내밀었다. 덕배는 한 손에 소녀를, 다른 한 손에는 소녀의 동생을 붙잡고 아버지에게 몸을 맡겼다. 덕배 아버지가 덕배의 몸을 갑판 위로 끌어올렸다. 덕배는 그제야 안도의 숨을 내쉬었다.

감초 아저씨도 아줌마와 함께 갑판 위로 올라와 숨을 돌렸다. 갑판 위도 안전하지 않았다. 배가 기우뚱거릴 때마다 거센 물살이 갑판을 휩쓸었다.

"덕배야, 이 밧줄로 기둥에 서로서로 몸을 꼭 묶어야 함메. 날래날래 서두르라우. 언제 물살에 휩쓸려 버릴지 모른다. 하늘이 저렇게 깜깜하니."

덕배 아버지는 덕배에게 밧줄을 던지고 사람들이 아우성치는 선실로 급히 내려갔다. 덕배는 소녀와 소녀의 동생을 갑판 위에 있는 기둥에 묶으려고 간신히 걸어갔다. 그때 번개가 번쩍하더니 "우르릉 쾅!" 하늘이 내려앉는 듯한 소리가 들렸다. 소녀가 화들짝 놀라 두 손으로 얼굴을 가렸다. 덕배는 소녀의 동생에게 밧줄을 건네려다 아무래도 마음이 안 놓여 직접 밧줄로 소녀와 동생의 몸을 묶었다.

"여기 이 기둥에 몸을 묶을 테니까 밧줄을 꼭 잡고 있어야 해요."

소녀 대신 소녀의 동생이 겁먹은 눈으로 고개를 끄덕였다. 잠시 후에야 한구가 소녀의 부모님을 부축하고 갑판 위로 올라왔다.

"윤재야, 윤서야, 어디 있는 게냐?"

"어머니, 저희 여기 있어요. 여기요! 저흰 안전해요."

소녀가 애타게 말했다.

소녀의 부모가 어찌할 줄 모른 채 허둥거렸다. 그때 선실에 내려갔던 덕배 아버지가 갑판 위로 올라오면서 사람들에게 말했다.

"이보기요. 모두 내 말 잘 들으시오. 상어 밥이 되지 않으려면 모두 밧줄로 이 기둥에 몸을 묶어야 함메. 이 비는 날래 그칠 비가 아니니 어서어서 서두르라요."

덕배 아버지의 말에 감초 아저씨가 몸을 묶고 한쪽 끈을 한구에게 던졌다. 한구가 옥당대감과 마님을 기둥에 묶으려고 할 때였다. 또 한 차례 우지끈 소리와 함께 여러 불기둥이 갑판 쪽으로 내리꽂혔다. 모두들 벼락을 맞은 줄 알고 허둥거렸다. 계속해서 "와지끈!" "쩽!" 하는 날카로운 천둥소리에 금세 몸이 찢기는 듯한 착각이 일었다. 모두 겁이 나서 덜덜 떨기만 했다. 한구는 기겁해서 바닥에 엎드리다가 그만 잡고 있던 밧줄도 놓치고 갑판에 나동그라졌다. 옥당대감이 중심을 잃고 허우적거렸다. 바로 그때 엄청난 파도가 갑판을 덮쳤다. 그 바람에 옥당대감이 갑판에 쓰러져 허우적거렸다. 덕배 아버지가 쏜살같이 옥당대감에게 몸을 날렸다.

"이 밧줄로 어서 몸을 묶으라요. 어서요!"

선원들도 허우적거리긴 마찬가지였다. 덕배 아버지는 모두의 대장 같았다. 이리저리 날렵하게 움직이며 사람들에게 안전한 자리를 마련해 주었다. 배가 기우뚱거릴 때마다 마치 커다란 용이 입을 벌린 채 배를 삼키려는 것처럼 파도가 달려들었다. 덕배는 기둥에 묶인 채 몇 번이나 물벼락을 맞았다. 밧줄로 몸을 묶지 않았더라면 그대로 바다에 쓸려 내려갔을지도 몰랐다. 밧줄을 헐겁게 묶은 사람들은 파도가 몰아칠 때마다 갑판에 나동그라졌다가 간신히 밧줄을 잡고 일어나곤 했다.

덕배 옆에 있는 소녀는 옷이 다 젖어서 맨살이 그대로 내비쳤다. 번갯불이 번쩍일 때마다 덕배는 눈을 감았다. 얼마를 그렇게 버텼는지 꽤 오랜 시간이 지난 것 같았다.

잠시 잔잔해지는가 싶을 때였다. 갑자기 배가 바다 밑으로 쑤욱 빨려 들어갔다. 그러다 금세 뱃전이 하늘로 솟구쳤다. 갑판 위로 거대한 바닷물이 한꺼번에 몰려왔다. 너무나 무서웠다. 바로 그때 옥당대감이 밧줄을 놓치고 물살에 휩쓸려 허우적거리는 게 보였다. 배가 곤두박질치듯 내리꽂히는 순간 옥당대감이 그대로 미끄러지며 소리쳤다.

"아이구, 나 나 좀 잡아라!"

순식간이었다. 깜짝 놀란 소녀가 외마디 소리를 질렀다.

"아버님! 아버님!"

덕배 아버지가 어느새 밧줄 두 개 중 한쪽 끝을 몸에 감고 반대편 한 끝을 덕배에게 던지며 소리쳤다.

"이 밧줄 꼭 잡고 있으라우. 놓치면 큰일 난다."

덕배 아버지가 물살에 휩쓸리는 옥당대감을 향해 몸을 날렸다.

"아버지이!"

덕배는 아버지가 잘못될까 봐 가슴이 조마조마했다. 기둥에 묶인 사람들이 모두 덕배 아버지를 묶은 밧줄을 꼭 잡고 힘을 주었다. 덕배 아버지는 번개처럼 날렵한 몸으로 옥당대감에게 밧줄을 던졌다.

"자, 이 줄을 꼭 잡으라요. 어서! 꼭 잡아욧!"

한구가 달려와 덕배 아버지와 함께 밧줄을 잡아끌었다. 옥당대감이 밧줄을 붙잡고 물속에서 빠져나왔다. 옥당대감은 그대로 정신을 잃었다. 덕배 아버지가 옥당대감을 선실 바닥에 엎어 놓고 등을 탁탁 두드렸다. 그제야 옥당대감이 물을 토해 내며 정신이 들었다.

덕배는 그제야 안심이 되었다. 검은 구름이 물러가기 시작했다. 바다도 잔잔해졌다. 소녀와 윤재 그리고 소녀의 어머니가 참았던 울음을 터뜨렸다. 덕배는 지옥에 다녀온 기분이 이럴까 싶었다.

덕배는 아버지가 자랑스러웠다. 아버지가 아니었으면 옥당대감은 그대로 바다에 빠져 시체조차 찾을 수 없을 뻔했다. 감초 아저씨가 옥당대감을 부축하며 말했다.

"대감마님, 큰일 날 뻔했어라우. 다행이어라우. 참말 다행이 어라."

새벽의 한기가 몰려와 몸이 덜덜 떨렸다. 선원들이 분주하게 움직이기 시작했다. 선실에 들어갔던 덕배 아버지가 이제 안심하라며 말했다.

"사, 이제 선실에노 물이 빠졌을 거임메. 모두 선실로 돌아가서 짐을 정리해야 하지비."

사람들은 자신들을 지켜 준 밧줄을 소중하게 말아 쥐었다.

"한구야, 어서 대감마님을 선실로 모셔라."

소녀의 어머니가 하인을 재촉했다. 한구가 옥당대감을 업고 선실로 내려갔다. 덕배는 소녀와 소녀의 동생에게 다가가 기둥에 묶인 밧줄을 풀어 주었다. 그때 갑자기 소녀가 정신을 잃고 힘없이 쓰러졌다. 소녀의 어머니가 축 늘어진 소녀를 끌어안았다.

"애야, 아이구. 이를 어째. 아가! 윤서야!"

소녀의 얼굴이 파리한 채 움직임이 없었다. 덕배는 가만히 있을 수가 없었다.

"마님. 애기씨를 제 등에 업혀 주세요."

에네껜 아이들

덕배는 어디서 그런 용기가 났는지 몰랐다.

"안 된다. 저리 비켜라! 감히 어디 양갓집 규수를!"

소녀의 어머니가 덕배의 등을 확 밀쳐냈다. 그러자 소녀의 동생이 말했다.

"어머니, 제게 업혀 주세요. 누나, 정신 좀 차려 봐!"

그러나 축 늘어진 소녀를 감당하기엔 동생의 몸이 너무 나약했다. 소녀를 업으려던 동생이 소녀와 함께 바닥에 쓰러졌다. 소녀의 어머니가 그제야 덕배를 불렀다.

"할 수 없구나. 어서 우리 애를 선실로 옮겨 다오."

덕배는 얼른 소녀를 들쳐 업었다. 소녀의 젖은 몸이 등줄기에 느껴지자 가슴이 쿵쿵거렸다. 선실에 돌아올 때까지 소녀는 깨어나지 않았다. 선실로 돌아오자 소녀의 어머니가 소녀를 받아 안고 안절부절못했다.

"아가, 정신 좀 차려 봐라. 윤서야, 어서 눈 좀 떠! 아이고. 이를 어쩜 좋단 말이냐? 이보게나! 야, 약을 좀. 어서!"

소녀의 어머니가 소녀의 뺨을 찰싹찰싹 두드리며 감초 아저씨를 불렀다. 감초 아저씨가 급히 까만 환약을 꺼내 소녀의 어머니에게 내밀었다.

"마님, 이거이 우황이라요. 아주 급할 때 쓰려고 몇 개 챙겨 왔는디 우선 이거를 씹어서 애기씨 입에 넣어 보시요잉."

소녀의 어머니가 우황을 씹어 파리한 소녀의 입에 넣자, 잠시 후 소녀가 겨우 숨을 몰아쉬며 실눈을 떴다. 덕배는 그제야 가슴을 쓸어내렸다.

덕배 아버지가 깨어난 소녀를 바라보며 말했다.

"우리 덕배 아니었으면 저 처자는 벌써 황천객이 되었겠지비. 이보라우요. 어서 툭툭 털고 일어나 우리 덕배에게 살려 준 은공을 갚아야디. 암, 그래야 하고말고."

덕배는 아버지의 말에 얼굴이 확 달아올랐다. 그때였다.

"양반이 위기에 처하면 상것이 돕는 거는 당연한 일이거늘, 어디다 생색을 내려 하느냐? 상것들이 감히 양반한테 인사를 받으려 하다니, 어느 안전이라고 함부로 입을 놀리느냐?"

소녀의 동생이 마치 양반 어른처럼 나무라는 투로 말했다. 덕배는 기가 탁 막혔다. 아무리 철부지라도 보통 당돌한 게 아니었다. 자기 아버지가 누구 때문에 죽을 고비에서 살아났는지도 모르는 못된 녀석이었다. 아무리 철딱서니가 없어도 그냥 넘어갈 수가 없었다. 덕배 아버지도 대가를 바라고 한 일은 아니었다. 덕배는 아버지를 능멸한 소녀의 동생을 도저히 용서할 수가 없었다.

"젖내도 가시지 않은 애송이가 뭐 어째? 어른한테 반말 짓거리를 해? 혓바닥이 반 토막이냐? 자기 아버지를 구해 준 은

혜도 모르고 우리 아버지를 뭐? 상것? 당장 우리 아버지한테 잘못했다고 빌어라! 당장!"

덕배는 그 순간은 소녀의 동생이라는 것도 생각할 겨를이 없었다. 아버지보다 더 중요한 사람은 없었다. 덕배의 말에 소녀의 동생이 두 주먹을 불끈 쥐며 덕배를 쏘아보았다.

"쏘아보면 어쩔 건데? 여긴 바다 한가운데야. 양반, 상놈 가릴 곳이 아니란 말이야. 당장 우리 아버지한테 잘못했다고 빌라니까!"

덕배는 뒤로 물러서기는 싫었다. 아버지를 업신여긴 소녀의 동생에게 꼭 사과를 받아내고 싶었다. 어쩌면 지금까지 살아오는 동안 양반에게 당한 억울함이 한꺼번에 폭발했는지도 몰랐다.

"아니, 저, 저 맹랑한. 저놈이 감히 어느 앞이라고?"

소녀의 어머니가 덕배를 노려보며 소리쳤다. 그러자 소녀의 동생이 자기 아버지에게 말했다.

"아버님, 왜 보고만 계십니까? 저 상것들을 혼쭐을 내 주십시오. 감히 우리를 뭐로 보고! 아버님, 우린 여느 양반이 아니지 않습니까?"

덕배는 옥당대감에게 불벼락을 맞아도 이미 내친걸음이라 생각했다. 그때 옥당대감이 점잖게 말했다.

"윤재야, 자중하라고 이르지 않았느냐?"

"아버님!"

"잠자코 있거라!"

뜻밖이었다. 불호령이 떨어질 줄 알았는데 소년의 아버지는 자기 아들을 나무랐다. 소녀의 동생은 분이 풀리지 않은 듯 식식거리며 덕배를 노려보았다.

그때였다. 간신히 기운을 차린 소녀가 동생의 어깨를 다독거렸다. 덕배는 소녀의 손길이 마치 자기 어깨를 어루만지는 것처럼 느껴졌다. 양반이란 존재에게 치솟던 불같은 화가 소녀를 보자 조금씩 누그러지기 시작했다. 소녀는 자신을 어떻게 생각할까? 저 당돌한 동생처럼 소녀도 자신을 하찮게 여길까? 덕배는 소녀를 생각하며 소녀 동생에 대한 미움을 삭이기 위해 애썼다. 덕배를 지켜보던 아버지가 갑자기 일어나며 덕배를 불렀다.

"덕배야, 날래 일어나 짐 챙기라우. 내래 이 방에 도저히 못 있갔다. 이 꼴 저 꼴 보기 싫어서리 다른 방으로 옮겨야갔다."

덕배 아버지의 말에 감초 아저씨가 얼른 말렸다.

"진정허쇼. 뱃멀미에, 풍랑에, 모다 정신이 없구만이라. 참으시랑게요."

"일없수다래. 내래 은혜도 모르는 사람들하고는 눈도 마주치고 싶지 않습메."

덕배 아버지는 바로 선실을 나와 안내인에게 부탁해서 다른 선실로 옮겨 버렸다. 덕배는 이제 한방에서 소녀를 볼 수 없는 게 아쉬웠지만 아버지를 말릴 수는 없었다.

덕배는 며칠 후 갑판에 나갔다가 소녀와 마주쳤다. 소녀는 얼른 고개를 숙였다. 덕배는 전보다 건강해진 소녀의 모습이 무척 반가웠다. 그때 소녀가 얼굴을 붉히며 덕배 곁으로 다가왔다.

"저어, 지난번 일은 정말 고맙습니다. 저 때문에 몸까지 상하셨는데 너무 미안하고, 동생 일도 정말 미안해요."

덕배는 바람결에 들은 선녀의 말일까 싶었다. 소녀의 말투는 양반이 상민에게 하는 말이 아니었다. 너무나 공손했고 예의를 갖춘 말이었다. 불씨만 겨우 남았던 덕배의 가슴에 다시 뜨거운 연정의 불길이 되살아났다. 소녀가 자신에게 고맙고 미안하다고 말하다니 꿈만 같았다.

"괜찮습니다. 그렇게 말해 주시니 제가 고맙습니다."

덕배는 가슴이 떨려 어떻게 대답을 했는지 몰랐다. 얼굴이 화끈거리고 가슴에서는 알 수 없는 초조함과 뿌듯함이 소용돌이쳤다.

"제 동생을 용서해 주세요. 아직 철이 없어서 무례를 범했습니다. 너그럽게 봐주시길……."

소녀가 말꼬리를 흘리며 급히 선실로 내려갔다. 덕배는 가슴이 너무 뛰어 한동안 멍하니 서 있었다. 선실로 내려올 때도 발걸음이 허공을 딛는 것 같았다.

그날 이후부터 덕배의 가슴속에는 늘 소녀가 살고 있었다. 양반집 규수가 자신에게 진심 어린 말로 고맙다는 말을 한 것이다. 그 후로 덕배는 자신이 비로소 사람이 된 것 같았다.

소녀와 가끔 배에서 마주칠 때마다 먼저 얼굴을 붉혔는데 낯선 땅에 와서 그 소녀와 한 농장에 있게 되다니 아무리 생각해도 보통 인연이 아닌 것 같았다. 덕배는 아무리 힘들어도 소녀만 생각하면 모든 걸 참을 수 있을 것 같았다. 만약 옥당 대감이 농장 일을 하지 않는다면 자신이 대신 일을 해서라도 소녀가 굶지 않도록 하고 싶었다. 덕배는 마음속으로 단단히 다짐했다.

'내일은 무조건 아버지를 따라 농장에 가야겠어.'

나뒹구는 상투 꼭지

다음 날 아침이었다. 덕배는 무작정 아버지를 따라 농장에 갈 요량으로, 아버지보다 먼저 일어나 마테체를 챙겼다. 아버지가 일어나자마자 덕배를 말렸다.

"덕배야, 니는 아니 됨메. 내래 어케 너에게 그런 험한 일을 시키갔네? 아니 된다이."

그러자 봉삼이가 거들었다.

"아저씨, 저도 형이랑 농장에 나갈래요. 가서 심부름이라도 할게요."

"그래요, 아버지. 농장에 가서 아버지 일을 돕겠습니다."

덕배는 마차가 오자마자 서둘러 마차에 올라탔다. 봉삼이도 덕배를 따라 마차에 올라탔다. 옥당대감은 우두커니 서서 사람들을 지켜보았다. 표정이 너무나 곤혹스러워 보였다.

감초 아저씨가 마차에 오르려다 옥당대감에게 말했다.

"대감마님, 목구멍이 포도청이라 했구먼이라. 지들이 힘껏 도와드릴 텡께 농장으로 가시지요. 당장 품삯을 받아야 살아갈 것 아닌게라.”

옥당대감이 아무 기척이 없자 감초댁이 소녀의 어머니에게
말했다.

“마님이 잘 말씀드려야겠어라. 애기씨 몸도 성치 않고 당장
약이라도 사려면 돈이 있어야지라. 여기서는 농장에서 받는
전표가 없으믄 꼼짝없이 굶어 죽는다요. 지도 낼부터는 농장
에 나가 볼라요. 냄편 몸이 저 지경인디 가만히 있을 수가 없
구만이라.”

소녀의 어머니는 감초댁의 말에 아무 대꾸도 하지 않았다.
이제 소녀의 어머니도 낯선 땅에서 더 이상 양반의 위세가 통
하지 않는다는 걸 아는 것 같았다. 조선이라면 감히 양반에게
이래라저래라 한다는 건 당장 불호령이 떨어질 일이었다.

“날래 갑시다래.”

덕배 아버지가 마부에게 빨리 가자고 재촉했다. 어느 틈에
나왔는지 윤재도 떠나는 마차를 우두커니 바라보고 서 있었다.

덕배는 문득 양반이란 존재가 갓난아기 같다는 생각이 들
었다. 한 끼 밥도 하인들의 손에 의지하는 양반들은 손 하나
까딱하지 않고 입으로만 사는 사람들이나 다름없어 보였다.

마차는 어스름한 새벽길을 한참 동안 달렸다. 농장에 도착
할 즈음에야 날이 밝았다.

"아버지, 이 잎을 베는 거예요?"

"그렇디. 이 가시 좀 봐라. 엄청 크지? 너는 힘들어서 못함 메. 봉삼이와 심부름이나 하라우."

덕배는 봉삼이와 함께 어른들이 마테체로 찍어내는 어저귀 잎을 하나씩 날라 가지런히 쌓았다. 잎을 옮기는 데도 가시 때문에 금세 피부가 긁혔다.

어저귀 농장 고랑에 검은 바위가 군데군데 있었는데 가까이 다가가니 느릿느릿 움직였다. 덕배와 봉삼이는 깜짝 놀라 자세히 살폈다. 도마뱀처럼 생겼는데 이구아나라고 했다. 난생처음 보는 동물이 무척 신기했다. 다행히 사람을 해치거나 물지는 않는다며 오히려 독이 있는 방울뱀을 조심해야 한다고 했다.

로페즈 감독은 말을 타고 돌아다니며 일꾼들을 감시했다. 잠시 쉬거나 머뭇거리는 사람이 있으면 쏜살같이 달려와 채찍을 휘둘렀다.

"에이 씨, 우리가 짐승이야. 채찍질을 하게! 청계천 다리 밑이 그립다. 난 더 못하겠어. 더운 것도 참기 힘든데 이것 봐. 손이 금세 피투성이가 되었어. 욱신욱신하고 너무 아파."

봉삼이가 밭고랑으로 나와 가시에 찔린 손에 흙을 뿌리며 투덜거렸다. 햇볕은 타들어갈 듯 뜨거웠다. 지상낙원이라던 농장은 지상지옥이라 해야 맞을 것 같았다. 이 나라에 비하면 조선이 얼마나 아름다운 곳인지 새삼스러웠다. 계곡을 흐르는 맑은 물과 시원한 바람결이 너무도 그리웠다. 가만히 있어도 땀이 줄줄 흐르는 축축한 무더위에 금세 숨이 턱턱 막혔다.

원주민 마야인들도 조선 사람들과 똑같은 일을 했는데, 그들은 신발도, 옷도 없이 헝겊 쪼가리로 사타구니만 겨우 가리고 일을 했다. 체격은 조선 사람들보다 훨씬 작았는데 피부는 아주 단단해 보였다.

로페즈 감독은 마야인들을 더 심하게 다루는 것 같았다. 이 땅에도 조선의 상민과 양반처럼 신분 차별이 있는 것일까. 조선 사람들은 그런 마야인들의 처지를 안쓰러워했는데, 마야인들은 오히려 조선 사람들을 무시하며 함부로 대했다. 마야인이나 조선 사람이나 똑같이 로페즈 감독에게 부림을 받는 존재들인데, 멀리서 온 다른 나라 사람이라는 이유로 조선 사람들을 무시하는 마야인을 덕배는 이해할 수 없었다. 덕배가 보기엔 마야인들이 사는 모습은 조선 사람들보다도 더 형편없게 느껴졌다. 어려운 사람들끼리 서로 도우며 살면 안 되는 걸까.

덕배의 손도 금세 가시에 찔려 피투성이가 되었다. 어저귀 가시에 찔려 피가 날 때마다 흙을 뿌려 지혈을 시켰다. 일을 하다가 너무 힘들어 밭고랑에서 잠시 쉬려고 하면 어디서 나타났는지 로페즈 감독이 금세 호루라기를 불었다.

오후가 되자 손도 몸도 마비가 된 것처럼 움직이기 힘들었다. 일이 거의 끝날 무렵이었다.

"아이고, 보소, 이거 좀 풀어 주소!"

소리꾼 방씨 아저씨가 어저귀 밭고랑에서 엉거주춤 구부린 채로 소리쳤다. 덕배 아버지가 급히 방씨에게 달려갔다. 덕배도 무슨 일인지 궁금해 뛰어갔다. 방씨 아저씨는 상투가 가시에 걸려 이러지도 저러지도 못한 채 끙끙거렸다.

"이보오, 마귀 같은 가시가 상투 꼭지에 걸렸음메. 허허 참, 상투까지 말썽이구마."

덕배 아버지가 어저귀 가시에 걸린 상투를 풀고 있는데 어느새 로페즈 감독이 쏜살같이 달려와 큰 소리로 누군가를 불렀다. 그러자 마야인 중에 한 명이 금세 달려왔다. 마야인의 손에는 가위가 들려 있었다. 로페즈 감독은 가위를 받자마자 방씨 아저씨에게 다가가더니 상투를 댕강 잘라 버렸다.

순식간에 일어난 일이었다. 방씨 아저씨는 깜짝 놀라 밭고랑에 떨어진 상투 꼭지를 집어 들었다.

"이, 이 무슨 짓이오! 아이고! 신체발부는 수지부모라 했는데……. 아이고, 이 이런 일이. 아이고, 흐흑……."

방씨 아저씨가 밭고랑에서 상투 꼭지를 들고 울부짖었다.

그러자 로페즈 감독이 방씨 아저씨에게 채찍을 휘둘렀다. 방씨 아저씨는 채찍을 맞으면서 더욱 서럽게 울부짖었다.

"생지옥 같은 낯선 땅에 와서 고생하는 것도 서러운데 상투까지 잘리다니, 이, 이런 일이 어데 있소. 흐흑! 흑!"

로페즈 감독이 사라지자마자 사람들이 깊게 한숨을 내쉬었다. 일이 끝날 때까지 아무도 입을 열지 않았다. 모두 마음속으로 울고 있었다.

해가 기울자 로페즈 감독이 부하들을 데리고 나타나 낚어 놓은 어저귀 단을 세기 시작했다. 로페즈 감독은 서른 단이 못 되는 사람들에게 빨리 숫자를 채우라고 소리쳤다. 모두 힘을 합해 못 채운 사람들을 도와주었다. 이윽고 서른 단을 다 채웠을 때는 깜깜한 밤중이었다.

덕배는 농장에서 돌아오자마자 그대로 쓰러졌다. 잠시 눈을 감았다 뜬 것 같은데 어느새 이튿날 새벽이었다. 종소리를 듣자마자 밖으로 나왔는데 로페즈 감독이 낯선 남자를 데리고 서 있었다. 낯선 남자는 바로 이발사였다. 로페즈가 사람들에게 줄을 세우고 상투를 튼 남자들을 골라 따로 줄을 세웠다. 로페즈가 이발사에게 지시해서 상투를 자르게 했다.

조선 사람들은 맨머리를 드러내지 않았다. 어쩌다 상투를 자른 사람들도 수건을 질끈 동여매어 머리를 감쌌고, 아이들

에네껜 아이들

도 호건이나 아얌을 썼다. 여자들도 양반들은 남바위나 조바위를 썼고, 이도 저도 없으면 쓰개치마로라도 머리를 가려야 외출을 할 수 있었다.

로페즈 감독이 어저귀 밭에서 상투가 방해된다고 판단한 모양이었다. 상투를 자를 수 없다고 반항이라도 할라 치면 로페즈 감독은 무작정 채찍을 내리쳤다.

"시상에 이게 무신 일이다요? 대감마님, 어떻게 좀 해 보시요잉?"

감초 아저씨가 옥당대감을 불렀다. 그러나 옥당대감은 이제 허수아비였다. 상투를 자른다는 건 마지막 남은 양반의 체통마저 깡그리 짓밟히는 일이었다. 로페즈 감독은 머뭇거리는 조선 사람들을 사정없이 이발사 앞에 앉혔다.

"어째야 한당가요? 조선에서는 머리카락이 부모나 마찬가지랑께요. 부모를 어찌 자르겠어라? 아이구! 안 된당께요!"

"단발령이 내렸을 때도 안 자른 상투라요. 마지막 남은 자존심입니다. 내는 못해요."

사람들은 몸부림을 치며 반항하다가 채찍 앞에서 어쩌지 못하고 이발사의 손에 머리를 맡겼다. 잘린 상투 꼭지가 낯선 땅에 말라비틀어진 개똥처럼 나뒹굴었다. 마지막으로 옥당대감이 끌려 나왔다.

"네 이놈! 저리 비키지 못할까? 상투를 자르느니 차라리 내 목을 잘라라, 이놈!"

옥당대감의 목소리는 울부짖음처럼 들렸다. 소녀와 윤재가 "아버님!" 하면서 울먹이자, 소녀 어머니도 눈물을 흘리며 "아이고, 나리!" 하고 불렀다. 옥당대감의 상투가 이발사의 가위에 힘없이 싹둑 잘려 나가자 윤재가 달려가 상투 꼭지를 주우려고 했다. 로페즈 감독이 달려드는 윤재를 밀쳐내고 옥당대감의 상투 꼭지를 발로 짓이겨 쓰레기 더미로 걷어찼다.

"아버님, 어머님, 못난 자식의 불효를 용서하시소. 아이고, 흐흑, 흑."

여기저기서 통곡 소리가 이어졌다.

"이역만리 남의 나라 땅에 와서 마지막 남은 상투까지 잘렸으니 이제 무슨 낯으로 산다요? 이런 시상인 줄도 모르고 돈 벌어 부자되겠다고 지옥을 찾아왔구만이라."

감초 아저씨의 푸념에 모두들 서럽게 울음을 터뜨렸다.

그때 로페즈 감독이 빨리 마차에 타라고 호루라기를 불었다. 사람들은 상투가 잘린 머리를 흰 천으로 가리고 침통한 표정으로 마차에 올랐다. 농장에 도착할 때까지 아무도 입을 열지 않았다. 농장에서 어저귀 잎을 벨 때도 여기저기서 한숨 소리만 새어 나왔다.

에네껜 아이들

그날 밤, 덕배가 자리에 누우려고 할 때였다. 봉삼이가 소변을 보러 나갔다가 화들짝 놀라며 들어왔다.

"형, 밖에 좀 봐 봐. 그 자식이 나와 있어."

"누구?"

"누군 누구야? 밥맛없는 자식 말이야."

봉삼이 말에 덕배는 어두컴컴한 밖을 살폈다. 희끄무레한 달빛이 윤재를 비춰 주었다. 윤재는 공터 한쪽에 놓아둔 마테체를 손으로 잡고 몸을 이리저리 움직이고 있었다.

"마테체가 장난감이라도 되는 줄 아나?"

봉삼이가 재미있는 구경거리가 생겼다는 듯 비아냥거렸다.

"농장에 나가려고 연습이라도 하는 거겠지."

"대감마님은 이제 뭐 하지? 일을 하러 온 게 아니라며? 감독이 찢어 버린 그 종이에 뭐라고 쓰여 있었는지 모르지만 이제 일 안 하면 굶어 죽기밖에 더하겠어? 자기 아버지를 대신해서 일을 해야 한다는 걸 알긴 아나 봐."

봉삼이는 아무리 생각해도 옥당대감을 이해할 수 없다며 고개를 갸웃거렸다.

"봉삼아, 그 애는 양반보다 더 높은 황족이라서 일이라고는 흉내도 못 낼 거야."

"형, 황족이면 뭐 해? 상투까지 잘리고 이제 굶어 죽게 생겼는데 뭐."

봉삼이 말대로 이곳에서는 황족이든 양반이든 아무 소용없었다. 더구나 아직 몸도 어린애 같은 윤재가 농장 일을 한다는 건 무리였다. 덕배는 앞으로 소녀가 어떻게 살아갈지 더 걱정이 되었다.

"이제 우린 한배를 탄 거야. 서로서로 도와야 해."

"형은 그 자식이 형한테 그렇게 못되게 굴었는데도 도와주려고 그래? 그 애 누나 때문에 그리지? 내 눈은 못 속여."

봉삼이가 놀리듯 말했다.

덕배도 양반이 야속하고 미웠다. 더구나 자신을 업신여기는 윤재는 말할 것도 없었다. 그러나 소녀는 덕배를 천민으로 대하지 않았다. 반말도 하지 않고 자신을 낮춰 덕배에게 분명히 고맙다는 인사까지 했다. 그런 소녀를 모른 체할 수는 없었다.

"봉삼아, 양반들이라면 내가 너보다 더 치를 떨었어. 하지만 어쩌냐? 굶어 죽는 걸 볼 수는 없잖아? 그러니까 우리 조선 사람끼리 한식구라고 생각하고 서로서로 도와야 해."

"싫네요. 도우려면 형을 돕지, 내가 왜 그 기분 나쁜 자식을 도와? 난 싫어!"

"봉삼아, 빨리 자자. 그래야 내일 또 농장에 가서 일을 하지."

덕배는 봉삼이를 재촉해 안으로 들어와 자리에 누웠다.

이튿날 종소리가 울리자 감초댁과 감초 아저씨 사이에 옥신 각신하는 소리가 들렸다.

"막지 마소, 오늘은 나도 농장에 나가 돕겠어라."

"그만두랑께. 남자들도 겨우 하는 일을 임자가 어찌한당께라. 어림도 없당께."

"냄편 몸이 가시투성인디 어째 가만있다요? 가서 심부름이라도 해야 쓰겄소."

"마누라 없는 사람 부럽수다래. 도와준다는 데 와 싫다 함메?"

덕배 아버지가 감초 아저씨에게 웃으며 말했다.

"아이고, 덕배 아부지는 아들이 있는디 뭐가 부럽다요? 게다가 봉삼이까정 친형제처럼 지내니 여간 보기 좋지 않어라."

감초댁이 머릿수건을 쓰고 마차에 오르며 말했다. 그때였다.

"윤재야, 니가 무슨 일을 한다고 그래! 안 된다, 안 돼. 이럴 때 한구라도 있으면 좋으련만 그 녀석은 어디로 갔는지……."

소녀의 어머니가 윤재를 붙잡으며 말렸다.

"놔요. 어머니, 이대로 굶어 죽을 수는 없잖아요? 아버님이 험한 일을 하시게 할 수는 없어요. 제가 나가겠어요."

윤재는 어머니의 만류를 뿌리치고 마차에 뛰어올랐다.

"효자 났네, 효자 났어. 내가 보기엔 농장 문턱에서 겁부터 먹고 기절할 것 같은데. 안 그래, 형?"

봉삼이가 덕배의 귀에 대고 속삭였다. 감초댁이 윤재를 보고 혀를 쯧쯧 찼다.

"참말로 도련님이 효자구먼요. 암요, 대감마님은 험한 일 못하시지라. 도련님도 걱정이구마는. 험한 일을 어째 할랑가."

"아주마이, 우리 덕배랑 봉삼이는 막일하게 생겼슴메? 다 닥치면 하게 되는 거이다. 조선 땅도 아닌데 거 차별하지 말라우요. 양반이고 뭐이고 어린 아를 어서귀 밭으로 내보내는 심보는 또 뭐이가!"

덕배 아버지 말에 감초댁이 소녀 어머니의 눈치를 보았다. 소녀 어머니는 마차에 올라앉아 있는 소녀의 동생을 바라보며 발만 동동 굴렀다. 그사이 마부의 말채찍이 말 엉덩이를 내리쳤다. 마차가 출발할 때까지도 옥당대감은 나와 보지 않았다.

감초댁은 농장에 도착하자마자 입을 딱 벌렸다.

"오메! 징헌 거. 차라리 산에 가서 나무를 베라 하지. 가시라도 없으면 훨씬 쉽겠구마는 무신 가시가 이리 억세다요?"

"가시에 찔리지 않게 조심해야 혀. 독이 있어서 금세 부풀어 오른당께."

감초 아저씨가 감초댁에게 주의를 주었다. 소녀 동생은 자기 키보다 훨씬 큰 어저귀 앞에서 겁을 잔뜩 먹은 것 같았다.

"임자, 이왕 나왔으니 내가 베어낸 잎이나 가지런히 추려 놓으소. 묶는 거는 내가 할 텡께."

"알겄어라. 백지장도 맞들면 낫다 안 혀요?"

감초댁은 쓰임이 되는 걸 반기는 눈치였다. 덕배는 소녀 동생이 어찌할지 궁금했다. 낫조차 들어 본 적이 없을 텐데 낫보다 훨씬 큰 마테체로 어저귀 잎을 찍어낸다는 것은 'ㄱ'자도 모르면서 글을 읽겠다고 덤비는 격이었다. 마테체는 낫처럼 생겼지만 베는 게 아니라 거의 도끼질하듯 어저귀 잎 밑동 부분을 찍어내야 했다.

덕배는 소녀를 생각하면 모른 체할 수가 없어서 마테체를 들고 끙끙대는 소녀 동생에게 다가갔다.

"마테체 이리 줘. 내가 잎을 따낼 테니까 봉삼이랑 둘이서 내가 따낸 잎이나 추려라."

윤재는 식식거리며 덕배의 말을 못 들은 척했다.

"네 힘으로는 힘들어. 어서 이리 달라니까!"

덕배가 윤재 손에 있던 마테체를 잡으려 하자 윤재가 몸을 홱 돌렸다. 윤재는 어저귀 잎을 향해 마테체를 내리쳤지만 힘이 약해 커다란 잎 겉에 상처만 났다. 윤재가 힘겹게 다시 마테체를 쳐들었다. 덕배는 윤재가 안쓰러워 다시 말했다.

"고집부리지 말고 이리 내!"

"상관 말거라!"

윤재가 싸늘한 눈길로 덕배를 쳐다보며 쏘아붙였다. 봉삼이가 윤재를 보고 혀를 끌끌 찼다.

"아휴, 저 똥고집. 아직도 상황 파악이 안 되나 봐. 도와준다고 해도 싫다는데 어쩌겠어? 혼자서 죽을 쑤든 밥을 하든 그냥 내버려 둬. 상관하지 말라잖아!"

덕배는 속으로 저 윤재의 자존심이 얼마나 갈까 가여웠다. 덕배는 할 수 없이 자기 밭고랑으로 돌아와 어저귀 잎을 찍어 냈다. 그런데 신경을 쓰지 않으려고 해도 자꾸 눈길이 윤재에게 갔다. 덕배의 염려는 금세 사실이 되었다. 윤재가 마테체를 내려놓고 얼굴을 찡그린 채 서 있었다. 덕배는 얼른 윤재에게 달려갔다.

"왜? 왜 그러니? 어디 다쳤니?"

"……."

"괜한 고집 부리지 말고 내가 베어낸 잎이나 추리라고 했잖아."

윤재는 아무 대꾸도 하지 않고 가시에 찔린 손을 호호 불고 있었다. 옆에서 봉삼이가 윤재에게 눈을 흘기며 말했다.

"형! 싫대잖아. 괜히 우리 밥값까지 축내지 말고 자기 밥벌이나 하라고 그래. 형은 힘이 막 솟아? 아니면 마음이 태평양

에네껜 아이들

바다처럼 넓어?"

봉삼이 말에 윤재가 마지못해 마테체를 덕배에게 내밀었다.

"잘 생각했다. 봉삼이하고 조심해서 잎을 날라다 쌓아 놔."

덕배는 윤재의 마테체를 들고 어저귀 잎을 내리찍기 시작했다. 윤재는 덕배가 베어낸 어저귀 잎을 끙끙대며 간신히 옮겼다. 윤재의 손은 살결이 여려 상처도 쉽게 났다. 윤재는 피가 맺힌 손을 보며 울먹거리다가도 덕배나 봉삼이가 볼라치면 얼른 고개를 돌려 아픈 표정을 감추었다.

"상것들, 상것들 하더니 상것들 틈에서 일하는 기분이 어떠셔? 낫이 어떻게 생겼는지도 몰랐을 텐데."

봉삼이는 윤재가 못마땅해서 빈정거렸다.

"봉삼아, 그만해. 이제부터는 서로서로 도와야 해."

"덕배 형은 맘도 바다여. 도움도 아무나 받는 게 아니니까 그렇지. 최소한 고맙단 말이라도 해야 하잖아!"

봉삼이가 윤재 들으라는 듯 크게 말했다. 윤재는 고개를 숙이고 못 들은 척 일만 했다. 감초댁이 끙끙거리는 윤재를 보며 중얼거렸다.

"처음부터 잘하는 사람이 있간디? 이 세상에 사람이 못할 일은 없당께. 이를 악물면 안 될 것도 없고 못할 일도 없어라. 도련님도 점점 이력이 붙겠지라."

감초댁은 사람들의 비위를 잘 맞춰서 마치 음식을 할 때 서로 어우러져 제맛을 내게 하는 양념 같은 존재였다. 분위기가 어색해지면 어김없이 끼어들어 모든 사람의 입장을 부드럽게 버무려 조화를 이루어냈다. 하루 일이 끝나 갈 무렵 덕배 아버지가 사람들에게 말했다.

"내래 의견이 있수다래. 조선 사람끼리는 한식구 아니겠슴둥? 우리가 베어낸 어저귀 숫자에서 모두 조금씩 떼어서리 저 아이 몫으로 해 숩시다래. 그래야 저 아이한테 딸린 식구가 죽이라도 끓여 먹지 않갔소?"

"하이고, 참말로 좋은 생각이어라. 그래야제. 암, 암."

감초 아저씨가 덕배 아버지 말에 맞장구를 쳤다.

"이럴 땐 고맙습니다 하고 인사를 해야 하는 거야. 잘난 양반 행세하면서 인사도 제대로 못하나?"

봉삼이가 윤재에게 퉁을 놓았다. 윤재는 그럴수록 더 고개를 숙이고 눈길을 땅에 꽂았다. 사람들은 어저귀 잎 서른 단을 채운 후 윤재 몫까지 숫자를 채워 주었다. 일이 끝나니 한밤중이었다.

한 달 후

야스체 농장에서 일을 한 지 한 달이 지났다. 조선 사람들은 그동안 모은 전표를 들고 직영상점으로 가면서 품삯을 얼마나 받을까 모두 들떠 있었다. 돈을 모으려고 비싼 쌀은 엄두도 못 내고 옥수수 죽도 배부르게 먹지 않고 아꼈으니, 돈을 많이 받을 수 있을 거라고 입을 모았다.

"품삯은 넉넉하게 쳐 주겠지라? 오늘은 오랜만에 쌀밥이라도 실컷 먹고 잡네요잉?"

"아서요. 하루 잘 먹자고 그 고생한 거 아니지 않소? 악착같이 모아야지요."

"부자가 될 수 있다고 했으니 얼마나 벌었는지 얼른 가 봅시다."

직영상점은 농장에서 조금 떨어진 밧줄 공장 근처에 있었다. 농장부터 밧줄 공장까지 기차 레일로 이어져 있었는데, 밧줄 공장까지 네모난 상자 같은 화물차로 어저귀 단을 실어 날랐다. 밧줄 공장에 도착한 어저귀 잎은 한 묶음씩 기중기 같은 기구로 들어 올렸다. 위에서 준비하고 있는 일꾼들이 어저 귀 단을 풀어 나란히 펼쳐 놓으면 자동으로 옮겨져 압착기 속 으로 들어갔다. 어저귀 단은 압착기 속에서 물기가 다 빠진 채 섬유질 덩어리로 변했다. 그 섬유질을 손질해서 굵은 밧줄을 만들었는데, 밧줄은 선박회사로 팔려나간다고 했다. 어저귀로 만든 밧줄은 바닷물에도 썩지 않기 때문에 세계 여러 나라의 큰 배들이 짐을 싣는 데 사용한다고 했다. 농사를 지어 곡식을 생산하는 줄 알았는데 결국은 빗줄을 생산하는 농장이었던 것이다.

직영상점에 도착하자 마야인들이 줄을 서 있었다. 상점 주 인이 전표를 받고 돈으로 바꿔 주었는데, 그동안 가져다 쓴 물 건 값을 제하고 나머지를 내준다고 했다.

앞줄에 서 있다가 돈을 받은 충청도 방씨 아저씨가 계산을 하고 나오면서 고개를 절레절레 흔들었다.

"이게 얼마래유? 뭔가 잘못 계산했어유. 아, 닷새만 일하면 쌀 한 가마니 값을 벌 수 있다고 않했슈? 지 고향에서는 일 년 머슴을 살면 쌀 열 가마니를 받는구만유. 그런디 신문 기사 에서 한 달 일을 하면 적어도 쌀 대여섯 가마니는 문제없다고 해서 왔슈. 이럴 줄 알았으면 우리가 뭐 하러 이역만리 먼 나 라로 이 고생을 하러 왔겠슈? 필시 계산이 잘못된 거유."

그다음은 감초 아저씨 차례였다. 감초 아저씨가 전표를 내고 그동안 가져다 먹은 식료품 값을 계산하면서 어이가 없다는 듯 고개를 흔들었다.

"이런! 순 날강도 같으니라구. 참 기가 맥히구만. 돈을 모으기는커녕 외상값이 더 많어라."

보통 하루에 일을 한 품삯이 묵서가 화폐단위로 평균 35센타보라고 했다. 그 액수는 돼지고기 한 근 값과 같다고 했다. 그런데 묵서가까지 오는 뱃삯과 배를 타고 오는 동안 먹은 식사 비용을 품삯에서 먼저 제한다고 했다. 그 나머지에서 외상값을 제하고 나니 손에 들어온 돈은 하루 세끼 쌀밥은커녕 옥수수 죽을 해 먹기도 부족한 액수였다.

"뭐이 잘못된 거이다. 암, 계산을 다시 해 보라우요. 이건 말도 안 되지비. 우리가 말이 통하지 않으니까니 잘못 계산한 거임메. 이보오, 통역관. 다시 계산해 보기요."

덕배 아버지도 도저히 이해할 수 없다고 통역관을 불렀다. 그러나 직영상점의 점원이 오히려 고개를 절레절레 흔들었다. 결국 쌀은 그림의 떡이었고, 가장 싼 옥수수 가루를 샀지만, 그 양도 넉넉지 못했다. 조선 사람들은 구경이라도 하려고 상점 안을 둘러보았지만 물건은 고작 우표랑 기름, 메스칼이라는 묵서가 술만 보였다.

"참말로, 부자 나라라고 속여 데불고 와서 옥수수 죽만 먹게 하믄 앞으로 어찌 살아간다요? 일은 뼈 빠지게 시키믄서 참 기가 막힌당께요."

한 달이 되기만을 손꼽아 기다렸던 조선 사람들은 땅이 꺼지도록 한숨을 내쉬었다.

묵서가 사람들은 거의 옥수수를 쌀처럼 먹었다. 다리가 세 개 달린 메타테라는 맷돌에 옥수수를 갈아서 또르띠야라는 호떡 비슷한 것을 만들이 구워 먹었다. 조선 사람들은 쌀과 김치가 있어야 밥을 먹는데 쌀밥은 돈이 없어 못 해먹고, 김치는 배추도 무도 없어서 구경조차 할 수 없었다. 게다가 아무리 안 먹고 아껴도 외상값은 눈덩이처럼 불어났다.

이민자 모집 신문 기사에서는 하루에 품삯이 조선 돈으로 1환 30전이라 했고, 일을 잘하면 하루에 3환까지 받을 수 있다고 했다. 조선에서 쌀 한 가마 값이 4환이었으니 닷새만 일해도 쌀 한 가마니를 벌 수 있다는 환상에 젖은 건 당연했다. 그러나 전표로 바꾼 돈은 하루 품삯이 조선 돈으로 1환은커녕 많아야 10전이었고, 일요일 빼고 한 달 내내 일을 해 봐야, 겨우 쌀 반가마 값도 못 되는 액수였다. 어저귀 가시에 찔린 상처는 무덥고 습한 날씨에 곪아 터져서 약값에, 그 외 생활용품까지 마련하려면 죽도 마음대로 먹을 수 없는 형편이었다.

에네껜 아이들

그날부터 어른들은 앞으로 어떻게 살아야 할지 의논했다.

"조선으로 편지를 보내면 어떨까 싶소. 우리가 속아서 온 거를 알려야 하지 않겠소?"

군졸이었다는 아저씨가 입을 열자 모두들 고개를 끄덕이며 반겼다.

"왜놈들에게 속아 팔려 왔다는 사실을 어떻게든 조선에 알려야 합니데이."

"이대로 있으믄 우리처럼 속아서 오는 조선인들이 또 있을 것이오."

"좋은 생각이구만요. 대감마님헌티 편지를 부탁합시다. 우리끼리 얘기지만 대감마님은 황족이시구만요."

감초 아저씨가 중요한 비밀을 알려 주듯 조용조용 말했다.

"황족이라면? 조선의 황제 폐하와 같은 집안이란 말이오?"

"그렇다니께요. 옥당대감마님은 쉬쉬하지만 우리로서는 좋은 기회일 것이오. 조선에 계신 황제 폐하가 대감마님의 편지를 받으면 어떻게 모른 척하겠소? 그러니 대감마님께 부탁해서 하루라도 빨리 조선으로 편지를 보내기로 합시다."

어른들은 옥당대감이 황족이라는 걸 알고 기뻐했다. 덕배는 감독이 옥당대감이 가지고 온 소개장을 찢던 날, 옥당대감이 직접 황족이라고 말하는 걸 들었던 터라 별로 놀라지 않았다.

며칠 후 어른들이 감초 아저씨와 함께 옥당대감을 찾아가 부탁하기로 했다. 옥당대감은 사람들의 말을 듣자, 이곳에 온 후 처음으로 얼굴이 밝아졌다.

"서찰(편지)을 쓰는 거야 어렵지 않지만 어떻게 조선으로 보낼 수 있겠나?"

"대감마님, 직영상점에 우표가 있는디요. 상당히 비싸다고 하는디 우편물은 일주일에 한 번씩 오는 통역관이 수고비를 받고 보내 준답디여. 대감마님이 안 계셨더라면 황제 폐하께 알릴 사람도 없었을 거인디 참말로 다행이어라."

감초 아저씨의 말을 듣고 군졸 아저씨가 말했다.

"우표 값은 조금씩 추렴해서 마련하면 될 것이고 우선 편지부터 쓰십시오. 부치는 건 저희들이 알아서 하겠습니다."

"알겠네."

옥당대감이 고개를 끄덕였다. 조선 사람들의 얼굴에도 오랜만에 생기가 돌았다.

"황제 폐하께서 이 사실을 아시면 우릴 당장 조선으로 불러들일까요?"

"글쎄요, 당장 불러들이지는 못해도 내 나라 백성이 남의 나라에서 노예 대접을 받는다는데 아버지나 마찬가지인 황제 폐하께서 모른 체하시지는 않을 겁니다."

어른들은 편지를 쓰기도 전에 우표 값을 먼저 걷자고 했다.

옥당대감이 쓴 편지는 며칠 후 농장에 오는 통역관에게 부탁해서 보내기로 했다.

"우표 값을 얼마나 내야 한답디까?"

감초 아저씨의 물음에 군졸 아저씨가 먼저 알아봤다며 말했다.

"알아봤더니 통역관 말로는 워낙 먼 곳이라 150센타보가 넘게 든답니다."

"뭐라고요? 시상에 뭐 그리 비싸다요?"

감초 아저씨의 눈이 휘둥그레졌다.

"아마도 통역관이 수고비를 엄청 챙기는 것 같은데, 우리가 할 수 없는 일이니 어쩌겠소. 울며 겨자 먹기로 부탁하는 수밖에……."

군졸 아저씨가 힘없이 말했다.

어른들은 우선 우표를 외상으로 사서 통역관한테 부탁하자고 했다.

한 달만 일하면 품삯을 넉넉하게 받아 돈을 모을 수 있을 거란 희망이 사라지자 어떻게 하면 일을 쉽게 할 수 있을지 방법을 찾기 시작했다.

가시에 찔려 상처투성이인 윤재를 더 이상 볼 수 없었는지 소녀네 가족도 며칠 후부터 농장으로 나가 일을 시작했다. 소녀는 밭고랑에서 어린 아이들을 돌보고, 점심때가 되면 식사 준비를 거들었다.

덕배는 하루 중에 점심시간이 가장 기다려졌다. 소녀를 가까이에서 볼 수 있었기 때문이다.

어느 날 감초댁이 헌 옷을 꺼내 뜯기 시작했다.

"이렇게 더운 나라인 줄도 모르고 일할 때 입겠다고 누더기 옷들을 싸 가지고 왔는디 그 옷들로 토시를 만들어야 쓰겠어라. 그라믄 가시에 덜 찔리겠지라. 찔리더라도 맨살보담은 덜 아프겠지라."

감초댁이 만드는 토시를 보자 다른 사람들도 좋은 생각이라며 반겼다.

"아주마이, 참말로 잘 생각했슴둥. 우리 덕배 것도 좀 만들어 주기요."

"이럴 줄 알았으면 무명 쪼가리라도 많이 가져올 걸 그랬어라. 개똥도 약에 쓸라면 없다더니 누더기 옷이 요리 요긴하게 쓰일 줄 누가 알았겠어라?"

감초댁은 농장에서 돌아오면 잰 손놀림으로 바느질을 해서 토시를 만들어 나눠 주었다. 토시를 처음 만들 생각을 한 감초댁은 스스로를 대견해 했다.

"우리를 곱잖게 보던 마야인들도 토시를 보고 엄지손가락을 들어 보이더랑께. 우리 조선인들이 대단하다는 표시여라. 마야인들은 강철이랑께. 옷을 입나, 신발을 신나, 겨우 사타구니만 가리고 일을 해도 피부가 돌덩어리맨치로 단단하당께요."

"오죽 단련이 되었으면 그러겠슴둥? 찜통 같은 땅에서 살다 보니 이력이 난 거이다."

어른들은 한 달 후부터는 마야인들보다 훨씬 많은 어저귀 잎을 베었다. 마야인들은 하루에 2천여 장을 베는데 덕배 아버지는 그보다 훨씬 많이 베어냈다.

덕배 아버지는 밤마다 덕배에게 다짐하듯 말했다.

"덕배야, 힘들어도 열심히 돈을 모아야 함메. 우리가 올 때 타고 온 뱃삯도 품삯에서 제한다 하지 않았슴둥? 그러니 더 열심히 일해야 하지비. 어서 자자."

"알겠어요, 아버지."

덕배는 힘은 들었지만 농장에서 열심히 일하며 다른 사람들까지 돕는 아버지가 무척 자랑스러웠다. 아버지는 눕자마자 코를 골았다. 덕배는 웬일인지 잠이 오지 않았다. 봉삼이도 눕자마자 곯아떨어진 것 같았다.

덕배는 살그머니 밖으로 나왔다. 낮 동안 무덥던 날씨는 밤이 되면 서늘했다. 깜깜한 하늘에 별들이 쏟아질 듯했다. 별들을 보니 애오개 고향 생각이 간절했다. 덕배가 넋 나간 듯 별들을 바라볼 때였다. 발소리가 자박자박 들렸다. 누군가 덕배처럼 잠이 오지 않는 걸까. 발소리가 점점 가까워졌다. 덕배가 발소리가 나는 곳으로 고개를 돌릴 때였다. 뜻밖에 소녀였다. 덕배는 가슴이 후끈 달아올랐다. 이대로 있어야 할지, 얼른 들어가야 할지, 판단이 서지 않았다. 그때 꿈결처럼 소녀가 말했다.

"저어, 잠깐만요."

바람결 같은 소녀의 말소리에 덕배는 누가 보지나 않을까 얼른 두리번거렸다. 분명 소녀가 자신에게 한 말이었다. 소녀가 뭔가를 내밀며 다시 말했다.

"이거 맞으실지 모르겠습니다."

덕배의 가슴에서 쿵쿵 소리가 났다.

"이, 이걸 저에게?"

"아저씨랑 늘 저희 가족을 도와주시는데 아무것도 드릴 게 없어서 제가 만든 토시예요. 농장에서 일할 때 쓰시라고……."

소녀가 내미는 토시를 받는데 소녀의 손길이 살짝 스쳤다. 덕배는 보물을 받듯 토시를 받아 들었다.

"애기씨, 감사합니다. 정말 고맙습니다. 많이 힘드시지요?"

"모두가 겪는 일인걸요. 제가 몸이 약하지만 않으면 더 도와드릴 수 있을 텐데. 학교에 다니려고 오셨다는 말 들었어요."

덕배는 가슴이 너무 뛰어 숨을 크게 들이쉬었다.

"아버지의 꿈이에요. 저를 있지도 않은 학교에 다니게 하고 싶으셔서……."

"저는 이화학당에 다니다가……."

소녀가 말끝을 흐렸다. 덕배는 뭐라고 해야 할지 토시를 만지작거리며 머뭇거렸다. 소녀가 다시 말했다.

"여기 생활이 좀 나아지면 아버지가 글을 가르치시면 좋을 텐데, 그럼 저도 도와드릴 수 있을지도 모르구요."

"그렇게 말씀해 주시니 고맙습니다."

"꿈을 포기하지 마세요. 그럼 전 이만."

소녀가 급히 움막 안으로 사라졌다. 덕배는 토시를 품에 안고 한동안 서 있었다. 하늘의 별들이 모두 덕배를 내려다보는 것 같았다. '소녀에게 글을 배울 수 있다면 얼마나 좋을까.' 덕배의 가슴에서 둥둥둥 북소리가 울리는 것 같았다.

이튿날부터 덕배는 소녀가 준 토시를 끼고 일을 했다. 아무리 힘들어도 소녀를 생각하면 새 힘이 솟는 것 같았다.

어른들은 옥당대감이 쓴 편지에 커다란 희망을 걸고 조선에서 언제나 답장이 올까 기다리며 하루하루를 버텼다.

받을 수 없는 답장

조선의 황제에게 보낸 편지는 해가 바뀌고 한참이 지날 때까지 답장이 없었다. 사람들은 그래도 옥당대감에게 편지를 다시 쓰게 해서 계속 보내자고 졸랐다. 편지를 쓰는 동안만이라도 어른들은 희망을 품었다. 편지를 부칠 때마다 상당한 액수의 우표 값을 걷었지만, 어느 누구도 그 돈만은 아까워하지 않았다.

"이번에 통역관이 오믄 확실히 물어봐야 쓰겄구만이라. 조선으로 편지가 잘 갔는지 안 갔는지 도대체 알 수가 없어라우. 황제 폐하께서 우리 사정을 안다믄 해가 바뀌도록 이렇게 나 몰라라 팽개칠 리가 없을 거인디."

감초 아저씨의 말에 모두 고개를 끄덕였다. 어느 날 농장에 온 통역관에게 편지를 보냈느냐 물었다. 통역관은 아주 불쾌하다는 표정으로 자기를 믿지 못하느냐며 버럭 성질부터 냈다. 얼마나 험악하게 화를 내는지 더 물을 수가 없을 정도였다.

그래도 어른들은 통역관밖에 의지할 사람이 없었다. 또 한 달여가 지난 어느 날이었다. 그날은 통역관이 진지한 표정을 지으며 말했다.

"지난해 말에 조선과 일본이 조약을 맺었다 하오. 을사보호 조약이라 하는데 조선의 외교권이 모두 일본에게 넘어갔다는 소식이오. 내 생각에는 아마도 그 일 때문에 편지가 뭐 확실치는 않지만, 에…… 아마도……."

통역관이 말끝을 흐렸다. 옥당대감이 이마에 손을 얹고 신음하듯 물었다.

"뭐, 뭐요? 외교권이 일본에게 넘어갔다고! 아아……."

"그렇소. 당신네 나라 조선은 이제 외교권이 완전히 일본 손아귀에 들어갔단 말이오."

옥당대감이 쓰러질 듯 비틀거렸다. 덕배는 무슨 말인지 이해할 수가 없었다.

"일본이 조선의 외교권을 박탈했다면, 외국에 있는 우리의 권리도 왜놈들 맘대로 한다는 말 아니오?"

군졸 아저씨가 침통하게 말했다.

"그라믄 우리가 보낸 편지도 소용없는 일이 되었단 말인게라?"

감초 아저씨가 통역관에게 따지듯 물었다.

"황제 폐하가 우리 편지를 받아 봤자 이미 외교권이 일본에

에네껜 아이들

넘어갔으면 일본 허락 없이는 아무 일도 할 수 없다는 말이오. 황제 폐하가 허수아비가 된 줄도 모르고 우표 값만 낭비한 꼴이구만요."

"그렇지. 왜놈들 맘대로라면 자기들이 팔아넘긴 우리를 뭣하러 불러들이겠어?"

군졸 아저씨가 기가 막힌다며 혀를 끌끌 찼다.

"이보오, 당신은 그 사실을 언제 알았습메?"

덕배 아버지가 통역관에게 따지듯 물었다.

"아, 아 그게 나도 얼마 전에야 들었소."

덕배 아버지가 통역관을 뚫어지게 노려보며 다시 물었다.

"이봅세! 정말로 편지를 보내긴 했습메? 아니면 그 사실을 알고도 수고비만 가로챈 거 아님메? 왜 이제야 그 사실을 말하는 거임메?"

그러자 통역관이 덕배 아버지에게 삿대질을 하며 소리쳤다.

"이 사람이! 당신이 보았소? 내가 수고비를 떼어먹는 걸 봤느냐 말이오?"

통역관은 펄쩍 뛰며 화를 냈다.

"나리, 우리 윤서가 겨우겨우 몸을 추스르는 중인데 어찌하면 좋습니까? 그럼 모든 희망이 물거품이란 말입니까? 이제 어찌 살아야 합니까. 흐흑. 차라리 우리 윤서를 시가로 보냈더라면 이렇게 참혹한 고생을 시키지는 않았을 텐데. 이제 어찌하면 좋습니까. 흐흑. 흑! 대감이 원망스럽습니다!"

소녀 어머니가 흐느끼며 옥당대감에게 원망을 퍼부었다.

"그만두지 못하겠소? 나라고 속이 편한 줄 아시오?"

옥당대감이 소녀 어머니를 노려보았다. 둘 사이의 언쟁을 지켜보던 윤재가 밖으로 후다닥 뛰쳐나갔다. 소녀가 윤재의 뒤를 얼른 따라 나갔다. 덕배는 슬며시 밖으로 나왔다. 공터 가장자리에 소녀와 윤재가 서 있었다.

"아버지가 싫어. 정말이야. 이제 어머니에게 화까지 내시잖아. 아버지 때문에 우리 식구 모두 고생하고 있는데 이제 편지도 소용없고 아무 희망도 없어."

윤재가 소녀에게 투정을 부리고 있었다.

"윤재야, 아버지도 어쩔 수 없는 일이야. 아버지를 이해해야지. 아버지를 위로해 드려야 해."

소녀의 말에 윤재가 울먹이며 말했다.

"누난 모르지? 어저귀 잎을 베는 일이 얼마나 힘든 줄 알아?"

"내가 왜 모르니? 할 수만 있다면 나도 일을 해서 아버님을 돕고 싶어. 이러면 안 돼. 윤재야."

소녀는 윤재를 다독다독 달랬다. 덕배는 소녀를 물끄러미 바라보았다. 어쩌면 마음까지 저리 고울까 감탄하고 있는데 윤재가 소녀에게 또 투덜거렸다.

"난 누나하곤 달라. 난 아버지가 창피해. 하나도 할 줄 아는 게 없잖아. 난, 난 아버지가 저렇게 무능한 존재인지 몰랐어. 흐흑!"

윤재의 등이 심하게 들썩거렸다. 소녀가 윤재를 가슴에 안고 등을 토닥여 주었다. 덕배는 그 모습을 지켜보면서 윤재가 얼마나 부러운지 몰랐다.

일포드호 선실에서 덕배를 상것이라며 벌레 보듯 호령하던 윤재의 모습은 온데간데없었다. 양반집 아이가 자기 아버지를 형편없이 깎아내리다니. 조선에서 멀리 떨어진 이역만리 낯선 땅이라고 해서 조선에서는 상상할 수도 없는 행동을 하는 윤재가 무척 놀라웠다.

"누나, 우리는 보통 양반과는 다르잖아. 황족이잖아. 그런데 이게 뭐야? 이곳으로 온 아버지가 잘못이야. 아버지가 미워. 원망스럽다구. 엉엉."

윤재가 소리 내어 울음을 터뜨리자 소녀의 어깨도 들썩이기 시작했다. 덕배의 가슴에도 막연한 슬픔의 물결이 일었다. 덕배 곁에서 숨죽이며 남매를 지켜보던 봉삼이가 덕배의 귀에 대고 속삭였다.

"저 자식 되게 약해졌네. 저런 모습 보니까 좀 안됐는데."

봉삼이도 윤재의 울음에 가여운 마음이 들었던 모양이었다.

옥당대감은 조선의 황제 폐하에게 더 이상 편지를 쓰지 않았다. 남자들은 쉬는 날이면 메스칼이라는 술을 외상으로 가져다 취하도록 마셨다. 술에 취하면 고향을 생각하며 울었다. 감초 아저씨는 지리산이나 금강산으로 약초를 캐러 다니던 이야기를 했고, 소리꾼 방씨 아저씨는 한바탕 소리를 하며 마음을 달랬다. 술판의 마지막에는 으레 아리랑을 불렀는데, 조선을 버리고 왔으니 날마다 어저귀 밭에서 가시에 찔려 발병이 난 것이라면서 울었다. 눈물은 새로운 힘을 솟게 하는 보약처럼, 그다음 날이 되면 또 어저귀 밭에서 피땀을 흘리는 힘을 주는 것 같았다.

덕배는 그런 날 밤이면 어른들의 서글픈 울음소리를 피해 밖으로 나와 별들을 바라보곤 했다. 밤하늘의 별과 달은 볼 때마다 조선에 대한 그리움의 깊이를 더해 마음을 울적하게 했다.

어느 날 밤, 봉삼이와 함께 밖에 나와 있는데 누군가가 움막 옆에서 흐느끼는 소리가 들렸다. 윤재였다. 그 옆에 소녀도 보였다. 덕배는 소녀가 알까 봐 봉삼이를 데리고 몸을 숨겼다.

소녀가 늘 하던 대로 윤재를 달래는 소리가 들렸다.

"윤재야, 이제 어쩔 수 없어. 우리가 돌아가려면 앞으로 2년은 더 일을 해야 해. 그러니까 윤재 너는 사람들과 잘 지내야 해. 내가 말했지? 덕배와 덕배 아버지, 정말 고마운 사람들이야. 그러니까 그들과도 잘 지내고……."

소녀의 말이 끝나기도 전에 윤재가 꽥 소리를 쳤다.

"누나, 또 그 소리. 누나가 왜 상것들한테 마음을 써? 누나 몸이나 빨리 추슬러."

"윤재야, 이제 그런 생각 버려야 해. 사람은 다 똑같아. 세상은 변하고 있어. 게다가 여긴 조선도 아니잖아. 그 사람들 우릴 도와주잖아. 고마워해야 해. 내 말 잘 들어. 아버지는 속이 상하셔서 일부러 사람들을 멀리하시는데, 우리라도 다른 사람들과 가까이 마음을 나눠야 해. 내 말 알겠지?"

"싫어! 누나 왜 그래? 누나가 덕배를 마음에 두고 있는 거 다 알아. 그래서 더 속상하단 말이야. 누나가 왜 그런 사람을 마음에 두고 있느냐구? 양반도 아닌 천민이잖아. 난 아버지도 원망스럽고, 누나도 원망……."

윤재가 흐느끼며 말끝을 흐렸다. 덕배는 윤재의 말에 가슴이 쿵쿵 뛰었다. 정말 소녀가 자신을 마음에 두고 있는 것일까. 지난번 밤에 토시를 주면서 했던 말도 덕배를 마음에 두고 진정으로 한 말이었구나 생각하니 덕배는 가슴이 터질 것 같았

다. 소녀는 어쩌면 마음씨도 저리 고울까. 소녀는 덕배를 양반
도 상민도 아닌 좋은 사람으로 생각하고 있는 것이 확실한 것
같았다. 덕배는 당장이라도 소녀에게 다가가 고맙다고 말하고
싶었다.

"형, 형이 왜 저 애 누나를 가슴에 품고 있는지 알겠다."

봉삼이가 조용히 속삭였다.

"봉삼아, 너도 무작정 윤재를 미워하지 마. 저 애도 불쌍하
잖아. 입장을 바꿔 생각해 봐. 세상에 부러울 것 없이 자랐을
텐데, 갑자기 이런 곳에 와서 어린 나이에 얼마나 힘들겠니?
우리가 이해해야 해."

"아유, 형이랑 저 애 누나랑 둘 다 천사네 천사. 하긴 저런
모습 보니까 저 자식도 안되긴 했다. 그런데 형한테 너무 못되
게 굴 때 보면 아주 혼꾸녕을 내주고 싶단 말이야."

봉삼이가 덕배에게 귀엣말을 하는 사이 소녀가 윤재를 데리
고 움막 안으로 들어갔다. 덕배는 봉삼이와 밖에서 한참 동안
더 있다가 움막 안으로 들어갔다.

그때는 며칠 후에 윤재가 지금보다 몇 배 더 비참한 자기 아
버지의 모습과 맞닥뜨려야 한다는 걸 아무도 알지 못했다.

노예들

다른 날보다 일찍 종소리가 울렸다. 사람들은 무슨 일일까 불안한 마음으로 눈을 비볐다.

로페즈 감독이 통역관을 데리고 움막 밖에 서 있었다.

"무스그 일임메?"

덕배 아버지가 놀라 일어났다.

"오늘은 농장 일을 쉬고 모두 농장주의 저택으로 가야 하오!"

통역관이 큰 소리로 말했다.

"농장주의 저택이오?"

사람들은 농장 주인의 저택이란 말에 모두 깜짝 놀랐다.

"모두 좋은 옷을 입으시오. 여자들도 모두!"

사람들은 어리둥절했다. 무슨 일인지는 몰라도 농장 일을 쉰다니 반가운 마음이 앞섰다. 마야인들은 이미 알고 있는 듯 나들이옷을 입고 서둘렀다. 조선 사람들도 감독이 시키는 대로 나들이를 가듯 깨끗한 옷으로 갈아입었다.

"농장 주인의 저택이라면 우리가 처음 이 땅에 왔을 때 갔던 곳 아닙메? 그땐 안으로 들어가지도 못했는데 농장 주인도 양심이 있나 보오. 그동안 우리를 혹사시켰으니 우리를 불러 맛있는 음식이라도 주려나 보오."

덕배 아버지의 말에 봉삼이는 마른 침을 삼키며 입맛을 다셨다. 덕배도 비슷한 상상을 했다. 조선에서도 대보름이나 명절날은 머슴들을 배불리 먹여 주고 즐겁게 놀도록 배려해 주었다. 이곳도 아마 그런 풍습이 있을지도 몰랐다.

모두 마차에 올랐다. 마차는 농장을 벗어나 한참 동안 달렸다. 이 땅에 도착하던 날은 밤이라서 주위를 둘러볼 수도 없었는데 모두 소풍을 가듯 즐거워했다.

농장 주인의 저택이 가까워 오자 빨간 담이 길게 이어졌다. 드디어 커다란 문 앞에서 마차가 멈췄다. 궁전 같은 대문이 열렸다. 마차는 대문에서도 안으로 한참 들어갔다. 드디어 대저택이 눈앞에 나타났다. 마차에서 내린 로페즈 감독이 앞장서며 모두 따라오라고 했다. 대저택은 성벽처럼 높은 담으로 둘러쳐져 있었다. 어마어마한 저택 크기에 모두 입을 떡 벌렸다.

조선 사람들과 마야인들은 저택 뒤에 있는 넓은 정원으로 들어갔다. 3층짜리 저택은 창문 밖에 아름다운 꽃들이 늘어져 있었고 하얀 커튼이 바람에 나부끼고 있었다. 멀리서도 보일 정도로 커다란 바람개비가 저택의 복도 천장에서 빙빙 돌아가며 바람을 일으키고 있었다. 정원에는 온갖 색의 꽃들이 피어 있었고, 잘 가꾸어진 나무들이 울타리처럼 정원을 감싸고 있었다. 어저귀 농장과 움막에서만 살던 조선 사람들은 저택의 아름다움에 금세 마음을 빼앗겼다.

농장주는 어저귀 잎에서 뽑은 섬유로 만든 밧줄을 팔아서 이처럼 으리으리한 집에서 산다고 생각하니, 이 땅에도 가난한 사람과 부자의 차이가 엄청나다는 것을 알 수 있었다.

로페즈 감독이 조선 사람들을 정원 한 귀퉁이에 불러 모았다. 통역관이 말했다.

"이곳은 농장 주인이 휴가를 올 때만 사용하는 별장이다. 내일 농장 주인의 아이들이 방학이 되어 이곳으로 쉬러 온다. 그래서 이곳을 정리하고 청소를 해야 한다. 여자들은 음식을 만들어야 하고, 남자들은 시키는 대로 말을 잘 들어야 한다. 그러면 맛있는 음식도 많이 먹을 수 있다."

통역관의 말을 들으니 기가 막혔다. 농장주의 아이들은 해마다 이곳에 와서 보름 정도 있다가 자기 나라로 돌아간다고 했다.

"참말로 별꼴이구마. 농장주의 아이들이 놀러 오는디 우리가 뭐 땜시 청소를 해야 한당가?"

감초댁도 못마땅해서 구시렁거렸다.

여자들은 통역관을 따라 음식 준비를 하러 가고 남자들은 감독이 시키는 대로 잔디 사이에 난 풀들을 뽑았다.

"뭐야! 완전 노예잖아. 막일도 모자라 아이들을 위해 청소까지 해야 한다구? 아이 씨, 갈수록 태산이라더니. 쉬는 날이라고 하기에 정말 소풍이라도 가는 줄 알았잖아!"

봉삼이가 뽑아낸 풀을 짓이기며 볼멘소리를 했다.

덕배는 학교에 다니는 아이들이 방학이 되어 놀러 온다는 말에 이 근처 어딘가에 학교가 있지 않을까 싶어 괜시리 설레었다.

"아버지, 이 근처에 학교가 있나 봐요."

"그러게 말이다. 내래 조만간 자세히 알아봐야겠다."

덕배는 풀을 뽑다 말고 별장을 쳐다보았다.

"아버지, 이 집은 조선의 대감 댁쯤 되나 봐요. 양반과 상민이 있는 조선처럼 여기도 잘사는 사람은 이렇게 으리으리한 집에서 살고, 못사는 사람은 우리처럼 움막에서 살고, 세상은 어디나 다 똑같이 사람들이 차이나게 사나 봐요."

덕배는 몹시 씁쓸한 기분이 들었다.

"그렇디. 농장에 사는 마야인들은 조선으로 치면 우리 같은 상것들인 셈이다."

덕배 아버지도 덕배와 같은 기분인 것 같았다.

"아저씨, 이 일도 품삯을 줄까요?"

봉삼이의 물음에 덕배 아버지가 힘주어 말했다.

"당연히 줘야디. 농장 일이나 여기 일이나 부리는 건 마찬가지 아니네?"

덕배 아버지 옆에서 잡초를 뽑던 마야인이 덕배 아버지의 말에 고개를 저었다. 날마다 조선인들과 함께 일하면서 마야인들도 조선말을 조금은 알아듣는 것 같았다. 한 마야인이 먹여 주는 대신 일은 공짜로 해야 하는 거라 했다.

"음식은 맛있을까? 물론 많이 주겠지?"

봉삼이가 입맛을 다시며 물었다. 그러나 일은 실컷 부려먹고 겨우 또르띠야와 콩이었다. 포솔레(고기와 옥수수를 함께 끓여 야채를 곁들여 먹는 국)라는 음식도 거의 국물뿐이었다.

음식 준비를 한 여자들도 겨우 또르띠야와 포솔레로 허기만 채웠다고 했다. 덕배는 청소를 시키는 줄도 모르고 새 옷을 입고 온 조선 사람들이 한없이 처량하게 느껴졌다. 땅거미가 지고 어둑어둑해질 무렵에야 일이 끝났다. 조선 사람들이 움막촌으로 돌아가려고 별장 밖을 나왔을 때였다.

"오메! 이거이 뭐다요? 배추 아닝게라? 당장 가져다 김치를 담가야 쓰겠네. 이걸 주워 가자우요."

감초댁이 보물을 발견한 듯 호들갑을 떨었다.

"양배추 아니라요?"

"그러게요. 양배추를 와 버렸을까요잉?"

여자들은 버려진 양배추를 주워 모았다. 그것들은 농장 주인의 별장 정원에 화초용으로 가꾸다가 뽑아 버린 것이라 했다.

"조선 사람들은 뭐니 뭐니 해도 김치를 먹어야 힘을 쓰지요."

"그러게. 김치를 담그려면 젓갈이 있어야 하는디."

"없으면 없는 대로 담가야지, 어쩌겠소. 그나마 이곳에는 고추라도 있으니 다행이지."

"이곳 고추는 맵기만 하고 단맛이 없어."

"조선 김치 맛엔 어림도 없겠지만 얼른 가져갑시다. 김치란 말만 들어도 군침이 돈당께요."

"그러지라. 이 없으면 잇몸으로 살라는디 있는 재료 다 모아서 어서 김치를 담급시다. 김치를 먹어 본 지가 언제인지 모르겠어라."

변변한 채소를 구할 수 없어 수박 껍질도 버리지 않고 나물을 해 먹던 조선 사람들은 양배추만 보고도 기운이 솟는 것 같았다. 여자들은 움막으로 돌아오자마자 김치를 담갔다.

다음 날부터 로페즈 감독은 조선 사람들에게 특별 지시를 내렸다. 농장 주인의 아이들이 농장을 구경하러 올 테니 옷도 깨끗이 입고, 움막 주변도 깨끗이 청소하라고 했다. 아이들을 알몸으로 키우는 마야인들에게는 옷을 입히라고 지시했다. 농장 주인의 아이들이 벌거벗은 마야인의 아이들을 보면 기분이 상한다는 이유였다. 덕배 아버지가 기가 차다며 투덜거렸다.

"내래 조선에서도 양반들 눈치 보는 데 질렸는데 한술 더 떠서리 농장 주인의 아이들 눈치까지 보라 그 말임메?"

"사람 사는 디는 여그나 거그나 다 진배없는 갑소. 아니꼽고, 더럽고, 치사허고. 그럴수록 악착같이 돈을 벌어야 쓰겄는디 품삯은 쥐꼬리만큼 주면서 요구하는 건 많구만."

감초 아저씨도 구시렁거렸다.

농장 주인의 아이들은 열 명도 넘었다. 그들은 어저귀를 베는 조선 사람들을 신기한 구경거리라도 되는 듯 바라보더니 마야인 아이들이 있는 곳으로 몰려갔다. 농장 주인의 아이들 중 한 명이 밭고랑에서 놀고 있는 마야인 어린아이에게 돌을 던졌다. 그 돌에 이마를 정통으로 맞은 아이가 피를 흘리며 자지러지게 울었다. 돌에 맞은 아이는 며칠 동안 경기를 했는데, 눈을 하얗게 치뜨고 몸을 바들바들 떠는 것이 금세 죽을 것만 같았다. 그런데도 로페즈 감독이나 보조감독은 모르는 척했다.

감초 아저씨가 그 아이에게 저녁마다 침을 놓아 주는데도 음식을 먹기만 하면 토한다고 했다. 감초 아저씨는 갑자기 놀라서 체증에 걸린 거라며 손가락도 따 주었다. 아이의 손끝에서 까만 피가 주르르 흐르자 아이 아버지가 불안하게 감초 아저씨를 지켜보았다. 하지만 나중에는 죽은피를 흘리게 하고 나면 아이의 몸이 금세 따뜻해진다고 좋아했다.

"체하거나 경기를 일으킬 때는 빨리 피를 돌게 해야지라."

마야인 아이 아버지의 이름은 후안이었다. 후안 아저씨는 감초 아저씨에게 고맙다고 몇 번이나 인사를 했다. 마야인들은 처음에는 이방인인 조선 사람들을 얕잡아 보고 괴롭혔는데, 조선 사람들의 정감 있는 마음 씀씀이에 점점 태도가 바뀌었다.

덕배 아버지는 약한 자들끼리 서로 마음을 나누어야 한다며 마야인들이 어려워하는 일들을 도와주기도 했다. 감초댁은 특별한 음식을 만들면 마야인 여자들을 불러 나누어 먹었다.

농장 주인의 아이들은 잊힐 만하면 농장에 나타나 말썽을 부렸다.

농장 주인의 아이들 방학이 거의 끝나 갈 때였다. 로페즈 감독이 새벽에 찾아와 마야인과 조선 사람들에게 또 농장 주인의 저택으로 가야 한다고 했다. 감독관을 따라온 통역관은 자기가 대단한 사람인 것처럼 조선 사람들에게 떠벌렸다.

"오늘은 농장주 저택에서 파티가 있소. 음식도 많이 먹을 수 있으니 어서어서 갑시다."

봉삼이가 덕배에게 물었다.

"형, 파티가 뭐야?"

덕배도 파티라는 말을 처음 들어 머뭇거렸다. 군졸 아저씨
가 대답해 주었다.

"조선으로 치면 잔치가 열린다는 뜻일 게다."

무슨 잔치일까? 이번에야말로 음식을 실컷 먹을 수 있을까?
여자들도 모처럼 잔치라는 말에 조선에서 가지고 와 아껴 두
었던 한복을 꺼내 입었다.

소녀는 노란 저고리에 빨간 치마를 입었다. 마야인들이 한
복을 입은 소녀와 조선 여자들을 부러운 듯 쳐다보았다. 머리
를 길게 땋아 내린 소녀는 정말 예뻤다.

덕배도 깨끗한 옷으로 갈아입고 싶었지만 마땅히 입을 만한
옷이 없었다. 덕배 아버지도 마찬가지였다. 여자의 손길이 닿
지 않는 덕배와 덕배 아버지는 옷매무새가 늘 거칠었다.

저택에 도착하자마자 조선인들과 마야인들은 잔디밭으로
의자를 날랐다. 의자가 다 놓이자 금박이 수놓아진 번쩍거리
는 옷을 입은 농장 주인의 아이들이 의자에 앉았다. 번쩍이는
옷과 조선의 한복이 어울려 화려한 잔치 마당 분위기가 느껴
졌다.

"오늘은 사람대접을 할랑가. 자, 우리도 의자에 앉읍시다요."

감초 아저씨가 남자들과 함께 의자에 앉으려 할 때였다. 로페즈 감독이 호루라기를 힘껏 불면서 손을 내저었다. 감초 아저씨가 어리둥절한 채 의자에 앉지도 않고 망설이고 있었다.

그때 농장 주인과 부인 그리고 아이들과 손님들이 화려한 옷을 입고 정원으로 나와 자리를 잡았다. 정원에는 기다란 테이블이 놓여 있었다.

마야인들이 음식 그릇을 들고 정원으로 나왔다. 통역관이 조선 사람들에게 음식을 나르라고 했다. 잔치라고 좋아했지만 조선 사람들을 심부름꾼으로 부리려고 데려온 것이었다.

상에 음식이 차려지자 로페즈 감독이 옥당대감과 소리꾼 방씨 아저씨를 불러 두 사람에게 커다란 부채를 주었다. 로페즈 감독이 두 사람을 농장 주인 부부가 앉아 있는 곳으로 데려가더니 농장 주인 부부를 위해 부채질을 하라고 했다. 옥당대감의 몸이 빳빳하게 굳었다. 그 모습을 본 로페즈 감독이 옥당대감에게 삿대질을 하며 소리쳤다. 방씨 아저씨가 겁을 먹고 농장 주인 부부에게 부채를 부치기 시작했다. 그러나 옥당대감은 돌부처처럼 꼼짝도 하지 않았다. 로페즈 감독이 연이어 알아들을 수도 없는 빠른 말로 옥당대감을 윽박질렀다. 모두들 조마조마하며 로페즈 감독의 눈치를 살폈다. 소녀는 바들바들

에네껜 아이들

떨기만 했다.

그때였다. 로페즈 감독이 갑자기 채찍을 높이 쳐들더니 옥당대감의 등짝을 내리쳤다. 음식을 나르던 소녀 어머니가 쟁반을 내려놓고 달려갔다.

"나리! 제발 하라는 대로 하십시오. 더 험한 꼴 당하기 전에 제발요. 나리. 제발. 부채를……. 흐흐흑."

소녀 어머니가 흐느끼자 소녀도 잔디밭에 털썩 주저앉아 울음을 터뜨렸다. 윤재는 돌부처처럼 꼼짝도 하지 않고 로페즈 감독을 노려보고 있었다. 감초댁이 얼른 소녀에게 다가갔다.

"애기씨, 감독이 보면 큰일이니 어서 일어나셔요. 어서 음식을 날라야지 아휴, 저 무지막지한 감독이 또 애기씨까지 어쩔까 겁이 난당께요. 어서어서 일어나세요."

감초댁이 소녀를 부축해 일으킬 때였다. 갑자기 로페즈 감독이 채찍을 들고 소녀를 불렀다. 덕배는 소녀에게 부채질을 시키는 줄 알고 가슴이 철렁했다. 로페즈 감독은 소녀가 가까이 다가가자 자기 옆자리로 데려다 앉혔다. 무슨 꿍꿍이속인지 알 수가 없었다. 소녀는 겁에 질린 채 벌벌 떨고 있었다. 옥당대감은 허수아비가 부채질을 하듯 넋이 나간 모습이었다. 윤재는 자기 아버지를 살피랴, 누나를 살피랴, 안절부절못했다.

덕배는 로페즈 감독 옆에 앉은 소녀가 신경이 쓰여 자꾸만 발이 헛놓였다. '로페즈 감독이 소녀를 왜 옆자리에 앉혔을까?' 소녀의 어머니도 소녀를 살피느라 자꾸만 허둥거렸다.

도대체 언제까지 이런 수모를 당해야 하는가? 조선인들을 팔아넘긴 일본 때문인가? 나라를 제대로 다스리지 못한 양반들 때문인가? 화려한 옷을 입고 보란 듯이 앉아 있는 농장 주인 부부와, 그 옆에서 힘겹게 부채질을 하고 있는 옥당대감의 모습이 대비되어 얼마나 비참한지 몰랐다. 덕배는 불면 날아갈 것처럼 허약한 소녀가 일을 하는 것도 안쓰러웠는데, 소녀가 자기 아버지를 보며 얼마나 마음이 쓰리고 아플까 생각하니 더더욱 가슴이 아팠다.

봉삼이가 소녀와 감독을 살피며 물었다.

"형, 감독이 웬일일까?"

덕배는 아무 대답도 하지 않았다.

"형, 감독이 보는 눈은 있어. 가장 순하게 생긴 사람들을 골라 부채질을 시켰잖아. 생각해 봐. 험상궂은 사람이 부채질을 하면 농장 주인 부부도 거슬릴 거 아냐. 그러니까 좀 순하고 얌전해 보이는 사람을 고른 거야. 그게 하필 옥당대감이었으니…… 체면이 밥보다 더 중요한 양반이 노예처럼 부채질을 하다니, 저 윤재 자식 기분이 정말 말이 아닐 거야."

봉삼이는 종알종알 말도 많았다.

"봉삼아, 너는 말끝마다 왜 자식, 자식 하니? 안쓰럽지도 않아? 자기 아버지의 저런 모습 보기 좋은 아들이 어디 있겠어?"

"형, 난 저 자식이 형에게 고분고분할 때까지 절대 좋게 봐 줄 수 없어. 은혜도 모르잖아. 형이 그렇게 잘해 주는데 형을 볼 때마다 눈초리가 어떤 줄 알아? 완전 독수리눈이라니까. 두고 봐. 계속 형한테 못되게 굴면 언젠가 내가 확실하게 손을 봐줄 거야."

봉삼이 말대로 덕배 아버지는 얼굴에 칼자국 흉터가 있어서 부채질할 적임자가 아니었는지도 몰랐다. 만약 덕배 아버지가 부채질을 하고 있다면 어떨까. 덕배는 그런 생각을 하는 것만으로도 피가 거꾸로 도는 것 같았다.

파티가 끝날 무렵 마야인들이 춤을 추었다. 마야인들은 어디서 화려한 옷들을 마련했는지 농장에서 보던 모습과는 딴판이었다. 광대처럼 얼굴에 울긋불긋 칠을 하고, 머리에는 깃털이 달린 모자를 쓰고 춤을 추었는데 태양의 춤이라 했다. 춤을 추는 동안은 모두 신들린 것처럼 몸을 흔들어 댔다.

"형, 우리는 뭐야? 마야인들은 춤이라도 추잖아. 우린 완전 노예라구."

봉삼이도 속이 상한 모양이었다.

"로페즈 감독이 자꾸 음식을 주는데 받아먹지도 않네. 나

같으면 실컷 먹을 텐데 왜 주는데도 안 먹지. 저 아까운 음식
들을."

"누구 말이니?"

덕배는 도대체 누굴 보고 그러는지 궁금해서 물었다.

"형은 알면서 뭘 물어? 그 자식 누나 말이야. 저것 봐. 감독
이 계속 음식을 주는데 하나도 안 먹잖아. 에이, 나한테나 주
지."

봉삼이도 덕배처럼 소녀에게 자꾸 눈길이 가나 보았다. 덕
배도 안 먹고 버틸 수만 있다면 굶고 싶었다. 그날도 조선 사
람들에겐 또르띠야와 멀건 포솔레뿐이었다.

파티가 끝나고 음식 쓰레기를 밖에 버릴 때였다.

"이거이 뭐이네? 소간이랑 곱창을 그냥 버렸슴메. 이 귀한
거를 버리다니. 덕배야, 날래 이리 오라우."

"아버지, 음식 찌꺼기가 잔뜩 묻었는데."

"채소 찌꺼긴데 뭐이 어드렇네? 고기를 먹어 본 지가 언제였
슴메? 날래 주워 챙기라우. 이 사람들이 내장을 먹을 줄 몰라
서 그래. 내래 손질을 할 줄 아니까디 모두 가져가서리 영양 보
충을 해야갔다."

덕배 아버지가 쓰레기 더미에서 내장들을 모두 골라냈다.
덕배는 솔직히 내키지 않았다. 감초 아저씨도 반가워하며 내

장에 묻은 야채 찌꺼기들을 털어냈다.

"소간이랑 내장은 하나도 버릴 거이 없다. 여기 사람들은 살코기만 먹는 모양이지비. 덕배야, 음식을 버리는 거는 죄받는 일이다."

덕배는 기분이 몹시 비참했다. 버린 내장을 줍는 아버지나, 농장 주인 부부에게 부채질을 하던 옥당대감이나, 모두 처량하긴 마찬가지였다.

덕배 아버지가 덕배의 속마음을 읽은 모양이었다.

"덕배야, 어떡하든 살아남아야 하디 않갔네? 그러려면 잘 먹고 버텨야 하디. 고럼. 그거이 잘 사는 거이다."

마야인들이 소의 내장을 줍는 조선 사람들을 보고 어리둥절했다. 나중에 안 일이지만 이곳 사람들은 내장을 먹지 않는다고 했다. 고기만 먹고 내장은 담장 밖에 버리면 들개들이 몰려와 먹거나 밤이 되면 표범들이 먹는다고 했다. 이곳엔 표범이 많이 산다고 했지만, 한 번도 본 일은 없었다.

그날 밤, 덕배 아버지는 마을로 돌아오자마자 주워 온 내장을 조리해서 음식으로 만들었다. 오랜만에 조선 사람들도 고기 맛을 보게 되었다.

"많이 드시라우요. 내장이 원래 고기보다 영양가도 더 많습네다. 어서 듭시다."

내장 요리를 권하는 덕배 아버지는 요리사 같았다.

"잘됐구만이라. 우리 안사람 홀몸이 아니니께 많이 멕여야 쓰겄소."

감초 아저씨의 말에 모두들 눈이 휘둥그레졌다.

"무슨 말임메? 홀몸이 아니라면?"

"조선에서 그렇게 기다려도 태기가 없더니만 이 낯선 곳에 와서……. 벌써 두어 달이 지났구만요. 요즘 입덧을 하던 참이 니요. 참으로 부끄럽구만이라."

"이런 경사스러운 일이 와 부끄러운 거요? 축하받을 일이지요."

"그럼요. 그렇고말구요. 새 생명을 잉태하는 일만큼 축하할 일이 어디 있습니까. 날이 날이니만큼 축하주도 한 잔씩 해야 하겠소."

조선 사람들은 모두 감초 부부에게 축하 인사를 건네고는 잔칫집처럼 즐겁게 어우러졌다.

옥당대감은 그날 밤, 술에 취해 아들과 딸을 연거푸 부르며 하소연하듯 말했다.

"우리 불쌍한 내 딸 윤서, 그리고 윤재야, 못난 아비를 맘껏 원망해라. 못났지. 암 못나고말고. 조선을 떠나는 게 아니었어. 다 내 잘못이지. 내 나라, 내 땅에서 내 백성들과 함께 죽이 되든 밥이 되든 떠나지 말아야 했어. 윤서, 윤재야, 이 아비처럼 살지 말거라. 알겠느냐? 응? 알겠느냐 말이다. 흐흑, 흑 흑!"

소녀가 울면서 자기 아버지를 부축했다.

"아버님, 고정하세요. 아버님, 흐흑 흑!"

소녀가 울자, 윤재도, 소녀의 어머니도, 감초댁도, 모두 약속이라도 한 듯 눈물바람을 했다.

모두 움막으로 돌아간 후 덕배 아버지가 덕배에게 말했다. "덕배야, 내래 네 앞길을 알아보았디. 앞으로 기를 쓰고 돈을 모아서리 덕배 니를 미합중국으로 보내고 말갔어. 거기 가서리 열심히 공부하믄 큰사람이 될 수 있다 했슴메."

덕배는 미합중국이라는 말에 깜짝 놀랐다.

"미합중국이 어디예요?"

"여기서는 그리 멀지 않다고 들었디. 그 나라에 가기만 하면 뭐든 꿈꾸는 대로 이룰 수 있다고 했지비. 내래 덕배 니를 꼭 학교에도 보내고 새로운 세상에서 살게 하겠다고 말하지 않았네?"

덕배 아버지의 한이 덕배의 꿈이기도 했다. 문득 윤재 누나가 했던 꿈을 포기하지 말라는 말이 생각났다. 덕배 아버지의 말에 봉삼이가 더 반겼다.

"우와, 형! 나도 미합중국 알아. 양코배기들의 나라래. 그 나라는 진짜 굉장히 부자래. 형, 나도 꼭 데려가 줘야 해."

덕배는 아들을 위해 끊임없이 길을 찾는 아버지의 열정을 존경하면서 윤재 누나가 했던 말처럼 꿈을 꼭 이루고 싶었다.

"봉삼아, 너는 미합중국 얘기 들어봤어?"

"그럼, 한양에서 미합중국 사람을 본 적 있어. 서양 신부들이 거지들에게 먹을 걸 준 적이 있는데 그 사람들이 미합중국에서 왔다고 했어. 조선보다 훨씬 잘사나 봐. 조선까지 와서 불쌍한 사람들에게 먹을 걸 주는 걸 보면 알지."

덕배는 막연하게 고개를 끄덕였다.

덕배는 밤이 늦도록 잠이 오지 않았다. 아버지가 자신을 미합중국으로 보내겠다는 말 때문이 아니었다. 소녀의 마음이 얼마나 상했을지 생각만 해도 가슴이 쓰렸다. 로페즈 감독이 왜 소녀를 자기 곁에 앉혔는지도 무척 궁금했다. 덕배는 감독의 행동이 불길하게 느껴져 뒤척이다 겨우 잠이 들었다.

'아악! 아! 안 돼! 으아아아악!'

덕배가 비명을 지르다 잠에서 화들짝 깼다. 꿈이었다. 등줄기에 식은땀이 흥건했다. 밖은 아직 캄캄한 꼭두새벽이었다. 옆에는 봉삼이가 쿨쿨 자고 있었다.

"무슨 일임메? 와? 나쁜 꿈이라도 꾼 거이가?"

덕배 아버지가 놀라서 물었다.

"그게, 저어…… 아무것도 아니에요. 아무것도……."

덕배는 자기 아버지에게 꿈 내용을 사실대로 말할 수 없었다.

"무서운 꿈이었네? 크느라고 그러는 거이야. 날래 자라우."

덕배 아버지가 아무 일도 아니라는 듯 돌아누웠다. 덕배는 다시 누웠지만 잠이 오지 않았다.

'이상도 하지? 소녀의 모습이 배에서 풍랑을 만났을 때 물에 젖은 그 모습이었어. 선녀 같은 몸짓으로 어디로 날아가는 것일까? 도대체 무슨 꿈이지?'

덕배는 당장이라도 밖에 나가 소녀의 안부를 확인하고 싶었다. 하지만 날이 새기 전까지는 기다릴 수밖에 없었다.

꽃이 진 자리

소녀는 날마다 밭고랑에서 아이들을 돌보고, 점심시간이 되면 점심으로 싸 온 음식들을 먹기 좋게 차려 놓았다.

덕배는 하루 중에 소녀가 직접 차려 주는 음식을 먹는 점심시간이 가장 행복했다. 음식이라야 강냉이 가루로 만든 또르띠야가 전부였지만 곁들여 먹는 물 한 모금이라도 소녀의 손길이 닿으면 무조건 좋았다. 덕배 아버지나 자신이 윤재네 일을 도와주는 걸 소녀는 늘 고맙게 여긴다는 것을 굳이 말로 하지 않아도 소녀의 행동으로 읽을 수 있었다. 어느 날은 덕배 앞에 남들보다 또르띠야 하나가 더 많을 때도 있었고, 어느 날은 덕배의 그릇에 슬쩍 죽 한 국자를 더 떠 줄 때도 있었다. 덕배는 일을 하다가 허리를 펴면 자신도 모르게 밭고랑의 소녀에게 눈길이 머물곤 했다.

덕배는 자신도 윤재처럼 항상 소녀의 보살핌을 받을 수 있다면 얼마나 좋을까 하고 엉뚱한 상상을 할 때도 있었다. 그럴 때면 상상만으로도 행복해서 일이 힘든 줄도 몰랐다.

점심시간이 끝나자마자 남자들은 다시 어저귀 잎을 베기 시작했다. 봉삼이와 윤재는 베어 놓은 어저귀 잎을 추리고, 감초댁과 소녀 어머니는 어저귀 잎을 쉰 개씩 끈으로 묶었다. 덕배는 늘 소녀가 자신을 지켜본다는 생각에 어저귀 잎을 내리찍을 때도 손에 힘이 절로 갔다.

"어머니이!"

갑자기 외마디 소리가 들렸다. 소녀의 목소리였다. 로페즈 감독이 소녀를 밀에 태우고 있었다. 덕배는 머릿결이 곤두섰다. 소녀가 말 위에서 몸부림을 치며 어머니를 불렀다. 로페즈 감독이 한 손으로 소녀의 입을 거칠게 틀어막으며 관리소 쪽으로 급히 말을 몰고 사라졌다. 덕배는 마테체를 내던지고 로페즈 감독이 사라진 쪽으로 뛰었다. 소녀의 어머니가 허겁지겁 밭고랑에서 나와 소리쳤다.

"윤서야, 아가. 아이고! 내 딸을 어디로 데려가는 거냐?"

소녀의 보살핌을 받던 아이들이 자지러지게 울었다.

"누나! 누나아!"

윤재도 깜짝 놀라 소리를 지르자 어저귀를 베던 모두의 눈이 휘둥그레졌다. 윤재도 덕배의 뒤를 쫓아 달려왔다. 그러나 소녀를 태운 로페즈 감독은 이미 그림자도 보이지 않았다. 바로 그때 보조감독이 나타나 덕배와 윤재의 길을 막아섰다.

"비켜요!"

덕배가 보조감독에게 소리쳤다. 윤재도 누나를 소리쳐불렀다.

"누나! 누나아!"

그때 갑자기 보조감독이 덕배와 윤재에게 채찍을 내리쳤다. 윤재는 그대로 길바닥에 나동그라졌다. 덕배 아버지가 깜짝 놀라 뛰어왔다.

"무스그 일임메?"

소녀의 어머니도 울부짖으며 달려왔다.

"아이고, 저 짐승 같은 감독이 우리 딸을 데려가 버렸습니다. 아이고! 윤서야!"

보조감독이 빨리 돌아가 일을 하라며 채찍을 휘둘렀다. 덕배는 아버지의 손을 잡고 일터로 돌아왔지만 소녀가 사라진 쪽에서 눈을 뗄 수가 없었다.

로페즈 감독은 점심시간이 끝나면 한 시간여 동안 늘 낮잠을 잤다. 그런데 오늘은 도대체 언제 나타났을까. 순간 덕배의 머릿속에 지난밤 꿈이 생각났다. 꿈을 생각하자 가슴이 콱 막혔다.

덕배는 얼마 전에도 로페즈 감독이 감시를 하다가 밭고랑에서 아이들을 돌보는 소녀를 한참 동안 바라보던 게 떠올랐다. 어떤 날은 귀한 수박 한 쪽을 소녀에게 건넨 적도 있었다. 난

폭한 로페즈 감독이 소녀에게만은 친절을 베푼다는 생각도 했다. 그때도 덕배는 왠지 로페즈의 행동이 께름칙했다.

도대체 소녀를 어디로 데려간 것일까. 덕배는 마테체로 허공을 갈랐다. 로페즈에게 끌려간 소녀를 당장 데려오고 싶었다. 덕배가 마테체를 내리치는 순간 어저귀 잎새가 로페즈가 되었다. 로페즈 감독이 덕배의 마테체 끝에서 쩍쩍 갈라지며 끈끈한 수액을 뿜어냈다. 가슴속 증오가 꽁꽁 뭉쳐 덕배의 마테체 끝에서 폭발했다.

소녀는 해가 뉘엿뉘엿 넘어갈 때에야 보조감독의 말에 태워져 돌아왔다. 소녀는 밭고랑에 내리자마자 축 늘어져 쓰러졌다. 몰골이 말이 아니었다. 헝클어진 머리에 얼굴은 멍투성이였다. 윤재 어머니가 소녀를 부둥켜안고 울었다. 보조감독이 빨리 일을 하라고 소리쳤다. 덕배는 소녀가 너무나 걱정스러웠다. 울분이 끓어서 마테체도 제대로 움직여지지 않았다.

그날 밤, 농장 일을 끝내고 움막으로 돌아오는 마차에서 어른들은 모두 입에 자물통을 채운 듯 말이 없었다. 어쩌다 서로 눈이라도 마주칠까 봐 엉뚱한 곳을 향해 고개를 돌리곤 했다. 움막에 돌아왔을 때서야 덕배 아버지가 혼잣말처럼 계속 중얼거렸다.

"짐승만도 못한 더러운 놈, 에이 죽일 놈 같으니, 그런 인간을 그냥 보고만 있어야 함메? 내래 분통이 터져서리 못 참갔다."

자정이 가까울 무렵 물에 퉁퉁 분 나무토막 같은 목소리로 감초 아저씨가 덕배 아버지를 불렀다.

"성님, 좀 나와 보시요잉."

덕배는 이유도 모르면서 가슴이 철렁 내려앉았다. 봉삼이도 깜짝 놀라 문을 열었다.

"니들은 나올 거 없슴메."

덕배 아버지가 덕배와 봉삼이를 돌아보며 짤막하게 말했다.

"형, 무슨 일일까?"

"좋은 일은 아니겠지."

"형, 윤재 누나는 왜 그런 거야?"

"몰라, 가슴이 터질 것 같다. 왜 이렇게 불안한지 모르겠어."

덕배는 살며시 문을 열고 아버지와 감초 아저씨를 살폈다. 감초 아저씨가 덕배 아버지의 손을 끌고 움막에서 멀찌감치 멀어져 가며 무슨 말인가를 긴히 주고받았다. 덕배는 불안한 마음으로 뒤척이다 잠이 들었다.

이튿날, 일터로 나가는데 감초댁과 소녀가 마차에 타지 않았다. 어른들의 얼굴은 먹장구름이 낀 듯 알 수 없는 침묵으로 잔뜩 짓눌려 있었다.

"단단히 일렀네? 한시도 틈을 보이면 아니 됨메."

"성님, 걱정 붙들어 매소. 안사람이 알아서 할 것잉께. 안사람도 점점 몸이 불어 좀 쉬어야 하니께요."

감초 아저씨와 덕배 아버지는 암호를 주고받듯 말했다. 덕배는 온종일 소녀가 궁금해서 견딜 수 없었다. 자꾸만 꿈에서 본 소녀의 모습이 눈앞에 어른거려서 소녀가 보이지 않는 게 더 불안했다. 꿈에서처럼 자신을 부르는 소리가 귓가에 자꾸만 들렸다.

답답해하는 것은 덕배뿐만이 아니었다. 윤재네 식구들은 더 초조해 보였다. 로페즈 감독은 조금이라도 한눈을 파는 것 같으면 채찍을 사정없이 휘두르며 더 난폭하게 굴었다. 덕배 아버지를 비롯한 조선 사람들은 이글이글 타는 시선으로 감독을 쏘아보았다. 하루가 얼마나 긴지 몰랐다. 소녀가 없는 점심은 모래를 씹는 것 같았다.

움막에 돌아오자마자 덕배는 감초댁부터 찾았다. 마음 같아서는 소녀에게 달려가고 싶었지만 감초댁을 만나 물어보는 게 편했다.

"별일 없었지라?"

감초 아저씨가 먼저 물었다.

"염려 붙들어 매시오. 무슨 일이 있어도 애기씨는 내가 지킬라니께요."

"암, 그래야디요."

감초댁과 감초 아저씨의 말을 듣고 소녀 어머니가 감초댁에게 짧게 말했다.

"수고했네."

덕배는 휴우! 한숨이 절로 나왔다. 어른들은 여전히 입에 풀칠을 한 듯 말을 아꼈다. 덕배는 아버지에게 소녀에 대해서 자세히 물을까 말까 몇 번을 망설이다 그만두었다. 덕배는 소녀가 어디를 얼마만큼 다쳤는지, 밥은 잘 먹는지, 말을 할 수는 있는지 소녀의 모든 것들이 궁금했다.

"형, 그 자식 불러올까?"

답답해하는 덕배를 보며 봉삼이가 물었다.

"봉삼아, 기냥 있어라. 덕배도 어서 자라우. 며칠 동안은 윤재네 가지 않는 기 좋은 기라."

덕배 아버지가 말했다. 덕배는 더 기다릴 수가 없었다.

"아버지, 무슨 일이 있었던 거예요? 윤재 누나는 어때요?"

"감독 놈이 때린 거이디. 원래 몸이 약하지 않았네? 그래, 좀 쉬어야 하니까 윤재네는 당분간 드나들지 말아야 함메."

덕배 아버지는 말을 마치자마자 등을 보이며 돌아누웠다. 덕배도 더 이상 묻지 못했다. 또 하루가 저물고 있었다. 덕배는 자꾸만 고개를 저었다. 생각이 자꾸만 한곳으로 치달았지만 제발 그것만은 아니길 바랐다.

이튿날 새벽, 덕배는 꿈결처럼 울부짖는 소리를 들었다. 윤재 어머니의 비명 소리였다. 덕배 아버지도 화들짝 놀라 깨었다.

"무, 무스그 일임메?"

덕배 아버지가 급히 밖으로 나갔다가 들어오며 한숨을 쉬었다.

"기어이, 그 일이!"

덕배 아버지의 얼굴이 돌처럼 굳어 보였다. 윤재의 울부짖는 소리도 들렸다. 덕배는 가슴이 철렁 내려앉았다. 덕배는 번개처럼 밖으로 나와 윤재네 움막 앞에 멈춰 섰다. 희미한 불빛 사이로 하얀 홑이불이 보였다. 소녀의 어머니가 홑이불 자락을 움켜쥐고 가슴을 쥐어뜯었다. 그 반대편에 옥당대감이 넋이 나간 듯 멍하니 서 있었다. 벽에 기댄 채 등을 들썩이는 윤재도 보였다.

소녀는 스스로 목을 맸다고 했다. 식구들이 다 잠든 사이에 아무도 모르게 밖으로 나와 담 밑에 있는 나무에 목을 매어 죽었다고 했다.

덕배는 가슴이 찢어지는 듯 아팠다. 덕배는 소녀가 감독에게 끌려가던 날, 자신에게 도움을 청하려고 꿈에 나타난 것이라고 생각하게 됐다.

윤재 어머니는 충격을 받아 몇 번이나 정신을 잃었다가 깨어나기를 거듭했다. 옥당대감은 소녀가 죽은 후로 한마디 말도 하지 않는다 했다.

덕배는 꿈에 나타났던 소녀의 모습이 어른거려 아무 일도 할 수 없었다. 그렇게 비참하게 죽고 말 것을. 그 고생을 하며 태평양을 건너 이곳까지 와서……. 이즈음 건강도 겨우겨우 회복하는 중이었는데, 덕배는 가슴 한쪽이 뻥 뚫린 것 같았다.

'바보같이 왜 죽었어요? 왜? 이제 다시 볼 수 없잖아요? 왜 죽었어요. 왜?'

덕배는 소녀가 다시 살아날 수만 있다면 세상에 무슨 일이라도 할 것 같았다. 그러나 소녀는 영영 다시 볼 수 없는 곳으로 떠나 버렸다.

소녀의 장례는 감초 아저씨와 덕배 아버지가 원주민 후안 아저씨와 의논하여 치러졌다.

조선에서는 혼인을 하지 않은 처녀가 죽으면 길가에 무덤을 만든다고 했다. 죽어서나마 남자들이 다니는 길가에 묻혀, 생전에 못다 한 남녀의 정을 혼백으로나마 이루라는 뜻이라 했다. 하지만 소녀는 농장에서 가까운 공동묘지에 묻혔다. 관도 없어서 조선에서 가져온 무명천으로 시신을 감싼 채 낯선 땅속에 묻혔다.

소녀가 묻히는 날, 조선 사람들은 모두 울었다. 분해서 울고, 불쌍해서 울고, 앞으로 살아갈 일이 막막해서 울고, 조선을 생각하며 울었다.

덕배는 농장에 나가 감독만 보이면 가슴에서 피가 끓어올랐다. 그날 밤 꿈이 예사롭지 않았는데 작별 인사도 없이 소녀를 허무하게 떠나보낸 자신이 한없이 원망스러웠다. 아버지와 자신에게 고마워하던 마음, 꿈을 포기하지 말라던 그 말, 스치는 눈빛으로 느껴지던 자신에 대한 배려, 그 모든 것들을 물거품으로 만든 로페즈를 어쩌지 못하는 현실이 너무도 안타까웠다. 덕배는 어딘가에서 소녀가 자신을 지켜보고 있을 것 같은 착각에 수시로 사방을 두리번거리기도 했다.

덕배는 쉬는 날 소녀의 무덤에 찾아갔다. 다른 무덤엔 십자가가 세워져 있었지만 소녀의 무덤엔 아무것도 없었다. 덕배는 들꽃을 꺾어 무덤 앞에 놓았다. 무덤가 작은 나무 사이로 이름 모를 산새들이 지저귀며 날아다녔다. 덕배는 그 새들을 물끄러미 바라보았다. 소녀가 새가 되어 자신에게 꿈을 포기하지 말라고 얘기하는 것 같았다. 정말 이 땅속에 소녀가 누워 있는가. 분명 묻히는 걸 봤는데도 도저히 믿어지지 않았다. 아니 믿고 싶지 않았다. 타들어 갈 듯 내리쬐는 햇볕에 어느 한순간

에네껜 아이들

형체 없이 녹아내려 소녀의 무덤으로 스며든다면, 그랬으면 좋
겠다는 생각도 들었다.

덕배가 넋을 놓고 앉아 있는데 누군가가 무덤 쪽으로 걸어
오는 게 보였다.

윤재

윤재는 누나가 덕배에게 전해 주라는 토시와 골무를 어찌할까 고민하다가 누나의 무덤을 찾아갔다. 그런데 덕배가 누나의 무덤에 와 있었다. 윤재는 깜짝 놀랐다. 누나가 덕배를 좋게 생각한 것처럼, 덕배도 누나를 남달리 생각한 게 틀림없었다.

누나가 덕배와 잘 지내라고 했던 말들이 떠올랐다.

누나가 덕배에게 좋은 감정을 갖고 있는 것도 싫어서, 누나가 덕배 이야기를 하려고 하면 심통을 부린 일들이 피멍처럼 맺혀 가슴을 후볐다.

덕배는 윤재가 자기를 못마땅하게 여기는 걸 아는 탓에 잠시 머뭇거리며 윤재 눈치를 살폈다.

덕배가 누나의 무덤을 왜 찾아왔을까? 윤재가 덕배를 보고 어정쩡하게 있는 사이 덕배가 아무 말도 하지 않고 돌아가려는지 발걸음을 떼었다. 윤재는 봉삼이도 없고 둘만 있는 게 다행이다 싶어 용기를 냈다. 이제라도 누나의 부탁을 들어줘야 했다.

"저, 이거 누나가……."

윤재는 토시와 골무를 덕배에게 불쑥 내밀며 토막말을 했다.

"뭔데 나한테 주는 거니?"

덕배가 믿기지 않는다는 듯 되물었다. 윤재는 쑥스럽게 고개를 끄덕였다. 덕배가 토시와 골무를 받아 들고 물었다.

"누나가 내게 주라고 했다는 말이니?"

덕배의 목소리가 조금 떨렸다. 윤재는 용기를 냈다.

"누나가 고맙다고, 농장에서 일할 때 끼라고……."

"날 위해서 이걸 만들었단 말이지. 이, 이걸 날 위해서 네 누나가……."

덕배가 토시와 골무를 꽉 움켜쥐고 혼잣말처럼 되뇌었다. 금세 목소리가 잠겼다. 윤재는 감격하는 덕배를 바라보니 울컥 눈물이 나와 고개를 돌리고 눈물을 닦았다. 누나가 그렇게 죽을 줄 알았으면 덕배에 대한 누나의 마음을 이해하고 심술도 부리지 말았어야 했다. 이 황량하고 낯선 땅에서 누나가 마음을 두었던 덕배와 잘 지낼걸 하는 후회가 밀려왔다.

덕배는 넋이 나간 듯 한동안 무덤 앞에 우두커니 서 있었다. 윤재는 아무 말 없이 덕배보다 먼저 내려왔다. 한참 걸어가다가 뒤돌아보니 덕배는 여전히 누나의 무덤 앞에 비석처럼 서 있었다.

윤재 아버지는 소녀가 죽은 후로 말을 잃고 술만 마셨다. 윤
재는 매일같이 술만 마시는 아버지에게 화가 나서 아버지라고
부르기도 싫었다. 식구들을 지옥 같은 땅으로 데려와 딸까지
저세상으로 보냈으면, 이를 악물고 일을 해야 마땅했다. 더구
나 아들인 자신이 몸을 사리지 않고 머슴처럼 농장에 나가 비
지땀을 흘리는데, 아버지가 되어 모른 체 술만 퍼마시는 게 너
무 싫었다.

"대감마님, 이러시면 아니 됨메. 윤재 도련님을 생각해야 되
지 않겠슴메?"

"그러지라. 덕배 아부지 말이 맞구만요. 대감마님, 애기씨를
생각하믄 가슴을 도려내는 것 같지마는, 산 사람은 살아야 할
것 아닝게라?"

아버지를 보다 못한 덕배 아버지와 감초 아저씨가 찾아와
아버지를 훈계하듯 말하는 것도, 윤재는 자존심이 짓밟히는
일이었다. 윤재는 하루하루가 견딜 수 없어 미칠 것만 같았다.

어머니도 아버지에게 희망을 버린 것처럼 점점 말수가 줄어
들기 시작하더니, 얼마 후부터는 농장에도 나가지 않고 방 안
에 앉아 벽만 바라보고 계셨다. 누나의 죽음은 아버지와 어머
니에게서 삶의 의미를 아주 놓아 버리게 했다. 기쁨이 기쁨으
로, 슬픔이 슬픔으로 느껴지지 않는 감정 이전의 상태, 그것은

스스로의 의지로 살아가는 것이 아니라, 그저 살아지는 대로 사는 체념의 모습이었다.

어느 날 감초 아저씨가 윤재에게 말했다.

"도련님, 저러다 대감마님 몸까지 상하시면 큰일입니다요. 도련님이 말씀 좀 잘 드려 보셔야지라."

윤재는 자신을 도련님이라고 부르는 것도 이제 오히려 부끄러울 뿐이었다.

"아저씨, 이제 저보고 노련님, 도린님 하지 마세요. 전 이제 양반도, 황족도, 아무것도 아니에요. 전 앞으로 양반의 허물을 모두 벗어 버리고 살 거예요."

"아휴, 도련님!"

감초댁이 윤재의 말에 놀라 사방을 두리번거렸다. 윤재는 모두 들으라고 더 큰 소리로 똑똑히 말했다.

"모두 들으세요. 앞으로 나를 양반으로 대하지 말라구요. 아셨어요?"

윤재는 아버지와 어머니가 자기 말을 들으라고 일부러 큰 소리로 말했다. 사람들이 모두 넋이 나간 듯 눈이 휘둥그레졌다.

언제 나왔는지 윤재 어머니가 초췌한 얼굴로 말문을 열었다.

"윤재야, 너까지 왜 이러느냐? 응!"

"어머니, 난 아버지가 부끄럽고 창피해요. 가만히 앉아만 있으면 어떡해요? 누나가 죽었는데도 양반다리나 하고 앉아만 있잖아요. 불쌍한 누나. 이런 곳으로 우리 모두를 데려온 아버지가 원망스럽다구요. 흐흑 흑!"

"윤재야, 아무리 속이 상해도 아버지를 원망하면 안 된다. 그, 그건 자식의 도리가 아니야."

윤재 어머니가 흐느끼면서 윤재를 나무랐다. 윤재는 울면서 밖으로 뛰쳐나갔다. 덕배가 윤재의 뒤를 쫓아왔다. 윤재는 깜깜한 밤길을 무작정 뛰었다. 감초 아저씨도 뒤따라오며 윤재에게 소리쳤다.

"도련님, 도련님, 그러시면 안 된당께라. 도련님!"

"난 아버지처럼 살지 않을 거예요. 양반이 아무것도 아니라는 걸 아버지에게 보여 주고 말 거예요. 로페즈 그 나쁜 놈도 내 손으로……. 흐흐흑!"

윤재는 길바닥에 주저앉아 엉엉 울었다. 깜깜한 밤하늘로 윤재의 울음소리가 처량하게 울려 퍼졌다.

감초 아저씨가 윤재 곁으로 다가왔다.

"도련님, 대감마님 잘못이 아니지라. 모진 세상 탓이랑게요. 대감마님이 오죽 속이 상하시면 술로 살겠어라. 대감마님도 도련님에게 많이 미안코 속이 쓰려서 그러시는 거구만요. 도련님이 대감마님을 이해하셔야 한당께라."

감초 아저씨도 울먹이며 말했다.

윤재는 갑자기 덕배가 부러웠다. 덕배처럼 든든한 아버지를 두었으면 이렇게 속상하지 않을 것 같았다.

"도련님, 그만 들어가시오."

감초 아저씨가 윤재를 달랬다. 덕배가 우두커니 서서 바라보다가 윤재에게 입을 열었다.

"누나를 생각해. 누나가 지금 네 모습을 보고 있다면 어떻게 생각하겠니? 무작정 화를 낸다고 해결될 일이라면 얼마나 좋겠어. 속상해도 참는 수밖에 방법이 없어."

윤재는 아무 대답도 하지 않았다. 덕배는 늘 어른스러웠다. 윤재는 그런 덕배를 보면 더 초라했다.

"도련님, 덕배 말이 맞아라. 참다 보면 좋은 날이 올 것이요."

"좋은 날이 뭐야? 누나까지 죽었는데 이건 백정보다도 못한 삶이잖아. 왜 식구들을 이런 곳으로 데려와서 누나까지 저세상으로 보냈느냐구! 불쌍한 누나. 누나가 불쌍해서 미치겠다구요."

윤재는 감초 아저씨에게라도 투정을 부리고 싶었다. 감초 아저씨가 그만 들어가라며 먼저 움막으로 들어갔다. 갑자기 덕배가 화를 냈다.

"백정의 삶을 네가 알기나 하니?"

윤재는 어리둥절했다. 덕배가 왜 저럴까? 사사건건 자신의 말꼬리를 잡는 건 봉삼이나 하는 일인데, 덕배가 왜 다짜고짜 화를 낼까? 금방 자기를 좋은 말로 달래던 덕배가 아니었다. 윤재는 덕배에게 지기가 싫었다.

"조선에서 백정만큼 형편없이 사는 사람이 또 있나? 이 땅에 와서 어저귀를 베는 일이 백정의 삶보다 나을 게 뭐 있느냐구?"

윤재는 금세 눈물이 나올 것 같았다. 덕배가 한참 동안 윤재를 바라보다가 무겁게 입을 열었다.

"백정은 사람이 아닌 것처럼 모두 말하지. 왜? 백정은 밥도 안 먹고 잠도 안 자는 이상한 동물도 아닌데 왜 그럴까? 똑같은 사람인데 백정이 뭐가 다르다고. 나를 봐봐. 내가 보통 사람과 다르게 생겼니?"

윤재는 덕배가 무슨 말을 하는지 몰라 어리둥절했다.

"형, 무슨 말이야? 형보고 누가 백정이라고 했어?"

언제 나왔는지 봉삼이가 덕배에게 물었다.

"우리 아버지는 백정이야. 그러니까 난 백정의 아들이지. 백정의 아들!"

"뭐? 정말이야?"

봉삼이가 눈을 동그랗게 뜨고 물었다.

"왜? 내가 백정의 아들이라서 뭐가 다르니? 눈이 없어? 아니면 귀가? 내가 어디가 이상한지 말해 봐, 응?"

봉삼이도 윤재도 아무 대답도 하지 못했다. 덕배는 답답하게 짓눌려 흐를 곳을 찾지 못하던 물줄기를 토해내듯, 거침없이 말을 이었다.

"아버지는 백정이 싫어서 조선을 떠났지. 아니 백정을 나쁘게 보는 사람들이 싫어서라고 해야 맞을 거야. 조선에서는 모든 사람들이 백정을 싫어하잖아. 백성이 손질한 고기는 양반들이 사다 맛있게 먹으면서, 고기를 먹게 해 주는 백정은 사람 취급도 안 하는 세상이 조선이야. 아버지 말로는 백정이야말로 우리 조상의 씩씩한 기상을 이어받은 강한 사람들이라더라. 우리 조상은 사냥을 하고 가축을 기르는 사람들이었대."

윤재는 덕배의 말을 계속 들어야 할지 못 들은 척 그만 움막으로 들어가야 할지 망설여졌다.

"우리 조상들은 아득한 북방 초원에서 사냥을 하면서 살았다고 하더라. 말도 잘 타고 활도 잘 쏘고, 사냥을 해서 짐승의 가죽을 벗겨 털옷도 만들고, 그 고기를 먹고 살아왔대. 오랜 시간이 흐른 후부터 집에서 짐승을 기르게 되었다지. 음식으로 먹을 고기를 잡아 살은 살대로 뼈는 뼈대로 이용하면서 살아왔다는데, 그때부터 고기를 잘 다루는 사람이 필요했대. 그

에네껜 아이들

일은 칼을 가지고 피를 묻히는 일이니까 천시했을까? 아마도 사람들이 무서워했겠지. 그래서 일부러 겁을 먹고 칼을 다루는 사람들이니까 꼼짝 못하게 하려고 천대하기 시작한 게 아닐까 싶어. 난 사람들이 왜 백정이라면 고개를 돌리는지 정말 모르겠어."

"형, 굉장하다. 그런 걸 어떻게 다 알아?"

봉삼이가 눈을 반짝거리며 물었다. 덕배는 조금도 주저하지 않고 또 말을 이었다.

"양반들한테 당할 때마다 아버지한테 수없이 들은 말이야. 양반들은 백정이라 손가락질하면서 백정들을 한곳에 모여 살게 하고, 옷에도 모자에도 까만 꽁지깃을 달게 해서 백정이라는 표시를 하게 만들었대. 아버지는 제물포에서 배를 타기 전에 백정의 꼬리표인 검은 깃털을 떼어 바닷물 속에 처넣어 버렸어. 사람 차별 없는 세상에서 나를 공부시켜서 자유롭게 살게 하겠다고. 그런데 그 꿈도 물거품이 되었지. 그렇지만 나는 아버지를 존경해. 미워하는 사람이나 좋아하는 사람이나 아버지는 늘 약한 사람을 도와주며 살아왔어. 아버지의 도움을 받은 사람들 중에도 백정이라고 무조건 멀리하는 사람들도 많았지. 아마 배에서 풍랑을 만났을 때도 아버지가 백정이라는 사실을 알았다면 아버지의 도움을 받기 싫다고 했을지도 몰라.

너희도 나를 백정의 아들이라서 멀리하고 싶은 건 아니겠지? 난 사람이 사람을 차별하는 세상으로 다시 돌아가고 싶지 않아. 아니, 돌아가지 않을 거야."

덕배는 잠시 뜸을 들인 후 다시 입을 열었다.

"그런데도 아버지는 양반이건 평민이건 똑같은 사람일 뿐이라면서 위급하면 서로 도와야 한다고 말씀하셨어."

"형, 맞아. 그래서 내가 형과 아저씨를 존경한다니까."

봉삼이가 덕배에게 아부하듯 말했다.

윤재는 덕배의 말을 들을수록 양반, 아니 황족이란 존재가 비참하게 느껴졌다.

잠시 후 덕배가 또 입을 열었다.

"나는 아버지가 자랑스러워. 양반 때문에 어머니까지 저세상으로 보내고, 양반 때문에 얼굴에 칼자국까지 얻었는데 아버지는 위험에 처하면 양반이든 평민이든 구별 없이 도와주시지. 난 정말 아버지처럼 용기 있는 어른이 되고 싶어."

"왜? 양반이 형 엄마를 어떻게 했는데?"

봉삼이가 계속해서 덕배의 말에 물음표를 달았다.

윤재는 둘 사이의 대화를 가만히 듣고 있기가 거북했지만 속으로는 궁금한 게 많았다.

"어머니는 내 동생을 낳다가 돌아가셨대. 내가 아주 어렸을 때니까 어머니의 얼굴도 기억할 수 없어. 어머니가 내 동생을 낳다가 죽을 고비를 맞아서 아버지가 급히 산파(아이를 낳을 때에 아이를 받고 산모를 도와주는 일을 하는 여자)를 부르러 갔다더라. 아버지가 산파를 데리고 집으로 오는데 어느 양반 댁에서도 산파를 찾아왔다는 거야. 산파는 당연히 먼저 부르러 온 아버지를 따라가려고 하는데 양반 댁에서 백정은 천한 사람이니 죽어도 상관없다며 산파를 자기 집으로 데려갔대. 어머니는 백정의 아내라는 이유로 동생과 함께 저세상으로 가 버리고 말았지. 양반만 아니었으면 어머니도 동생도 죽지 않았을 거야. 아버지도 양반에게 대들다가 죽을 고비를 여러 번 넘겼대. 포악한 양반을 만나서 얼굴에 끔찍한 칼자국까지 얻었대. 난 그런 아버지가 배에서 풍랑을 만났을 때 물불을 가리지 않고 양반들을 구하는 것을 보고 정말 존경스럽고 자랑스러웠어."

"맞아. 그때 아저씨가 아니었으면 아마 대감마님도 무사하지 못했을 거야."

봉삼이의 말은 윤재의 가슴을 콕 콕 찔렀다.

윤재도 모르지는 않았다. 배에서 풍랑을 만났을 때 덕배 아버지가 아니었다면 아마 윤재 아버지는 이미 이 세상 사람이 아닐지도 몰랐다. 윤재는 자기 아버지가 백정이라는 사실을 조금도 주저하지 않고 말하는 덕배의 용기가 부럽기까지 했다.

덕배는 숨을 고르고 다시 입을 열었다.

"어머니가 살아 계셨다면 이 먼 곳에 안 왔겠지. 아버지의 한도 없었을 거고. 아버지는 백정으로 천대받으며 어머니까지 잃은 울분 때문에 늘 조선을 떠나고 싶어 하셨어. 난 아버지의 한을 풀어 드리고 싶어. 나 스스로 아버지가 백정이라는 사실과 내가 백정의 아들이라는 사실을 부끄럽게 생각하고 숨기려 하면 할수록, 백정의 굴레에서 벗어날 수 없다고 생각해. 그래서 다 말하는 거야. 남이 뭐라고 하든 난 상관없어."

윤재는 속으로 덕배가 자신보다 훨씬 큰 사람이라는 생각을 했다.

"형, 난 아무렇지도 않아. 난 형이 더 멋있어 보여. 그런데 나는 어떤 사람이었을까? 형을 좋아하는 거 보면 나도 백정이 아니었을까? 형, 이 땅에서는 가장 쓸모없는 사람들이 양반이야. 자기 밥벌이도 못하잖아."

봉삼이가 윤재에게 잘 들으라는 듯 말했다.

윤재는 아무 말 없이 발길을 돌렸다. 그 자리에 더 있을 수가 없어서였다.

지하 감옥

덕배는 소녀가 보고 싶으면 토시와 골무를 꺼내 한참 동안 들여다보곤 했다. 덕배를 주려고 토시를 만들어 줄 때부터 소녀도 덕배를 특별하게 생각한 게 분명했다. 그 후로 또 덕배를 위해 토시와 골무를 만들었다는 말이다. 로페즈 감독만 아니었다면 소녀는 언젠가 또 덕배에게 토시와 골무를 전해 주며 둘만의 시간을 가질 수도 있었을 거라 생각하니 가슴이 도려내는 듯 쓰리고 아팠다.

소녀가 덕배의 바느질 솜씨를 유심히 살폈을까. 아무리 공들여 한다고 해도 덕배가 바느질한 것은 실밥이 겉으로 드러났다. 덕배는 얼굴이 붉어졌다. 옷깃에 굵게 드러난 실밥을 소녀가 보았단 말인가. 덕배의 손가락에 골무가 꼭 맞는 걸 보면 소녀는 덕배의 손도 유심히 살폈을 것만 같았다.

'지켜 주지 못해 정말 미안해요. 이제는 좋은 곳에서 아프지 말아요. 이 소중한 골무와 토시 잘 간직할게요. 로페즈 놈도 절대 용서하지 않겠어요. 꼭, 정말 꼭!'

덕배는 소녀에게 약속을 했다.

로페즈 감독은 소녀가 죽은 후로 조선 사람들에게 더 악독하게 굴었다. 감초댁은 점점 배가 불러 왔다. 얼마 후 출산일이 가까워진 감초댁이 집에서 쉬겠다고 하자 로페즈 감독은 감초 아저씨에게 두 사람 몫을 해야 한다고 으름장을 놓았다.

며칠 후 감초댁이 진통을 시작했다. 모두 농장으로 나가고 윤재 어머니가 감초댁 시중을 들기로 했다. 감초 아저씨는 감초댁이 아이를 낳다가 잘못될까 봐 로페즈 감독에게 일을 쉽게 해 달라고 사정했지만 들어주지 않았다. 감초 아저씨는 걱정에 사로잡혀 몇 번이나 마테체를 손에서 떨어뜨리곤 했다.

감초댁은 밤늦게까지 진통으로 힘들어했다. 어른들은 노산이라 힘들다고 걱정을 했다.

이튿날 새벽, 감초댁은 꼬박 스물네 시간을 진통에 시달린 끝에 아이를 낳았다. 아이는 아들이었다.

갓난아기 울음소리는 사람의 영혼을 깨우는 마력이 있는 것 같았다. 삶의 의미를 모두 놓아 버린 것 같던 윤재 어머니가 고이 간직했던 미역을 꺼내 국을 끓이기 시작했다. 미역국 냄새는 조선 사람들의 향수를 자극했다. 그날 밤, 감초 아저씨는 아들을 낳았으니 득남주를 낸다며 술잔을 돌렸다. 어른들은 슬퍼도 술, 기뻐도 술이 있어야 했다.

"우리 어무이도 내를 낳고 미역국을 드셨을 낀데……. 내 혼자 천리만리 떠나왔으니 어찌 지내실꼬? 어무이?"

"우리 어머니는 정주간(부뚜막에 안방과 이어 방바닥을 꾸민 함경도식 부엌)에 정화수를 떠 놓고 저 달을 보며 내를 위해 빌고 있을 것이요. 어머니, 돈 많이 벌어 갈 때까정 건강하셔야 해요. 어머니!"

술잔을 들이켜던 소리꾼 방씨 아저씨와 군졸 아저씨는 조선에 두고 온 어머니를 목메어 불렀다.

"아따, 새 생명이 태어났는디 어째 눈물바람부터 한다요? 우리 아들 이름이나 빨리 지어 보쇼."

감초 아저씨가 술잔을 돌리며 말했다.

"애 이름은 아무나 짓슴둥? 문자를 아는 사람한테 지어 달라 해야지비. 좋은 글자 써서리 아흔아홉 칸 기와집 떡 벌어지게 짓고 살 이름으로 특별히 지어 달래 해야지비."

덕배 아버지의 말에 모두 고개를 끄덕였다.

"그나저나 마님이 얼마나 고마운지 모르겄어라. 마님이 아니었으면 미역국 구경을 어디서 하겠어라? 참말로 고맙다게요. 애기씨 세상 떠불고 한동안 마님도 정신을 놓을까 봐 조마조마했는디 이렇게 툭툭 털고 일어나셔서 친정 어무이맹키로 안사람을 챙겨 주시니께 참말로 엄청 고맙구만이라."

감초 아저씨가 고개까지 숙여 절을 하면서 말하자 감초댁이 얼른 말을 받았다.

"미역이 너무 오래되어 소금꽃이 피었는데도 국을 끓여 놓으니 얼마나 맛있는지 국물 한 방울도 안 남기고 다 먹었어라우. 우리 애기가 마님을 정신 들게 했으니 복덩이가 틀림없소. 안 그렇소잉?"

"암만 그렇구말구. 그러니께 이참에 복뎅이라구 이름을 지으면 쓰겄구만이라."

"그렇게 하소. 아명은 부르기 편해야 하니께 복뎅이가 좋겠구만이라."

아기 이름은 만장일치로 복뎅이가 되었다. 오랜만에 웃음소리가 밤하늘에 울려 퍼졌다. 날이 밝으면 또 지옥 같은 농장으로 나가 어저귀를 베어야 하지만, 지금 이 순간만은 모두 현실을 잊은 듯 행복해 보였다.

덕배는 술 냄새를 피해 밖으로 나왔다. 봉삼이가 그림자처럼 따라나왔다. 밖에는 윤재가 이미 나와 있었다.

"한 사람이 가고 대신 새 생명이 태어났어."

덕배는 무심코 내뱉은 자신의 말에 코끝이 시큰했다. 다시는 만날 수 없는 소녀 대신, 조선의 아기가 낯선 땅에서 태어나 첫울음을 울었다 생각하니 가슴이 뭉클했다.

덕배는 농장에서 일을 하다가도 밭고랑에서 아이들 소리가 나면 소녀가 그곳에 있는 것만 같았다. 소녀가 만들어 준 토시가 걸레처럼 너덜거렸지만 절대로 버릴 수 없어 깁고 또 기웠다.

로페즈 감독은 날이 갈수록 사람들을 점점 더 난폭하게 대했다.

"언제까지 저 원수 같은 놈을 보고만 있어야 해?"

봉삼이가 어저귀 단을 묶으며 덕배에게 속삭였다.

"저놈이 다니는 길에 허방다리를 파 놓을까? 말에 탄 채로 꺼꾸러지게."

봉삼이는 자신이 내뱉은 말이 생각만 해도 고소하다는 듯 키득거렸다.

"봉삼아, 아무도 모르게 허방다리를 팔 자신이 있냐? 빨리 일이나 해. 로페즈 놈이 어디서 지켜보고 있을지 몰라. 조심해야 해. 기회를 봐서 로페즈 놈을 어떻게 해치울까 차차 궁리해 보자."

"다치게 하는 건 안 돼. 아주 죽여 버려야 해."

윤재가 봉삼이에게 눈을 부릅뜨고 말했다.

"겁쟁이가 입은 살았네."

봉삼이가 윤재를 놀리듯 빈정거렸다.

"뭐라고 그랬어? 나보고 지금 겁쟁이라고? 왜 내가 겁쟁이야? 너 항상 나를 비웃는데 진짜 한 번 해볼래?"

윤재가 봉삼이에게 정면으로 대들었다.

"어쭈, 양반 나리? 아직도 양반 행세를 하고 싶냐? 덕배 형아니면 밥값도 못하는 주제에."

그때였다. 윤재가 식식거리며 마테체를 들고 봉삼이에게 달려들었다. 덕배가 급하게 윤재의 마테체를 가로막아 쥐고 말했다.

"왜들 이래? 감독한테 들키면 무슨 변을 당할지 몰라서 이러니? 어서 일이나 해!"

덕배는 주위를 살피면서 윤재에게 빨리 일이나 하라고 다그쳤다. 봉삼이가 금세 자기 자리로 돌아갔다. 윤재는 분이 안풀린 듯 마테체를 움켜쥐고 놓지 않았다.

"이거 놔! 놓으란 말이야. 저 쥐방울 같은 새끼가 항상 나를 비웃는데 더 참을 수가 없다구."

윤재가 마테체를 놓으라고 소리쳤다. 그때였다. 어디서 나타났는지 로페즈가 달려와 덕배의 등덜미를 채찍으로 내리쳤다. 보조감독도 번개처럼 달려왔다. 감독이 뭐라고 소리치자 보조감독이 덕배를 쏘아보며 소리쳤다.

"일은 안 하고 왜 싸움질이야?"

에네껜 아이들

로페즈 감독이 보기엔 덕배가 윤재와 싸우는 줄 안 모양이었다. 윤재가 겁을 먹고 부들부들 떨며 봉삼이를 노려봤다.

"내가 이럴 줄 알았어. 아휴, 진짜."

덕배는 윤재가 원망스러웠다. 보조감독이 영문도 모르고 또 덕배의 등에 채찍을 내리쳤다.

"일을 해! 일을! 싸움질이나 하고 꾀를 부리면 어찌 되는지 똑똑히 보여 줄 테다."

보조감독이 또 덕배의 등짝을 내리쳤다. 덕배는 등에 불이 붙은 것처럼 아팠다.

"그만하세요! 왜 개돼지처럼 때려요? 우리가 짐승이에요? 그만 때리라구요!"

덕배는 너무 화가 나서 자신도 모르게 대들고 말았다.

로페즈도 덕배가 대든다며 채찍을 내리쳤다. 그때 덕배 아버지가 쏜살같이 달려왔다.

"이거이 무슨 짓임메? 이 아들은 아직 일꾼도 아닌데 채찍질을 해도 되는 거임메? 당장 채찍을 거두라요!"

덕배 아버지의 고함소리에 일을 하던 사람들이 모두 몰려왔다. 로페즈 감독의 얼굴이 벌겋게 변하더니 야비하게 웃으며 덕배 아버지를 노려보았다.

"감독에게 대들면 어찌 되는지 보여 줄까?"

"아이들한테 채찍질을 하다니 이건 불법임메. 이 아이들이 짐승임메? 당장 채찍질을 멈추라고 말한 것뿐이오!"

로페즈 감독이 보조감독에게 눈짓을 했다. 보조감독이 덕배 아버지의 등을 채찍으로 내리쳤다. 덕배 아버지는 아랑곳하지 않고 로페즈에게 삿대질을 했다.

"당장 채찍을 거두란 말이오!"

로페즈 감독의 얼굴이 험상궂게 일그러졌다. 보조감독이 마치 죄인을 다루듯 덕배 아버지를 사정없이 때렸다. 덕배 아버지가 으윽! 비명을 지르며 밭고랑에 나동그라졌다.

덕배는 도저히 참을 수가 없었다. 소녀를 죽게 한 로페즈 감독을 당장 죽여 버리고 싶었다. 덕배가 로페즈 감독에게 달려들려는 순간 덕배 아버지가 번개처럼 로페즈 감독에게 몸을 날렸다. 로페즈 감독이 덕배 아버지와 함께 밭고랑으로 나뒹굴었다. 넘어졌던 로페즈가 일어나면서 총을 빼든 건 눈 깜짝할 새였다.

"탕! 탕! 탕!"

간신히 일어나려던 덕배 아버지의 오른쪽 무릎이 힘없이 꺾이며 허벅지에서 피가 튀었다. 로페즈 감독이 보조감독에게 뭐라 소리를 치더니 아무렇지도 않게 말을 타고 사라졌다. 보조감독이 쓰러진 덕배 아버지를 사정없이 발로 찼다.

에네껜 아이들

"똑똑히 보라. 감독에게 대들면 이렇게 된다는 걸 명심해라."

덕배는 보조감독에게 매달렸다.

"저희가 잘못했어요. 제발 아버지 좀 살려 주세요."

덕배는 아버지가 그대로 죽을 것만 같았다. 감초 아저씨가 보조감독에게 애원하듯 말했다.

"총 맞은 사람을 치료부터 해야지라. 이러다 사람 죽게 생겼소."

감초 아저씨가 옷을 찢어 피가 흐르는 덕배 아버지의 허벅지를 묶었다.

보조감독이 감초 아저씨를 밀치고 덕배 아버지와 윤재에게 마차에 타라고 했다. 윤재가 싸움의 발단이라는 걸 안 모양이었다. 윤재 어머니가 윤재를 부르며 울부짖었다. 덕배도 아버지를 부축하며 마차에 올랐다. 덕배 아버지의 허벅지에서는 계속 피가 흘렀다.

윤재는 겁에 질린 채 계속 눈물을 닦았다. 덕배는 아버지가 잘못될까 봐 가슴이 타들어 갔다. 덕배가 아버지를 계속 부르자 덕배 아버지가 간신히 눈을 떴다.

"아버지, 아버지, 정신 차리세요. 아버지!"

마차는 한참을 달려 커다란 나무 앞에서 멈췄다. 치료를 하러 데려가는 줄 알았는데 보조감독이 덕배 아버지를 거칠게 끌어내렸다. 큰 나무 옆 땅에 널빤지가 덮여 있었다. 보조감독이 널빤지를 들어 올리자 자물통을 채운 철망이 덮여 있었고, 그 아래로는 지하로 내려가는 계단이 보였다.

보조감독이 자물통을 열고 철망을 옆으로 젖혔다. 덕배는 가슴이 철렁 내려앉았다. 언젠가 중국인 통역관이 말하던 지하 감옥인 것 같았다. 보조감독이 세 사람을 지하 계단으로 밀어 넣었다. 보조감독이 들고 있는 총만 아니면 반항이라도 해 보런만, 시키는 대로 계단을 내려갈 수밖에 없었다. 세 사람의 머리가 완전히 지하로 내려갔을 때였다. 보조감독이 철창을 끌어 자물통을 채우며 말했다.

"감독에게 대들면 지하 감옥에 갇힌다는 말을 들었을 텐데, 어리석은 것들!"

보조감독이 총을 빼 들고 다시 한 번 외쳤다.

"지하 감옥에 갇히는 맛이 어떤지 단단히 겪어 봐라."

말을 마치자마자 보조감독은 마차를 몰고 홀연히 가 버렸다. 덕배는 겁이 덜컥 났다. 감옥 안은 축축했는데 어두워서 어디가 어딘지 분간이 되지 않았다. 이제 땅 위에서 누군가가 자물통을 열고 쇠창살 문을 열어 주지 않으면 밖으로 나갈 수가 없었다. 습하고 퀴퀴한 흙냄새가 무서움을 더 증폭시켰다. 덕배는 손으로 바닥을 더듬어 보았다. 물기가 없는 곳을 찾아 우선 아버지를 뉘어야 했다. 윤재가 구석에 서서 꼼짝도 하지 않았다.

"이리 와서 도와줘. 아버지를 눕혀야겠어."

윤재가 마지못해 주춤주춤 다가왔다. 덕배는 아버지를 간신히 눕혔다. 아버지가 끄응! 신음 소리를 냈다.

"아버지, 정신 차리세요. 아버지."

덕배는 아버지가 의식을 놓을까 봐 조마조마했다. 치료는커녕 약도 없이 굴속에 이대로 내버려 두면 어찌 될지 뻔했다.

덕배 아버지가 간신히 손을 움직여 덕배의 손을 잡았다.

"더 덕배야. 여기가 어드메네?"

"아버지, 정신이 좀 드세요? 감독한테 왜 대들었어요? 이러다 잘못되면 어떡해요? 여긴 지하 감옥인 것 같아요."

"처, 천벌을 받을 놈들. 어린아를 개 패듯 패는데 어드렇게 보고만 있갔네?"

"아버지, 어떻게든 여기서 나가야 해요. 약도 구해야 하고. 흐흑!"

덕배는 앞이 캄캄하고 불안했다. 쇠창살 사이로 새어드는 실낱같은 빛 한 줄기가 어렴풋이 어둠을 밝혔다. 얼마 후부터는 그 빛마저 사라졌다. 밤이 된 것 같았다. 덕배 아버지의 숨소리가 자꾸 거칠어졌다. 덕배는 벽을 더듬으며 계단 위로 올라가 보았다. 입구에 쇠창살 문이 굳게 닫혀 있어서 아무리 흔들어 봐도 꿈쩍도 하지 않았다. 쇠창살 밖은 사방이 어두워 어디가 어딘지 전혀 분간을 할 수가 없었다. 어디선가 크릉 크르릉 짐승의 울음소리도 들렸다.

덕배는 쇠창살을 힘껏 흔들며 소리쳤다.

"여보세요! 아무도 없어요? 우리 아버지 좀 살려 주세요!"

그러나 아무 대답이 없었다. 금방이라도 무서운 짐승이 달려올 것만 같아 덕배는 다시 계단을 더듬어 아버지 곁으로 내려갔다. 윤재가 돌부처처럼 웅크리고 앉아 훌쩍거리고 있었다.

굴속에 갇혀 있다는 두려움은 점점 커졌다. 독사라도 나오면 어찌 될까? 독사에 물리면 덕배 아버지는 물론 덕배도 윤재도 언제 죽을지 몰랐다. 농장에서는 방울뱀을 조심하라 했는데 이 굴속 어딘가에 방울뱀은 없을까? 덕배는 아버지의 숨결을 살피며 졸다 깨다를 반복했다. 윤재도 웅크리고 앉은 채 잠이 든 것 같았다. 덕배는 굴속이라 그런지 추워서 잠이 오지도 않았고 아버지가 걱정스럽기만 했다.

덕배 아버지는 계속 비몽사몽인 듯 헛소리도 하고 신음 소리도 냈다. 덕배가 할 수 있는 일이라고는 아버지 손을 꼭 붙잡고 있는 것뿐이었다. 시간이 얼마나 흘렀을까. 계단 쪽에 희끄무레한 빛이 들어오기 시작했다. 덕배는 아버지의 손발을 주물렀다. 아버지의 숨소리가 조금 고르게 느껴졌다. 윤재가 울음 섞인 목소리로 더듬더듬 말했다.

"미안해. 나 때문에……. 아저씨 잘못되면 어떡해? 정말 미, 미안해."

덕배는 화가 났지만 지금은 화를 낼 때가 아니었다.

"이제 와서 그런 말하면 뭐하니? 여기서 나갈 궁리를 해야지."

"아저씨는 우리가 위급할 때마다 살려 주셨는데 나 때문에 흐흑. 나 때문에 잘못될까 봐 너무 무서워. 미, 미안해."

"그만하라니까. 저기 계단 위로 올라가서 창살이라도 흔들어 봐. 그리고 사람 좀 살려 달라고 소리라도 쳐 봐. 도대체 여기가 어딘지도 모르겠어. 사람이 사는 곳인지 아니면 숲속인지. 도대체."

윤재가 비틀거리며 계단으로 올라가 쇠창살을 흔들고 누구 없냐고 고함을 쳐 댔지만, 아무 기척도 없었다. 덕배는 아버지가 걱정되어 끼니를 굶었는데도 배가 고픈 줄도 몰랐다. 숨소리가 고르던 아버지가 갑자기 끙끙 앓는 소리를 냈다. 덕배는 불안해서 아버지의 이마를 짚어 보았다. 이마가 불덩이처럼 뜨거웠다. 덕배는 바닥을 더듬어 물기가 있는 곳을 찾아냈다. 그리고 그 물을 손에 적셔 아버지의 이마에 번갈아 대었다.

얼마나 지났을까. 계단 쪽이 좀 더 환해진 무렵이었다. 무슨 소리가 들리는 것 같았다. 말발굽 소리 같기도 하고, 바퀴가 구르는 소리 같기도 했다. 점점 소리가 가까워졌다. 이윽고 철창 가까이에서 사람들의 말소리가 들렸다. 덕배가 계단으로 뛰어 올라갔다.

감초 아저씨의 말소리가 들렸다. 덕배는 쇠창살을 힘껏 흔들며 소리쳤다.

"아저씨, 여기요! 우리 아버지 좀 살려 주세요!"

"오냐, 좀만 기다리라우. 조금만."

"형, 나 봉삼이야. 형을 구하러 왔어. 조금만 있어."

봉삼이의 목소리도 들렸다. 사람이 이렇게 반가운 것은 처음이었다. 덕배는 서둘러 아버지에게 내려갔다.

"아버지, 조금만 참으세요. 감초 아저씨가 우릴 구하러 왔어요."

덕배 아버지는 간신히 말을 알아듣는 것 같았다. 곧이어 쇠창살 뜯기는 소리가 요란하게 들렸다. 곧이어 감초 아저씨가 계단으로 내려왔다. 후안 아저씨도 함께였다.

"덕배야, 어서 아버지를 내 등에 업히라우. 어서!"

후안 아저씨와 함께 덕배는 아버지를 부축했다. 밖으로 나오니 마차가 서 있었다. 마차에 마야인 대여 섯 명이 타고 있었다.

"감독은요?"

덕배는 감독이 알까 봐 너무 무서웠다.

"그놈도 이번엔 별수 없도록 우리가 본때를 보여 줘야지."

덕배는 무슨 말인지 몰라 무섭기만 했다. 윤재가 덜덜 떨며
물었다.

"로페즈는 어디 있어요?"

"긴 이야기는 나중에 하고 우선 빨리 여기를 빠져나가야 한
당께. 어서 빨리 마차에 타자."

감초 아저씨는 조심스럽게 덕배 아버지를 마차에 태웠다. 덕
배도 윤재와 함께 마차에 올랐다. 봉삼이가 덕배의 손을 잡고
더 바짝 붙어 앉았다.

"형, 얼마나 걱정했는지 몰라."

감초 아저씨가 덕배 아버지의 이마에 손을 얹으며 상처를
살폈다. 상처가 생각보다 심각하다고 걱정했다. 마차는 곧 마
을에 도착했다. 마차 소리를 듣고 윤재 어머니가 달려 나와 윤
재를 부둥켜안았다.

"윤재야! 아이구, 우리 아들. 어서 안으로 들어가자."

덕배는 아버지가 누울 자리부터 만들었다. 감초 아저씨는
곧바로 덕배 아버지의 상처에 메스칼을 붓고 소독을 했다. 그

러고는 약을 바르고 침을 놓고 잠시도 쉬지 않고 덕배 아버지를 보살폈다.

덕배는 몹시 궁금해서 어떻게 된 일인지 감초댁에게 자초지종을 물었다.

"어제 우리 냄편이 로페즈를 찾아갔었단다. 총상까지 입은 사람을 지하 감옥에 가두면 어찌하느냐? 그대로 있으면 죽을 텐데 얼른 데려와 치료를 하게 해 달라 졸랐지. 그런데도 로페즈는 아무리 사정해도 꿈쩍도 안 했지라. 음식이라도 넣어 주게 자물통 열쇠를 달라고 해도 막무가내였어. 그래서 네 아버지 목숨이 위험하다고 후안 아저씨에게 말하고 함께 의논을 했당께. 그리고 모두 큰 결심을 한 거야. 마야인들도 로페즈 놈한테 당한 사람이 많다는 걸 알게 되었지. 그래서 우리와 마음을 합쳐 감옥 문을 부수고 너랑 네 아버지랑 윤재를 꺼내 온 거랑께."

덕배는 더 불안했다. 로페즈 몰래 감옥 문을 부수고 데려왔으니 알면 더 큰 복수를 할 게 뻔했다.

"감독이 이 사실을 알면 가만히 있지 않을 텐데 어떻게 해요?"

"조선 사람들도 마야인들과 함께 대응하기로 했으니 너무 걱정하지 않아도 된당께. 마침 오늘이 일요일이니께 오늘은 로페즈도 쉬는 날이라 다행이구면."

덕배는 그래도 마음이 놓이지 않았다. 봉삼이가 윤재를 탓
했다.

"이게 모두 그 자식 때문이야. 만약 아저씨가 잘못되면 윤재
그 자식 가만두지 않을 거야."

덕배는 지하 감옥에서 나온 후에야 윤재가 원망스러웠다. 지
하 감옥에서는 아버지가 잘못될까 봐 한시도 딴생각을 할 수
없었다. 앞으로 어떻게 될까? 잔인한 로페즈 감독이 조선 사람
들을 가만두지 않을 것 같았다.

감초 아저씨는 칼을 불에 달구어 덕배 아버지의 다리에 박
힌 총알을 빼내야 한다고 했다. 감초 아저씨는 굉장히 아플 거
라면서 덕배 아버지에게 독한 술을 먹이고 수건을 말아서 입
에 물렸다. 그러고 나서 총알이 박힌 허벅지에도 메스칼을 부
었다. 소독약 대신에 독한 술을 사용하는 거였다.

감초 아저씨는 불에 달궈 소독한 칼로 덕배 아버지의 허벅
지에 박힌 총알을 꺼냈다. 덕배는 무서워서 차마 볼 수가 없었
다. 덕배 아버지는 너무 아파 고함을 치다가 그만 혼절했다. 덕
배는 눈앞이 깜깜했다. 잠시 후에 아버지가 깨어났다. 총알은
깨끗이 꺼낸 후였다.

"아버지, 이제 됐어요. 아버지!"

감초 아저씨는 상처를 소독하고 피를 지혈시키느라 허벅지를 꽁꽁 묶었다. 감초댁은 감초 아저씨의 지시대로 만든 약을 가져왔다. 감초 아저씨는 약을 헝겊에 두껍게 발라 상처를 싸맸다.

"상처가 덧나면 큰일이랑께. 이곳 날씨가 무더워서 상처를 잘 관리해야 하니께 아주 조심해야 하겠어라."

모두 감초 아저씨의 의술에 감탄했다.

"내가 허 의원님 밑에서 배운 대로 약을 쓰니께 아무 일 없이 잘 아물 거여. 자 이제 한시름 놓았구먼이라."

덕배 아버지는 차차 안정이 되었다. 당장 급한 게 로페즈 감독의 문제였다.

"일이 이렇게 된 이상 감독은 더 잔인하게 나올 거이 틀림없슴메. 그렇다고 우리가 물러서면 우리한테 복수를 할 거이고 그러니 모두 똘똘 뭉쳐서리 한마음으로 대처해야 하오. 절대로 협박에 물러서면 아니 됨메. 그러니까니 마음 단단히 먹고 어떤 협박이 와도 우린 우리대로 꽁꽁 뭉쳐서리 한목소리를 내야 함메."

덕배 아버지는 아픈 사람인데도 오히려 모두를 격려하며 문제 해결을 위해 앞장섰다.

"성님, 걱정하지 말랑께요. 우리가 성님을 구출할 때 단단히 각오를 했당게요. 마야인들이랑 약속했어라. 세게 나가야 혀요. 우리가 한마음으로 대적하면 감독 지 놈도 어쩔 수 없을 거구만요."

"우리가 먼저 선수를 쳐야 하지비. 내 말을 잘 들으라요. 똘똘 뭉쳐서리 우리 요구를 들어줄 때까지 절대 일하러 나가지 말고 버텨야 함메."

덕배 아버지가 숨을 고르며 감초 아저씨에게 가까스로 말했다.

"모두 하나로 뭉쳐 농장주를 만나게 해 달라고 떼를 써야 해요. 농장주가 올 때까지는 목에 칼이 들어와도 꼼짝하지 말고 버팁시다. 농장주가 오면 무조건 감독을 바꿔 달라고 하고 바꿔 주지 않으면 절대 농장 일을 못하겠다고 버텨야 하오."

감초 아저씨가 사람들에게 단단히 일렀다.

"만약 농장주가 우리 요구를 안 들어주면요?"

"우리가 일을 안 하면 어쩔 것이요? 자기가 당장 손해가 날 텐디. 이왕 이렇게 된 마당에 우리도 죽기 살기로 똘똘 뭉쳐 로페즈 그놈을 몰아내야 쓰요. 모두 알아들었제라?"

감독에게 채찍을 맞았던 마야인들까지 조선 사람들과 하나가 되어 똘똘 뭉쳤다.

감초댁은 죽을 끓이고 약을 달였다. 감초 아저씨는 덕배 아버지의 상처에 약을 발라 주며 중얼거렸다.

"죽일 놈, 사람에게 총을 쏘다니……. 이제 우리도 밟으면 꿈 틀댄다는 거를 보여 줘야 사람 목숨이 무서운 줄을 알 것이구 만요. 애기씨 일도 그렇고, 그놈은 사람도 아니어라."

덕배가 감초 아저씨 곁으로 다가가 물었다.

"아저씨, 아버지는 괜찮겠지요? 불안해 죽겠어요."

"덕배야, 인제 상처만 아물면 되니까 걱정하지 말드라고. 덕 배 너도 좀 쉬어야 한네이."

감초 아저씨가 덕배를 다독이며 사람들에게 말했다.

"덕배 아버지가 이리된 것은 참말로 안되었지마는 이제 회 복되고 있응께 걱정 안 해도 됩니다. 이번에는 지금까지 로페 즈 놈한테 당한 거를 꼭 갚아야 한당께요. 입에 담기도 싫지만 애기씨 일도 그렇고, 그놈은 어떻게든 쫓아내야 합니다."

이튿날이 되었다. 마차가 와서 종을 흔들었지만 마야인도 조선 사람들도 들은 척도 하지 않았다. 무슨 낌새를 챘는지 로 페즈는 나타나지 않았다. 마부는 한참 동안 종을 흔들어도 한 사람도 마차에 오르지 않자 어리둥절한 채 어찌할 줄을 몰랐 다. 마야인들과 조선인들은 모두 마테체를 들고 공터에 모였 다. 감초 아저씨와 후안 아저씨가 농장주를 만나야 한다며 농 장주에게 가서 전하라고 말했다. 한참 동안 기다리던 마부가

에네껜 아이들

그대로 돌아갔다.

얼마 후에 보조감독을 앞세우고 로페즈가 나타났다. 바짝 긴장이 되었지만 모두 마테체를 들고 흔들며 농장주를 데려오라고 요구했다. 많은 사람이 한꺼번에 요구하자 로페즈도 당황한 듯했다. 사람들은 조금의 동요도 없이 당당하게 마테체를 들고 농장주를 불러 달라고 계속 요구했다. 후안 아저씨가 있어서 말도 잘 통했다. 덕배는 로페즈가 또 총을 쏠까 봐 몹시 겁이 났다. 그러나 한둘이 아닌 탓인지 로페즈도 총을 들고 설치지 못했다.

급기야 로페즈가 슬금슬금 뒷걸음치다 쏜살같이 사라졌다.

"로페즈 그놈 얼굴 봤지라? 겁을 잔뜩 먹었더랑께요. 우리 기세가 한두 사람 죽어도 꼼짝 않을 거 같으니께 소리만 치다가 그냥 가 부렀소. 농장주가 와도 지금처럼 똘똘 뭉쳐서 감독을 바꿔 주지 않으면 일하지 않겠다고 버텨야 혀요. 모두 내 말 잘 알아듣겠지라?"

"두말하믄 잔소리요. 근데 농장주가 로페즈를 정말 내쫓아야 하는디 진짜 불안하긴 하구만요."

"죽기 아니면 살기로 한번 해보는 거요. 어차피 우리도 지하 감옥에서 사람을 빼내 왔으니 로페즈 놈이 그걸 꼬투리 잡아 더 난폭하게 굴 거요. 그러니 이번에 무슨 일이 있어도 로페즈

놈을 쫓아내야 한단 말이오. 그나저나 덕배 아버지가 빨리 좋
아져야 할 텐데……."

군졸 아저씨의 말에 모두들 걱정스럽게 고개를 끄덕였다.

"총알을 빼낸 자리가 잘 아물고 있어라우."

"참말로 다행이지요. 우리 복뎅이 아배 아니었으면 어쩔 뻔
했어라우? 참말 덕배 아버지한테는 복뎅이 아배가 생명의 은
인이랑께라."

감초댁이 복뎅이를 어르며 말하자 모두 다행이라고 고개를
끄덕였다.

로페즈 감독은 이튿날부터 조선 사람들과 마야인들이 무서
워서 밖에 나오지도 않는다고 했다. 역시 다수의 힘이 작용한
덕분이었다. 농장주는 사흘째 되는 날 통역관을 대동하고 나
타났다.

"형, 농장 주인도 총을 차고 있어. 우리에게 설마 총을 쏘진
않겠지?"

봉삼이가 겁을 내며 물었다.

"자기 농장에서 일하는 일꾼들한테 무작정 총을 쏘진 않겠
지. 잠자코 기다려 보자."

덕배는 아버지 곁에 바짝 다가섰다. 후안 아저씨가 농장주
에게 자초지종을 말했다.

에네껜 아이들

"애기씨 일도 자세히 말해야 하오."

감초 아저씨가 후안 아저씨에게 말했다. 후안 아저씨의 말을 들은 농장주와 경찰관이 덕배 아버지의 상처를 확인했다. 윤재 어머니는 자기 딸도 로페즈 감독이 죽었다고 천벌을 받을 거라 했다. 농장주는 경찰관과 함께 모든 사실을 파악한 후에 로페즈 감독을 해고할 테니 내일부터 일을 시작하라고 했다.

조선 사람들과 후안 아저씨는 악독한 감독 밑에서는 죽어도 일을 하지 않겠다며 우선 채찍질을 못하게 해 달라고 요구했다. 농장주는 조선 사람들한테 채찍을 금하겠다고 약속했다. 역시 하나로 똘똘 뭉쳐 요구하는 조선 사람들의 의지가 통한 것이다. 당장 일을 하지 않으면 농장주도 어디서 일꾼들을 구할 것인가.

로페즈 감독이 쫓겨나자 보조감독도 전처럼 함부로 굴지 않았다.

덕배 아버지는 다리의 상처가 나을 동안 일을 하지 못했다. 덕배는 봉삼이와 함께 아버지 몫까지 일을 하려고 애썼지만 덕배 역시 채찍으로 맞은 상처 때문에 전처럼 몸이 자유롭지 못했다.

감초 아저씨는 저녁마다 덕배 아버지의 상처에 새로 약을 바르고 좋다는 약초를 구해 정성을 쏟았다. 나중에야 알게 된 일이지만 어저귀 잎에서 나오는 즙이 새살을 돋게 하는 작용이 있다고 했다. 마야인들은 어저귀 가시에 찔린 상처에 어저귀 즙을 바른다고 했다. 그러나 덕배 아버지는 상처가 다 아물었을 때 인대가 오그라들어 한쪽 다리를 절게 되었다.

봉삼이는 덕배 아버지가 다리를 절게 된 게 모두 윤재 때문이라며 불평을 했다.

"나쁜 자식, 그 새끼 때문에 아저씨가 저렇게 된 거야."

"봉삼아, 지난 일을 자꾸 늘추면 뭐해? 이유를 따지자면 너도 잘한 거 없어. 너도 윤재에게 약을 바짝바짝 올렸잖아!"

덕배의 말에 봉삼이가 화를 버럭 냈다.

"형, 내가 괜히 그랬어? 그 자식이 늘 재수 없게 굴었잖아. 형한테 고마워할 줄도 모르고. 그 자식이 마테체만 휘두르지 않았어도 감독이 알지 못했을 거야. 나쁜 자식. 형이 말리지 않았으면 아마 마테체로 날 찍었을지도 몰라."

"봉삼아, 그만해. 자꾸 생각하면 뭐 하니? 이미 지난 일인데."

"형, 형도 생각해 봐. 저 때문에 아저씨가 저렇게 다리를 다쳤는데 단 한 번이라도 와서 죄송하다고 말한 적 있어? 그 자식 부모도 똑같아. 아저씨한테 미안하다고 찾아오지도 않았잖아."

에네껜 아이들

봉삼이가 덕배에게 화를 내며 말했다.

"그렇게 생각하면 괘씸하기도 한데, 하지만 섭섭하다 생각하면 한이 없어. 속만 더 상해. 괜한 일에 자꾸 마음 쓰지 마."

"괜한 일이 아니니까 그렇지. 그 자식이 사람 노릇 할 수 있게 언젠가 버릇을 단단히 고쳐 놓을 거야."

봉삼이가 주먹을 쥐고 부르르 떨며 말했다.

감초 아저씨가 덕배 아버지의 상처에 뜸을 뜨면서 봉삼이를 달랬다.

"봉삼아, 조선 사람끼리 미워하면 안 된당께. 서로서로 도와야지."

"아저씨, 제가 괜히 미워해요? 형이랑 아저씨가 도와주지 않았으면 그 자식 벌써 굶어 죽었을 거예요. 그런데도 고마워하기는커녕 계속 못되게 굴잖아요!"

"아직 어려서 그렇지. 철들면 고마운 줄 알겠지."

봉삼이는 계속 식식거렸다.

"어리긴 뭐가 어려요? 나보다 나이도 많다구요. 아저씨도 그 자식이 양반의 아들이라고 무조건 감싸지 마세요."

봉삼이는 윤재가 사과하기 전까지는 가만두지 않겠다고 별렀다.

감초 아저씨가 덕배 아버지의 치료를 끝내고 나갈 때였다.

문밖에서 시커먼 그림자가 후다닥 달아났다. 뒷모습이 윤재 같았다. 아마도 봉삼이가 떠드는 말을 다 들은 모양이었다.

도망자

윤재는 점점 설 자리가 없었다. 자신 때문에 덕배 아버지가 총에 맞아 다리를 저는 모습을 보면 죄인 같아서 얼굴을 들 수 없었다. 누가 말하지 않아도 죄인처럼 느끼고 있는 터에 봉삼이는 드러내 놓고 윤재에게 이를 갈았다. 윤재는 봉삼이를 말리는 덕배에게 더 미안했다. 윤재는 기회가 되면 덕배 아버지를 찾아가 죄송하다고 말하고 싶었다.

지난밤에도 용기를 내어 덕배의 움막에 찾아간 것인데 그때 하필 봉삼이가 윤재를 가만두지 않겠다고 벼르는 말을 들었다. 그리고 덕배와 감초 아저씨까지 자신을 철부지라고 생각하고 있다는 걸 다 듣고 말았다.

윤재는 아무하고도 마주치고 싶지 않았다. 아무도 없는 곳으로 도망쳐 버릴까. 죽은 듯이 지내는 아버지도 보기 싫고, 덕배 아버지와 덕배를 대할 면목도 없었다. 쥐방울처럼 덕배에게 달라붙어 사사건건 자신을 못마땅해 하는 봉삼이는 더더욱 싫었다.

떠나고 싶은 이유는 또 있었다. 윤재는 자신이 가장 초라한 존재로 느껴졌다. 덕배 아버지가 다친 이후로 모든 사람이 자신과 아버지를 조롱하는 것만 같았다.

더욱 견딜 수 없는 건 덕배와 덕배 아버지가 부처님처럼 구는 거였다. 백정이었다는 사람이 모든 사람에게 늘 힘이 되는 게 부러웠다. 덕배와 덕배 아버지가 침묵만 지키고 아무일도 하지 않는 무기력한 아버지를 더욱 비참하게 만드는 것 같았다.

윤재는 며칠 동안 오로지 부끄럽고 비참하다는 생각만 했다. 윤재는 혼자 떠나는 수밖에 없다는 결론을 내렸다. 그 후부터 비상식량으로 강냉이 가루를 조금씩 모았다. 후안 아저씨의 말로는 묵서가 어딘가에 가면 금덩이도 있고 은도 많이나는 곳이 있다고 했다. 조선을 떠나기 전 이민자 모집 신문기사에도 금덩이가 굴러다니는 나라라고 하지 않았던가. 윤재는 금덩이가 생기면 당당하게 전대금과 외상값을 갚고 조선으로 돌아가고 싶었다. 윤재는 노력도 하지 않고 체념만 하는 아버지나 죽어라 일만 하는 조선 사람들이 바보처럼 느껴졌다.

드디어 토요일 밤, 윤재는 식구들이 잠들기를 기다렸다가 간단한 짐을 챙겨 밖으로 나왔다. 그동안 모아 둔 강냉이 가루와 물병을 챙겼다. 그래도 누나에겐 모든 걸 털어놓고 하소연이라도 하고 싶어 누나의 무덤을 향해 마음속으로 속삭였다.

'누나, 도와줘. 난 더 이상 이곳에 있을 수가 없어. 새로운 땅을 찾아 떠날 거야. 금덩이를 찾게 해 줘. 누나, 나를 지상낙원에 데려다 줘. 누나 없는 이곳에서 더 이상 버틸 수가 없어. 내 힘으로 이 지옥에서 탈출하고 말 거야.'

윤재는 마음속으로 누나를 생각하며 농장으로 가는 큰길을 따라 무작정 걸었다. 농장과 농장으로 연결된 길 양옆에는 나무들이 무성했다. 덩굴식물들이 큰 나무를 휘감고 아름다운 꽃을 피우고 있었다. 윤재는 북쪽으로 계속 가면 지상낙원이 있을지도 모른다고 생각했다. 농장 주인의 아이들도 북쪽 어딘가에서 학교에 다닌다고 들은 것 같기도 했다.

윤재는 밤길을 걸으며 무서움을 쫓으려고 조선을 떠날 때의 긴박한 순간들을 떠올렸다.

일본인들 손에 왕비마마가 죽임을 당하자 조선의 운명은 서서히 내리막길을 달렸다. 임금은 일제의 잔인한 소행에 연이어 악몽을 꾸다가 거듭거듭 잠을 설친다고 했다. 급기야 임금은 아라사(러시아) 공관으로 피신하여 후일을 도모한다고 했다. 2년 후 임금은 아라사 공관에서 경운궁(덕수궁)으로 돌아와 국호를 대한제국으로 정하고 환구단에서 황제가 되었음을 선포

했다. 그러나 일제는 전쟁을 일으켜 청나라를 물리친 것처럼 다시 아라사에 전쟁을 선포했다. 일제가 러시아와 전쟁을 하면서 대한제국을 발판으로 삼았기에 조선은 남의 나라 전쟁의 전장터로 변했다.

일제는 그 후 황제 폐하와 일가친척인 황족들까지 철저하게 감시했다. 윤재 아버지도 황족이니 당연히 감시가 심했다. 급기야 일본인 감시원들은 서당에 가는 윤재의 뒤에도 따라붙었다. 윤재 아버지는 점점 불안해서 밤잠을 이루지 못했다. 궁궐 살림은 날로 줄어들었고, 황족들은 쥐 죽은 듯 움츠린 채 허기를 달래야 했다. 윤재 아버지는 최후의 방법으로 먹는 양식마저 줄이기 시작했고, 집안에서 부리는 하인들을 모두 내보냈다.

윤재 어머니는 이화학당에 다니던 윤재 누나를 서둘러 시집보내기 위해 매파를 불러 신랑감을 찾았다. 좋은 신랑감을 만나 시집을 가면 우선 함부로 구는 일본 사람들의 마수에서 벗어날 수 있을 터였다. 매파는 꽤 명망 높은 정승 댁에 혼담을 넣었고, 정승 댁에서도 흔쾌히 허락을 해서 누나의 혼사를 서두르기로 했다.

윤재 누나는 내키지 않았지만 어쩔 수 없이 어른들이 시키는 대로 수를 놓으며 시집갈 날만을 기다리고 있었다.

에네껜 아이들

윤재 어머니는 길흉화복을 점치는 사람을 찾아가 혼인날을 정하고 혼수 준비에 한창 열을 올렸다.

혼인날을 한 달가량 앞둔 어느 날이었다. 난데없이 비보가 날아들었다. 윤재 누나의 신랑감이 비명횡사를 했다는 소식이었다. 신랑 될 사람은 아라사 공관에 들락거렸는데, 일제가 아라사 첩자라는 누명을 씌워 잡아갔고, 그 후 마포나루에서 시체로 발견되었다고 했다.

윤재네 식구들은 모두 넋이 나갔다. 윤재 누나는 혼례만 치르지 않았을 뿐, 이미 혼인이 확정되고 사주단자(신랑 집에서 신부집으로 신랑의 사주를 적어서 보내는 종이)도 받은 상태였기 때문에, 조선의 당시 법도에 따라 신랑 될 사람이 죽었어도 시집으로 들어가서 청상과부로 살아야 한다고 했다.

누구보다 앞이 캄캄한 사람은 윤재 누나였다. 시집을 가지 않았지만 결혼할 사람이 죽었으니 남편이 죽은 것처럼 상복을 입은 윤재 누나는 차라리 죽고 싶었다. 더구나 항상 몸이 약했는데 충격을 받으니 몸은 더 허약해졌다.

어느 날 밤, 성 밖에 나갔던 윤재 아버지가 〈황성신문〉의 이민자 모집 광고 기사를 들고 들어왔다.

"조선을 떠나야겠소."

윤재 아버지의 말에 윤재 어머니가 깜짝 놀라 물었다.

"예? 조선을 떠나다니요? 그게 무슨 말씀입니까? 어디로 떠 난단 말입니까?"

"이 신문 기사를 보오. 묵서가라는 지상천국이 있다 하오. 이 나라에서 일꾼을 모집한다는데, 나는 그곳에 가서 훈장 노 릇을 할 작정이오. 이미 훈장을 시켜 준다는 약조 문서도 받 아 놓았소. 윤서도 데리고 떠납시다."

윤재 아버지의 말에 윤재 어머니가 깜짝 놀라 되물었다.

"나리, 윤서는 시집으로 들여보내야지요. 아녀자의 법도가 있는 법인데……."

"임자, 나는 내 딸을 남편도 없는 집으로 보내 청상과부로 지내게 할 수는 없소. 어서 서둘러서 아무도 모르게 윤서와 떠날 것이니 그리 아시오. 그 길밖에 없소."

"그럼 우리 윤재는요?"

"열다섯 살 이하의 애들은 신식 교육을 시켜준다 하오. 차 라리 잘되었소. 서양 나라들이 빠르게 변하고 있소. 윤재도 이 제 열두 살이니 신식 교육을 시켜 새로운 눈을 뜨게 해야 하 오. 우리가 돌아올 때쯤이면 조선도 많이 변해 있을 것이오. 시간이 없소. 은밀하게 어서 떠날 준비를 서두르시오."

윤재 어머니는 윤재 아버지의 말에 어리둥절했다. 조선의 법 도라면 하늘보다 중히 여기는 윤재 아버지가 할 수 있는 말이 아니었다. 그러나 윤재 아버지도 자기 자식 일 앞에서는 어쩔 수 없는 아버지라고 생각했다. 윤재 아버지의 말대로 윤재 어머니는 하루빨리 떠날 준비를 서둘렀다. 드디어 얼마 후 윤재네 가족은 제물포로 왔고 하인 한구만 데리고 일포드호에 올라탔다. 서양과 일본에서 불어온 시대의 풍파는 조선의 궁궐은 물론, 몰락해 가는 양반가의 안방까지 불어닥쳐 전통적인 삶의 방식과 가치관을 사정없이 뒤흔들었다.

'그때 배를 타지 말아야 했어.'

윤재는 혼잣말을 중얼거렸다.

어렴풋이 동쪽 하늘이 밝아 오기 시작했다. 마차를 타고 떠나면 좋겠지만 도망자에게 마차는 꿈과 같은 것이었다. 길 양쪽에는 밀림처럼 무성한 숲이 이어졌고, 길은 비교적 곧게 뻗어 있었다. 아직 해가 뜨지 않아 덥지는 않았다. 윤재는 다리가 아팠지만 혹여 사람들 눈에 뜨이더라도 바쁜 용무가 있는 사람처럼 보이게 하기 위해 걸음을 재촉했다. 가도 가도 길 양옆에는 무심한 숲만 우거져 있었다.

농장에서 무작정 도망치는 일이 무모한 짓인지도 몰랐다. 이른 아침이라 그런지 길에는 개미 새끼 한 마리 보이지 않았다. 지상낙원은 어디쯤에 있을까. 금덩이가 굴러다니는 땅에 꼭 가고 싶었다. 점점 다리가 무거워졌다.

얼마쯤 걷는데 말발굽 소리가 들리는 것 같았다. 윤재는 얼른 숲속으로 몸을 숨겼다. 얼기설기 무성한 나무 사이에서 커다란 거미들이 실을 뽑고 있었다. 윤재는 숨을 죽이고 마차가 지나가기를 기다렸다. 역시 어저귀 농장으로 일꾼들을 태워가는 마차였다. 윤재는 쥐 죽은 듯 덤불 뒤에 숨어 있다가 마차가 안 보일 때 다시 큰길로 나왔다.

햇살이 비치기 시작하니 숨 막히는 무더위가 느껴졌다. 금세 땀이 흘러내렸다. 물통은 곧 바닥이 났다. 계속 길을 따라 걷는데 갑자기 비가 쏟아졌다. 이곳 날씨는 금세 비를 뿌렸다가 금세 해가 날 때가 많았다.

다시 햇빛이 비치자 땀이 비 오듯 했다. 윤재는 길 가장자리로만 걸었다. 사람 기척이 나면 얼른 숲으로 숨어들기가 쉬웠기 때문이었다. 숲에 있어도 무서운 건 여전했다. 방울뱀이 어디 있을지, 독충이 언제 달려들지, 얼마나 불안한지 몰랐다. 윤재는 무서움이 몰려올 때마다 마음속으로 누나를 불렀다.

'누나, 금덩이를 찾게 해 줘. 금덩이만 찾으면 빚을 갚고 조선으로 돌아갈 수 있대.'

윤재는 마음속으로라도 누나에게 이야기하고 나면 정말 소원이 이루어질 것 같은 기분이 들었다.

에네껜 아이들

가도 가도 어저귀 농장을 오가는 마차들만 지나다녔다. 얼마쯤 가는데 또 말발굽 소리가 들렸다. 윤재는 다시 숲으로 몸을 숨겼다. 비가 오고 난 후라 길이 미끄러웠다. 이 땅은 석회질이 많아 빗물이 잘 빠지지 않았다. 말발굽 소리가 멀어진 후 다시 도로로 나와 걸었다. 해가 중천에 뜨자 숨이 헉헉 막혔다. 점점 기운이 달리고 어지럽기도 했다. 윤재는 숲으로 들어가 은밀한 곳에 자리를 잡고 강냉이 가루를 입에 털어 넣었다. 잠시 기운을 차린 후 다시 큰길로 나왔다. 가도 가도 끝을 알 수 없는, 막막한 길뿐이었다.

얼마쯤 갔을까. 어저귀 농장이 눈앞에 펼쳐졌다. 윤재는 길 가장자리의 나무들 사이로 몸을 숨기고 조심조심 걸었다. 그러나 어저귀 농장 입구부터 길이 훤하게 보여서, 그대로 걸었다가는 금세 발견될 것 같아 어두워질 때까지 기다리기로 했다.

수풀 속으로 들어가 자리를 잡으니 금세 피로가 몰려왔다. 도대체 얼마나 더 가야 할까. 이런저런 생각을 하다가 윤재는 깜빡 잠이 들었다. 얼마쯤 잤을까. 사람들의 말소리가 들려 깜짝 놀라 눈을 떴다. 어저귀 농장에서 일을 끝내고 마차에 오르는 일꾼들이 보였다. 이곳은 어떤 농장일까? 이곳에도 조선 사람들이 있을 텐데 혹시 한구가 있는 건 아닐까? 윤재는 여러 생각이 뒤엉켜 궁금했지만 들킬까 봐 숨어 있었다.

드디어 사람들이 모두 마차에 타고 윤재가 왔던 길로 되짚어 달렸다. 윤재는 다시 일어나 어둠이 내린 길을 계속 걸었다. 가끔 짐승들의 울부짖음도 들렸다. 윤재는 간이 오그라들 듯 무서웠지만 이제 돌아갈 수도 없었다. 배가 고프면 강냉이 가루를 입에 넣고 무작정 마차가 다니는 길을 따라 걸었다. 점점 다리가 꼬였다. 자꾸 비틀거렸지만 어저귀 농장만 벗어나면 금덩이가 굴러다니는 낙원이 분명히 있을 것 같았다. 비틀비틀 걷다가 돌부리에 차여 그대로 넘어졌다. 다시 일어서려고 했지만 발바닥도 물집이 잡혔는지 쓰리고 아팠다. 윤재는 점점 눈이 감겨 그대로 곯아떨어졌다.

얼마나 시간이 지났을까. 너무 추워서 눈을 떴다. 창백한 달빛이 길을 환하게 비추고 있었다. 윤재는 무서움도 잊고 다시 일어나 걸었다. 그러나 얼마 걷지 못하고 다시 주저앉았다. 그러고는 까무룩 잠이 들었다. 윤재가 눈을 떴을 때는 온몸이 쇳덩이처럼 무거웠다. 이슬이 내렸는지 비가 왔는지 온몸이 젖어 있었다.

서서히 날이 밝아 오기 시작했다. 어디선가 물소리가 들리는 것 같았다. 윤재는 물소리가 나는 쪽으로 간신히 발을 떼었다. 미끄러운 길을 따라가니 깊은 계곡이 나타났다. 물은 계곡 밑으로 흐르고 있었다. 그 물길을 따라가던 윤재는 깜짝

에네껜 아이들

놀랐다. 저 아래 벼랑 끝에 짙푸른 호수가 있었다. 너무 깊어서 내려갈 수도 없이 까마득하게 보였다. 윤재는 호수로 들어가는 물길에 앉아 그 물을 손으로 떠서 마셨다. 그제야 살 것 같았다.

윤재는 한참 동안 앉아 호수를 바라보며 쉬었다. 벼랑 아래 까마득한 호수에 빠지는 날에는 도저히 살아나올 수 없을 만큼 깊었다. 호수의 물색은 신비로운 진초록색이었다. 호수 둘레는 덩굴식물들이 길게 늘어져 있고 주변으로 모여드는 물방울들이 덩굴식물을 타고 호수에 떨어지는 소리가 아득한 원시시대를 느끼게 했다. 저 깊은 호수에 만약 용이 살지 않을까. 윤재는 문득 무서운 생각이 들어 조심조심 물통에 물을 채우고 얼른 큰길로 나와 다시 걸었다. 도대체 얼마를 더 가야 이 길이 끝날까. 밤을 두 번 보냈으니 어저귀 농장을 떠난 지 이틀이 된 것이다.

사흘째 되는 날부터 도저히 더 걸을 수가 없었다. 한낮에는 어찌나 뜨거운지 햇빛에 타 죽을 것처럼 온몸이 뜨거웠다. 강냉이 가루 봉지를 꺼냈지만 채 한 줌도 남아 있지 않았다. 윤재는 점점 두려운 생각이 들었다. 이대로 길에서 지쳐 쓰러지면 까마귀밥이 될까.

이제 어저귀 농장도 눈에 띄지 않았다. 윤재는 허공을 걷는 듯 다리가 휘청거렸다. 똑바로 걷고 싶은데 누군가 바닥에서 잡아당기는 것처럼 발걸음이 무거워졌다. 이제 다시 돌아갈 기운도 없었다. 아무리 두리번거려도 금덩이는커녕 울창한 숲길만 계속되었다. 지상낙원이라면 과일나무도 있어야 하고 과일도 주렁주렁 열린 곳이어야 한다는 생각에 주변을 아무리 둘러봐도 울창한 덤불 숲만 계속 이어졌다.

'어딘가는 반드시 지상낙원이 있을 거야. 꼭 거기로 찾아가야 해.'

윤재는 비틀거리며 발을 떼었다. 발걸음이 물에 젖은 솜처럼 무거웠다. 도저히 더는 움직일 수 없어 길가에 주저앉고 말았다. 마차가 온다고 해도 숨을 기운도 없었다. 이제 강냉이 가루도 바닥이 났다. 윤재는 길가 숲으로 간신히 기어가 누웠다. 눈이 저절로 감겼다. 윤재는 그대로 또 잠속으로 빠져들었다. 무서움도 모르고 잠에 빠지는 게 신기할 지경이었다. 얼마나 잤을까. 다시 눈을 떴을 때는 해가 떠오르는 중이었다.

이제 다시 돌아간다 해도 도망친 걸 알면 끔찍한 지하 감옥에 갇힐 수도 있었다.

'포기하면 안 돼. 다시는 돌아가고 싶지 않아. 가다가 죽는 한이 있어도.'

윤재는 억지로 마음을 다졌다. 사실은 돌아가고 싶은 마음이 더 컸다. 하지만 꿈을 접는다는 게 더 불안했다.

'반드시 어딘가에 낙원이 있을 거야.'

윤재는 주문을 외듯 중얼거리며 걷고 또 걸었다. 이제 배가 고픈 줄도 몰랐다. 입이 타들어 갈 듯 목이 말랐지만 물통은 비운 지 오래고 물소리도 들리지 않았다.

'꼭 찾아낼 거야, 금덩이를.'

윤재는 무능한 아버지에게 뭔가를 꼭 보여 주고 싶었다. 아버지와 어머니를 자신의 힘으로 구원하고 싶었다. 양반을 무시하는 봉삼이한테도 꼭 뭔가를 보여 주어야 했다. 머리가 어질 어질했다. 그림자가 발아래 동그랗게 모였다. 해가 머리 위에 있었기 때문이었다. 도저히 뜨거워서 더 이상 걸을 수가 없었다.

'그래도 어저귀 농장보다는 낫잖아. 계속 걸어가자, 계속.'

그러나 마음처럼 몸이 따라 주지 않았다. 가다가 쓰러질 것 같아 길가에 앉았는데 그대로 움직일 수가 없었다. 발은 감각도 없는 듯 허공에 매달린 기분이었다. 그대로 또 잠이 들었다. 잠결에 얼굴에 물이 떨어졌다. 소나기였다. 윤재는 입을 벌린 채 누워 있었다. 구름 속에 가린 해가 다시 나왔다. 거의 저녁때였다. 갈증을 빗물로 해결하고 나니 조금 기운이 도는 것 같았다. 다시 걸었다. 이제 사람의 흔적도 없는 길이었다. 어저귀 농장도 이제 더는 없는 것일까. 도대체 이 길은 어디로 이어진 걸까.

아무리 걸으려고 해도 발이 말을 듣지 않았다. 윤재는 그늘을 찾아가 그대로 누웠다. 눈을 비비고 일어나니 해가 머리 위에서 이글이글 타고 있었다. 입술이 다 말라붙어서 말려 들어갔다. 물을 찾아야 했다. 윤재는 정신이 오락가락하면서 계속 누나를 불렀다. 그러다가 다시 정신을 잃었는지 온몸이 강물에 떠내려가는 듯 느껴져 눈을 떴다. 소낙비가 내리고 있었다. 윤재는 누운 채 입을 또 벌렸다. 빗물이 입안으로 들어왔다. 정신이 좀 났다. 서둘러 물통을 열고 빗물을 받았다.

강냉이 가루는 이미 떨어진 지 오래되었다. 빗줄기는 점점 굵어졌다. 잠깐 내리다 마는 소나기가 아니었다. 천둥이 치고 번개가 번쩍거렸다. 이제 큰비가 올까 봐 걱정이 되었다. 태평양을 건너는 배 위에서 폭풍우를 만났을 때처럼 온통 물바다가 될까 봐 겁이 났다.

길이 금세 소용돌이치는 물길로 변했다. 흙탕물이 거대한 용처럼 길 위를 휩쓸었다. 윤재는 물길에 휩쓸리지 않으려고 나무에 몸을 기댄 채 안간힘을 썼다. 그러다가 거짓말처럼 날이 활짝 개었다. 다시 강한 햇볕이 내리쬐니 금세 몸이 노곤해졌다.

이제 농장에서 도망친 지 며칠이 지났는지 까마득했다. 밤새 잠을 잤는지, 아니면 정신을 잃고 쓰러졌었는지 전혀 가늠이 되지 않았다. 이대로 혼자 길을 헤매다 낯선 땅에서 죽을지도 모른다는 생각이 들었다. 식구들의 곁을 떠난 게 언제인지도 몰랐다.

윤재는 다시 일어나 움직였다. 그러나 마음뿐이었다. 몸은 질질 끌려가는 것 같고 배는 등가죽에 붙어 있었다. 햇볕은 쨍쨍 내리쬐고 점점 숨이 가빴다. 윤재는 그대로 길바닥인 줄도 모른 채 쓰러졌다.

무언가가 윤재를 끝없는 낭떠러지로 끌어내리는 것 같았다. 점점 아주 몸이 편안해졌다. 그리고 아주아주 깊은 곳으로 계속 내려가는 것 같았다. 가끔 환상처럼 과일나무에 과일이 주렁주렁 열린 듯도 했다. 코끝에 향기로운 과일 냄새가 났다. 점점 아래로 아래로 끌려 내려가면서 윤재는 참 편안하다는 생각이 들었다.

누군가 아득하게 부르는 소리가 들렸다. 덕배 같기도 하고 봉삼이 같기도 하고, 누나 같기도 했다. 윤재는 간신히 손을 뻗었다. 덕배가 윤재의 손을 잡았다. 윤재는 덕배의 손을 꼭 쥐었다. 저 멀리에서 누나가 손짓을 했다. 윤재는 덕배의 손을 잡고 누나에게로 훨훨 날아갔다. 그러나 누나는 점점 멀어져만 갔다.

북쪽으로

"윤재 도련님이 없어져 부렀다요!"

밖에서 감초댁의 새된 목소리가 들렸다. 덕배는 잠결에 눈을 떴다. 윤재가 없어졌다는 말이었다.

"아주머니, 지금 뭐라 하셨어요?"

"마님이 아까부터 윤재 도련님을 찾는디 안 보인다니께."

덕배는 순간 이상한 생각이 들어 자고 있는 봉삼이를 깨웠다.

"아이, 쉬는 날이라 실컷 자려는데 왜 깨워!"

"윤재가 없어졌대. 빨리 일어나 봐."

"아이참, 그 자식은 사사건건 말썽이야. 나 더 잘래."

봉삼이가 짜증을 내며 돌아누웠다. 덕배는 지난밤 봉삼이와 자신의 말을 엿듣다 도망치던 윤재의 모습이 떠올랐다.

윤재는 한낮이 되도록 나타나지 않았다. 윤재 어머니가 안절부절못하며 윤재를 찾아다녔다. 혹시나 누나의 무덤에 가지 않았을까 찾아가 봤지만 그곳에도 없었다. 날이 저물 때까지도 윤재는 돌아오지 않았다.

이튿날 농장에 나갔지만 윤재를 본 사람이 없다고 했다. 감초 아저씨가 덕배 아버지에게 물었다.

"감독에게 알려야 쓰요, 알리지 말아야 쓰요? 괜스레 알렸다가 도망자 취급을 당하면 더 큰일 아닌게라?"

"정식 일꾼은 아니니까니 일단 알려서리 윤재를 찾는 데 도움을 받는 게 좋지 않겠슴둥? 길도 제대로 모르는 어린 아가 길을 잃으면 독수리 밥이 되기 십상이디. 그러니 알려야 함메."

덕배 아버지는 빠른 속도로 회복이 되어 나무 막대를 짚지 않고도 조금씩 걸을 수 있었다.

"길을 잃디 말아야 할 거인데 길바닥에서 먹지도 못하고 쓰러지면 큰일이다이. 일사병에 걸릴 수도 있고."

"벌써 이틀이나 지났어라. 내일은 어떻게든 찾아 나서야 한당께요. 애기씨도 잃었는데 도련님까지 잘못되면 대감마님이랑 마님도 큰일난당께요. 대감마님은 지금도 제정신이 아니어라."

감초 아저씨가 걱정을 했다.

덕배는 마음속으로 제발 윤재가 잘못되지 않기를 빌었다.

그날 밤이었다. 덕배가 누워 있는데 홀연히 소녀가 나타났다. 창백한 얼굴에 근심이 가득한 눈길로 덕배에게 다가와 북쪽을 가리켰다. 덕배는 소녀가 가리키는 쪽을 바라보았다. 황

에네껜 아이들

량한 벌판이 나타났다가 수풀이 우거진 정글이 나타났다가 했다. 덕배는 소녀에게 무작정 애원했다.

'윤재를 찾아 주세요. 어디로 갔는지 빨리 알아야 해요.'

덕배는 소리쳤지만 목소리가 터져 나오지 않았다. 덕배가 소리치면 칠수록 소녀는 자꾸만 멀어져 갔다. 덕배는 소녀를 향해 아무리 뛰어도 제자리였다. 너무나 안타까웠다. 소녀는 북쪽으로 점점 멀어지다가 끝내 가물가물 사라져 버렸다.

'안 돼요! 가지 말아요! 윤재가 어디 있는지 알려 달란 말입니다!'

덕배가 소리소리 질렀지만 목소리가 터져 나오지 않아 몸부림을 쳤다. 덕배 아버지가 덕배의 어깨를 두드렸다.

"덕배야, 와 그러네? 무슨 꿈을 꾸었네?"

꿈이었다. 덕배는 자리에서 벌떡 일어났다. 실제처럼 너무나 생생한 꿈이었다.

"아버지, 이상한 꿈을 꾸었어요."

"무스그 꿈인데?"

"죽은 윤재 누나가 꿈에 보였어요. 북쪽을 가리키면서 자꾸 자꾸 멀어져 갔어요. 윤재가 있는 곳을 가르쳐 달라고 졸랐더니 가물가물 사라지길래 막 뛰어가며 부르다가 깼어요."

"덕배야, 니가 윤재를 걱정하는 마음이 깊어서리 그런 꿈을 꾼 거이야."

"아니에요, 아버지. 뭔가 암시를 준 거 같아요. 틀림없어요. 너무나 생생했다니까요. 손가락으로 북쪽을 가리킨 것도 너무나 생생하고 북쪽으로 사라진 것도 그렇구요. 실은 지난번 윤재 누나가 사고를 당하던 날도 꿈이 너무나 생생했어요. 이번 꿈도 분명 무슨 암시를 준 거 같아요. 아버지, 윤재를 찾으러 가야겠어요."

덕배의 말에 아버지가 깜짝 놀라며 말렸다.

"아니 됨메. 그러다 너까지 잘못되면 어케 하네? 내래 궁리를 해 볼 테니까니 넌 가만히 있으라우."

덕배 아버지는 날이 밝는 대로 보조감독과 의논한다고 했다.

감초 아저씨의 부축을 받으며 농장으로 간 덕배 아버지는 마침 그날이 야스체 농장에서 북쪽에 있는 친킬라 농장까지 물건을 배달하는 마차가 오는 날이라는 걸 알아냈다.

보조감독은 친킬라 농장으로 가야 할 물건을 마차에 운반해 주면 덕배와 봉삼이가 마차를 타고 가면서 윤재를 찾아볼 수 있도록 도와주기로 했다. 후안 아저씨 말로는 윤재 걸음으로는 사흘 이상을 걸어야 친킬라 농장에 닿을 거라고 했다. 가다가 지쳐 쓰러지면 독수리 밥이 될지도 모르고 길에서 자다가 전갈에게 물릴 수도 있다고 했다.

옥당대감은 자기 아들 일인데도 벙어리처럼 말이 없었다. 어른들은 덕배와 봉삼이에게 먹을 것을 챙겨 주며 꼭 윤재를 찾아 데려오라고 당부했다.

덕배는 소녀의 손길이 담긴 골무를 품속에 넣고 봉삼이와 함께 친킬라 농장으로 가는 마차에 올랐다.

봉삼이와 덕배는 농장을 떠나는 순간부터 사방을 두리번거렸다.

어딘가에 윤재가 쓰러져 있을 것만 같았다. 멀리 길가에 검은 형체가 보이면 혹시 윤재가 아닐까 긴장하다가 가까이 다가가면 바위이거나 나무여서 실망했다. 햇빛이 강할 때는 너무 뜨거워서 신기루처럼 눈이 가물가물했다.

"그 자식 땜에 우리가 이게 무슨 고생이야?"

"봉삼아, 윤재 누나가 내게 부탁한 거야. 꼭 찾을 수 있을 거야."

덕배는 툴툴거리는 봉삼이를 달랬다.

한참을 달린 후 마부가 마차를 멈췄다. 너무 더워서 말을 쉬게 해야 한다고 했다. 덕배는 마음이 급했지만 말이 지치지 않아야 하니 기다리는 수밖에 없었다. 마차에 앉아서 주위를 살폈지만 강하게 내리쬐는 햇볕 때문에 멀리는 잘 보이지도 않았다. 그래도 눈을 감을 수가 없었다. 만약 눈을 감는 순간 윤재를 놓칠지도 모른다는 불안감이 밀려왔다.

마부가 말에게 물을 먹인 후 다시 마차를 몰았다. 한참 동안 달리자 어느새 해가 뉘엿뉘엿 서쪽으로 기울기 시작했다.

"이제 어두워지면 보이지도 않을 텐데 혹시 친킬라 농장에 붙잡혀 있는 건 아닐까?"

밤이 되니 길가 양쪽으로 우거진 숲에서 금방이라도 짐승들이 튀어나올 것 같았다.

"형, 여기 표범이 많다고 들었는데 혹시 표범이 우리를 덮치면 어떻게 하지? 이곳 흑표범이 아주 무섭다던데."

봉삼이도 무서운 모양이었다. 만약 윤재가 밤에 흑표범의 공격을 받지는 않았을까? 덕배는 불길한 생각을 할 때마다 머릿결이 곤두섰다.

"형, 우리가 지금까지 달려온 길이 얼마나 될까? 이 길을 걸어왔다면 한 이틀은 걸리지 않았을까?"

덕배도 봉삼이처럼 속으로 그런 생각을 하고 있었다.

"마차가 사람 걸음보다 두 배는 더 빠를 테니까 아마 우리가 윤재를 앞질렀을지도 몰라. 낮에는 불볕더위에 쉬지 않고 가진 않았을 거야. 그랬다간 일사병으로 쓰러질걸. 윤재가 이틀 동안 걸었다 해도 그렇게 많이는 못 갔을 텐데 도대체 어디 있는 걸까?"

덕배는 무엇보다도 소녀가 꿈을 통해 어떤 예시를 보여 주었다고 생각했다. 윤재를 찾아 나서겠다고 결심한 것도 꿈 때문이었다. 소녀의 육신은 덕배를 떠났지만 영혼은 늘 덕배 곁에 머문다고 믿고 싶었다.

"형, 잠깐만!"

덕배가 생각에 잠겨 있는데 봉삼이가 벌떡 일어섰다.

"아저씨, 잠깐만요."

마부가 깜짝 놀라 봉삼이에게 고개를 돌렸다.

"왜, 봉삼아, 뭐가 보여?"

"저기 우리가 지나올 때 길 옆에서 뭐가 움직였어."

"워! 워어!"

마부가 마차를 세웠다. 덕배가 마차에서 뛰어내렸다. 봉삼이가 뒤따라오며 소리쳤다.

"저기 나무토막 같은 거 있잖아. 그 뒤에서 뭐가 움직였는데……."

덕배는 가슴이 쿵쾅거렸다.

"윤재야? 윤재 어딨니? 대답 좀 해 봐."

아무 대답이 없었다. 그때였다. 시커먼 그림자가 툭 튀어나와 휘리릭 사라졌다. 눈에서 불을 뿜었다. 마부가 "휘이!" 하고 소리를 지르며 빨리 마차에 타라고 말했다. 흑표범이라고 했다.

"휴우, 난 윤재인 줄 알았어."

"나도, 꼭 찾은 줄 알았다."

마부가 마차를 다시 몰았다. 흑표범을 처음 보고 나자 더욱 무서운 생각이 들었다. 덕배는 온몸에서 힘이 쭉 빠져나가는 듯했다.

'정말 찾을 수 있을까. 어딘가에 쓰러져 독수리들이 공격한 건 아닐까. 친킬라 농장은 얼마나 더 가야 할까.'

사방이 아주 깜깜해졌다. 마부는 더 빨리 마차를 몰았다. 밤 길이라 윤재가 어디 쓰러져 있어도 보지 못할 수도 있어서 너무나 불안했다. 제발 친킬라에 붙잡혀 있으면 좋을 것 같았다.

한참을 달리는데 저 앞에 불빛이 가물가물 보였다.

"형, 저기가 친킬라 농장인가 봐."

"그러게. 친킬라 농장에 다 왔나 보다."

덕배는 이제 길에서 윤재를 만나기는 틀렸다고 생각했다. 봉삼이는 아예 마차에 누워 버렸다.

마부가 천천히 속도를 줄였다. 바로 그때였다. 길가에 뭔가가 움직이는 것 같았다. 갑자기 덕배의 머리카락이 하늘로 곤두섰다. 그런 기분은 처음이었다.

"아저씨, 잠깐만요. 저기 뭐가 있어요."

마부도 뭔가를 본 것 같았다. 말이 멈추자마자 덕배가 마차에서 뛰어내렸다. 등불을 들고 오던 길을 되짚어 걸어갔다. 사람이 쓰러져 있었다. 보지 않아도 윤재라는 걸 느낌으로 알 수 있었다. 혹시 죽은 게 아닐까. 덕배는 가슴이 오그라드는 것 같았다.

"윤재야, 윤재 맞지? 윤재야!"

너무 놀라서 목소리도 잘 나오지 않았다. 봉삼이도 소리쳤다.

"형, 맞아. 윤재야. 아이구, 윤재야!"

덕배가 달려들어 윤재의 몸을 일으켰다.

"윤재야, 나야. 나 알아보겠니? 야, 정신 좀 차려 봐!"

윤재는 축 늘어져서 몸을 가누지 못했다. 간신히 입을 여는데 무슨 말인지 들리지 않았다.

"무울, 무 무울."

덕배는 마부와 함께 윤재를 마차에 태웠다. 봉삼이가 물을 윤재 입에 축여 주었다. 꿈만 같았다. 소녀는 동생을 살리려고 덕배의 꿈속에 나타난 것이 분명했다. 덕배는 소녀를 생각하며 눈물을 흘렸다.

윤재를 데리고 돌아오는 동안 덕배는 개선장군이 된 것 같은 기분이었다. 돌아오자마자 모두가 살아 돌아온 윤재를 반겼다. 그렇지만 옥당대감은 말을 잃고 멍하니 윤재만 바라보았다.

윤재는 몰골이 말이 아니었다. 기운이 하나도 없는 윤재를 윤재 어머니가 데리고 갔다.

"마님, 며칠 동안 잘 먹이고 보살펴야 쓰것어라. 살아 돌아온 게 천만다행이구만이라."

"그래도 친킬라 농장에 붙잡히지 않고 덕배에게 발견된 게 천만다행이야. 도망친 줄 알면 무슨 험한 꼴을 당할지 몰랐을 텐데 친킬라 농장에 거의 다 가서 쓰러졌나 보오."

모두들 덕배가 윤재를 살렸다며 칭찬했지만, 덕배는 윤재를 살린 건 윤재 누나라고 생각했다. 윤재는 며칠 후에 기운을 차렸다.

"봉삼아, 이제 윤재에게 다정하게 대해 줘라."

덕배는 윤재 누나를 생각하며 봉삼이에게 말했다.

"알았어. 에휴, 불쌍한 자식. 어린애도 아니고 나가면 어디로 갈 줄 알고 나갔을까."

며칠 후 윤재가 바람을 쏘이러 나온 날 봉삼이가 부드럽게 말했다.

"야, 넌 덕배 형 아니었으면 벌써 죽었을 거야. 도대체 어딜 가겠다고 나간 거니? 너 혼자 금덩이라도 찾으러 갔니?"

윤재가 쑥스럽게 말했다.

"진짜 금덩이를 찾아오려고 했어. 그래서 우리 모두 진 빚을 갚고 조선으로 돌아갈 수 있게 하려고 했는데……."

덕배는 윤재에게 너를 살린 건 누나였다고 꿈 얘기를 해 주었다. 윤재가 덕배의 말을 듣고 눈물을 흘렸다.

"북쪽으로 가면 금세 금덩이라도 찾을 줄 알았어. 금덩이만 찾으면 우리 모두 진 빚을 갚고 조선으로 돌아갈 수 있을 것 같았어. 철없는 행동이라는 거 나도 알아. 하지만 아무것도 하지 않는 게 더 힘들었어. 아저씨 보는 것도 괴로웠고, 아버지도, 또 모든 게 다 너무 힘들었어."

윤재가 울먹거리며 말을 이었다.

"덕배 형이 날 찾으러 왔을 때 나는 꿈속을 헤매고 있었어. 비몽사몽이었는데 덕배 형과 누나가 나를 자꾸 불렀어. 꿈인지 환상인지 모르겠는데 누나랑 덕배 형이 나를 아주 편안한 곳으로 데려가고 있었거든. 덕배 형도 누나 꿈을 꾸고 나를 찾아왔다고 했지. 나도 예사롭지 않게 생각해. 이제라도 덕배 형을 진짜 형처럼 생각할게. 그래도 되지? 정말 너무 미안하고 고맙고 그랬는데 그 말을 꺼내기가 너무 힘들어서 망설였어. 집을 나가기 전날 밤 사실은 사과하러 갔다가 형과 봉삼이가 하는 말을 다 들었어. 그래서 더 이상 버틸 수가 없었어. 미안해."

윤재가 계속 울먹이며 말했다.

"야, 너 땜에 나도 눈물이 나잖아. 덕배 형을 이미 형이라고 불러 놓고도 뭘 물어보냐? 덕배 형한테 고맙다는 말을 안 하면 끝까지 미워하려고 했는데 이제 덕배 형에게 고맙다고 말했으니 더 미워할 수가 없겠다. 이제 됐어, 임마."

봉삼이가 윤재의 등을 툭 치며 말했다.

"그래, 이제 정말 잘 지내자. 어서 몸이나 회복해."

덕배의 말에 윤재가 눈물을 훔치며 고개를 끄덕였다.

봉삼이가 다시 말했다.

"아, 이제 나도 묵서가 말이나 배워야겠다. 그동안은 윤재 땜에 심술도 부리고 그랬는데 이제 할 일이 없으니 묵서가 말 열심히 배워야지. 후안 아저씨가 조금씩 가르쳐 줬는데 나보고 말을 잘한대."

봉삼이가 자랑스럽게 말했다. 지하 감옥에 갇혔던 사건 이후로 후안 아저씨와 자주 어울리더니 그동안 묵서가 말에 관심을 가진 것 같았다. 덕배는 문득 학교에 다니겠다고 조선을 떠나오던 때가 떠올랐다.

"윤재 너는 서당에 다녔겠지?"

윤재가 덕배의 말에 고개를 끄덕였다.

"누나도 이화학당에 다니다 말았어."

윤재의 말에 덕배는 윤서를 생각했다. 토시를 건네주던 꿈

같은 밤, 그 밤에 이화학당에 다녔다고 하면서 덕배에게 꿈을 잃지 말라고 했던 말이 생각났다.

"윤재야, 이 기회에 나와 봉삼이에게 글을 가르쳐 줄 수 있겠니? 봉삼이도 묵서가 말을 배우는 데 도움이 될 거고. 어때, 괜찮지? 봉삼이는 열심히 하면 통역관도 할 수 있을 거야."

"내가? 통역관?"

봉삼이가 놀라 물었다.

"응, 묵서가 말도 열심히 배우고 조선 글도 열심히 익히면 통역관이 될 수도 있겠지."

"형, 말은 쉬운데 글은 너무 어려울 거 같아."

"뭐든 열심히 하면 돼. 나도 이 기회에 윤재한테 글을 배우고 싶다."

윤재가 흔쾌히 말했다.

"알았어, 형. 힘껏 해 볼게. 형이랑 봉삼이를 위하는 일이라면 열심히 해 볼게. 고마워."

"우리가 고맙지. 그래, 뭘 준비하면 되냐?"

"준비랄 게 뭐 있어? 손가락이 붓이고 땅바닥이 종이라고 생각하면 돼."

윤재는 갑자기 생기가 도는 것 같았다. 덕배는 가슴이 탁 트이는 것 같았다. 셋이서 글공부를 하기로 했다는 소식은 금세 어른들도 알게 되었다. 덕배 아버지가 가장 기뻐했다. 덕배는 하루 종일 가갸거겨를 노래처럼 흥얼거렸다.

"가갸 거겨 고교 구규 그기 가."

덕배가 가행을 외우면 봉삼이가 나행을 외웠다.

"나냐 너녀 노뇨 누뉴 느니 나."

가행부터 하행까지 노래하듯 외우기는 쉬웠다. 그다음 받침을 넣어 외우기는 한참이나 걸렸다.

"가에 기역 하면 각이고, 나에 기역 하면 낙이고, 다에 기역 하면 닥이라. 라에 기역 하면 락이고, 마에 기역 하면 막이고, 바에 기역 하면 박이라."

덕배와 봉삼이가 노래하듯 중얼거리고 다니자 이제는 말도 하게 된 어린 복뎅이도 따라 했다. 누구보다 감초 아저씨가 기뻐했다.

글공부는 삶에 활력을 불어넣어 주었다. 윤재는 덕배와 봉삼이에게 글을 가르쳐 준다는 자부심 덕분인지 전보다 한결 명랑해졌다.

후안 아저씨는 덕배와 봉삼이, 윤재가 열심히 글공부를 하는 것을 보고 조선 사람들을 칭찬했다. 항상 뭔가를 배우고 만들어낸다고 신기해 했다. 토시를 만들어 끼고 어저귀를 베는 것부터, 농장에서 나뭇잎을 엮어서 아이들에게 그늘막을

만들어 주는 것까지 자기들은 생각지도 못한 거라며 조선 사
람들을 따라 하기 시작했다.

조선 사람들은 일을 하면서도 항상 새롭고 편리한 방법을
고안해 냈고 마야 원주민들한테도 친절하게 가르쳐 주면서 마
음을 함께 나눴다. 그 덕분에 마야 원주민들도 조선 사람들을
따뜻한 이웃으로 생각하고 힘든 일이 있을 때마다 서로 도우
며 지냈다.

그리운 조선

시간은 모든 것을 치유해 주는 만병통치약이었다. 견딜 수 없을 것 같던 농장일도 어느 정도 시간이 흐르고 나니 적응하게 되고 몸에 점점 익숙해졌다.

윤재는 도망갔다가 돌아온 후로 한결 어른스러워졌다. 야스체 농장에서는 윤재만 도망쳤지만 다른 농장에서는 정식 일꾼들이 도망쳤다가 붙잡혀 감옥에 갇혔다는 소식도 여러 번 들렸다. 만약 로페즈 감독이 바뀌지 않았다면 윤재도 분명 지하 감옥에 갇혔을 거라고 입을 모았다.

조선 사람들은 일 년이란 단위를 농장 주인의 아이들이 농장에 놀러오는 방학으로 가늠했다. 방학이 벌써 세 번이나 지나 묵서가에 온 지도 4년째로 접어들고 있었다.

4년 계약이 끝나는 5월이 가까워 오고 있었다. 돈을 벌러 왔지만 돈을 번 사람보다 외상을 진 사람들이 거의 다였다. 농장에서는 계약 기간이 끝나도 외상값을 다 갚아야 끝나는 것이라고 했다. 사람들은 외상값을 갚기 위해 더 열심히 일했다.

여자들은 마야인들의 빨래도 해 주며 한 푼이라도 더 벌려고 기를 썼다.

어느 날 윤재가 덕배에게 말했다.

"조선에서는 아버지가 강했는데 여기서는 어머니가 훨씬 더 강해지셨어."

"무슨 말이니?"

"어머니 손을 보면 알 수 있어. 어머니가 삯바느질을 하다니, 조선에서는 상상도 할 수 없을 거야. 그렇게 곱던 손이 거친 나무껍질처럼 변했는데도 밤마다 쉬지 않고 바느질하는 어머니를 보면 아버지보다 훨씬 강하다는 걸 느껴. 아버지는 조선에서만 강한 존재였지 이곳에서는 완전 무능력자잖아. 난 아버지를 보면 너무너무 속이 상해."

덕배는 어머니에 대한 기억이 없어 뭐라 할 말이 없었다. 하지만 감초댁을 보면서 어머니라는 존재를 생각할 때가 많았다.

"그러니까 어머니는 위대하다잖아. 열악한 환경이 사람을 강하게 만드는 거지."

"열악한 환경은 어머니나 아버지나 다 마찬가지니까 하는 말이야. 암튼 난 이곳에서 어머니와 아버지에 대한 인식이 정반대로 바뀌었어."

"윤재야, 너 요즘 아주 내 맘에 든다. 철이 들었어."

봉삼이가 윤재를 보고 웃으며 말했다. 장난기는 여전했다. 윤재가 심각하게 다시 말했다.

"어머니께 너무 무리하지 말라고 말씀드렸어. 그랬더니 조선으로 돌아갈 때 누나를 데려가려면 돈이 많이 들 거라고, 그래서 더 열심히 돈을 모은다고 하셨어. 그 말을 듣는 순간 어찌나 가슴이 먹먹하던지 어머니 앞에서 눈물을 보일 수가 없어서 입술을 깨물며 간신히 참았어. 내가 변한 것도 사실은 누나와 어머니 덕분이야. 도망쳤다 돌아왔을 때 어머니가 형 얘기를 하면서 형이랑 잘 지내라고 했어. 덕배 형은 정말 좋은 사람이라고. 예전에 누나가 늘 했던 말인데……. 난 그때 어머니의 진심을 읽었어."

윤재의 목소리가 축축해졌다.

"정말 그렇게 말씀하셨어? 그랬구나. 믿겨지지가 않네."

덕배도 진심이었다. 소녀의 마음은 그랬을 거라 여겼지만 소녀 어머니가 그런 생각을 한다고는 짐작도 하지 못했다.

"아마 어머니도 형이 나를 찾아서 왔을 때 누나의 마음을 이해한 것 같아. 난 요즈음 혼자서 많은 생각을 해. 양반이란 뭘까. 태어나면서부터 정해진 신분 때문에 평민들을 부리려고 하잖아. 이곳에 와서 참 많은 걸 느꼈어. 신분제도 때문에 평생을 억울하게 살다 죽는 사람들이 너무 불쌍해."

윤재가 아주 어른스러운 말을 했다. 덕배는 새로운 환경에서 고난을 당하는 것이 반드시 나쁜 일만은 아닌 것 같았다. 힘든 만큼 사람을 철들게 하고 변화시키기도 한다는 생각이 들었다.

"그래, 윤재 너 참 많이 달라졌다."

"지금 생각해 보니 누나는 나보다 훨씬 먼저 그런 생각을 한 것 같아. 신분을 떠나서 사람 자체를 제대로 보았던 거지. 난 그때 누나를 이해 못했어. 투정만 부렸지. 지금도 누나한테 너무 미안해. 누나는 이화학당에 다닐 때부터 많은 생각을 했던 것 같아. 왜놈들 때문에 일찍 결혼하려고 하지만 않았어도 누나를 잃지는 않았을 텐데."

덕배는 말없이 듣기만 했다. 덕배는 해가 바뀔 때마다 소녀의 무덤을 찾았는데 소녀의 유골을 조선으로 데려간다는 말을 들으니 섭섭한 생각이 들었다.

"난 조선으로 돌아가지 않을 거야."

덕배의 말에 윤재가 깜짝 놀라 물었다.

"왜? 형은 여기가 좋아?"

"좋을 리가 있나? 그렇지만 조선으로 돌아가면 다시 백정의 아들로 살아야 하잖아. 난 조선에 돌아가지 않을 거야."

"가서 백정 노릇을 안 하면 되잖아?"

윤재의 말에 봉삼이가 고개를 저었다.

"야! 안 한다고 뭐가 달라지냐? 안 하면 왜 안 하느냐고 양반들 등쌀에 견딜 수 있겠냐? 나도 조선으로 돌아가고 싶지 않아. 형이랑 여기서 함께 살래. 조선에 날 기다려주는 사람도 없고."

"그래도 조선은 우리들의 고향이잖아."

윤재가 아쉬운 듯 말했다.

"윤재야, 넌 양반이니까 고향도 있고 조선에 가도 대우받고 살겠지만 나나 형은 아니야. 돈이나 많이 벌었다면 모르지만 그것도 아니고 가야 뻔하잖아. 또 청계천 다리 밑이 내 집이라면 난 돌아가기 싫어. 아니, 가지 않을 거야."

봉삼이도 단단히 결심한 모양이었다.

"제물포를 떠나던 날이 생각난다. 학교에 갈 수 있다고 좋아서 왔는데 학교 구경도 못하고 4년이 흘러 버렸어. 윤재 네 덕에 글을 배우고 있으니 다행이지. 아버지는 계약 기간이 끝나면 메리다 시내로 가서 뭘 해서든지 날 공부시킨대. 그리고 그 후에 미합중국이란 나라로 나를 데려간다고 하셨어."

윤재가 차분하게 말했다.

"아저씨는 한다면 꼭 하고 말 거야. 형, 난 조선으로 돌아가면 새로운 사람이 되고 싶어. 양반과 상놈 구별하는 것도 내

힘으로 싹 없애 버리고 싶어. 정말이야."

윤재의 말에 봉삼이가 손뼉을 쳤다.

"야, 너 멋지다. 꼭 그렇게 해라."

덕배도 윤재가 정말 달라졌다는 걸 느낄 수 있었다. 봉삼이가 신이 나서 말했다.

"그래. 윤재 너는 조선으로 돌아가서 네 뜻을 펼치고, 형은 꼭 아저씨 바람대로 신식 학교에도 갈 거야. 형, 난 형이 가는 곳이면 어디든 끝까지 따라갈 거니까 나 버리지 마."

윤재가 덕배를 바라보며 조용히 말했다.

"어머니는 형을 특별하게 생각해. 어머니는 형이 안 돌아간다는 걸 아시면 아마 섭섭해 하실 거야."

"그게 무슨 말이니?"

"나 도망쳤을 때 형 꿈에 누나가 나타나서 나를 찾으러 온 거라고 말했거든. 그래서 형이 날 찾으러 온 거라고……. 그리고 누나가 형을 마음에 두고 있었다는 말도 했어."

덕배는 짐작이 갔다. 윤재를 찾아온 다음부터 윤재 어머니는 덕배를 특별하게 대하는 것 같았다. 어떤 때는 덕배에게 윤재를 잘 부탁한다는 말까지 한 적이 있었다. 덕배는 모든 게 소녀 덕분이라는 생각에 가슴이 싸하게 아렸다.

1909년 5월, 4년간의 계약이 끝나는 날, 조선 사람들은 모두 눈물을 흘렸다. 그러나 기쁨도 잠시였다. 직영상점의 외상값은 엄청났다.

"돈이 있어야 외상값을 갚지. 빌어먹을, 무슨 수로 돈을 마련하갔어? 공짜로 일을 시키려는 수작이디."

덕배 아버지가 화가 나서 서성거렸다. 다리를 유난히 더 저는 것이 온몸으로 화를 내뿜는 것처럼 보였다. 집집마다 외상값이 달랐는데 윤재네가 가장 많았다. 베어낸 어저귀 잎의 양에 따라 품삯을 받았으니 당연한 결과였다. 게다가 소녀가 죽었을 때 들어간 장례 비용도 다 빚이었다.

"피도 눈물도 없는 놈들이어라. 피땀 흘려 일해도 돈을 벌기는커녕 외상값 때문에 또 일을 해야 하니 참."

감초 아저씨도 한숨만 푹푹 내쉬었다.

외상값은 덕배네가 가장 적었다. 덕배와 봉삼이가 함께 일을 한 덕도 있지만 덕배 아버지가 다치기 전에 어저귀 잎을 가장 많이 땄기 때문이었다.

"함께 왔으니까니 함께 떠나야 하지비. 조선 사람들 빚이 모두 얼마나 되든지 공동으로 갚아야 합네다. 빚부터 갚고 메리다로 가든지, 어디로 가든지 함께 움직입시다래. 다 함께 힘을 합하면 생각보다 일찍 빚을 청산할 수 있을 거 아님메?"

덕배 아버지는 늘 조선 사람들의 지도자 같았다. 어저귀 나무는 몇 년이 지나면 꽃을 피우고 꽃이 핀 후에는 더 이상 새 잎이 나오지 않았다. 야스체 농장도 4년의 계약 기간이 끝난 후 수명이 다한 어저귀 밭에 불을 놓아 말라 버린 어저귀들을 모두 태워 버렸다.

조선 사람들은 이웃 농장으로 출퇴근을 하며 직영상점의 외상값을 갚기로 했다. 시간은 잘도 지나갔다. 결국 또 한 해가 다 저물도록 외상값을 갚아야 했다.

이제 빚은 모두 갚았지만 조선으로 돌아갈 뱃삯을 벌어야 했다. 야스체 농장에서 조선 사람들과 함께 일하던 마야인들도 조선 사람들과 함께 메리다로 새 일자리를 찾아 떠났다.

빚을 다 갚고 조선으로 돌아가는 일만 생각하기로 한 어른들은 조선이란 말만 들어도 눈시울을 적셨다.

"메리다로 가면 먹고사는 일도 만만치 않을 텐데 뱃삯을 마련하는 일이 쉽지는 않을 거구만요."

감초 아저씨가 복뎅이를 안고 걱정부터 했다.

"아무렴요. 그래도 야스체 농장의 움막보다 낫지 않겠소. 그래도 거기는 사람들이 많이 살고 있다니까 비만 피할 수 있으면 발 뻗고 누울 자리도 감사를 해야디요."

조선 사람들은 앞으로 어떤 어려움이 있어도 마음을 합쳐 함께 헤쳐 나가자며 서로 용기를 북돋아 주었다.

야스체 농장을 떠나기 전에 윤재네 식구와 감초댁, 덕배네도 다 함께 소녀의 무덤을 찾아갔다.

윤재 어머니는 무덤에 가기도 전에 눈물을 글썽였다. 덕배는 무덤 앞에서 소녀가 준 골무를 만지작거리며 마음속으로 작별인사를 했다.

"마님, 고정하십시오. 메리다에서 얼른 돈 벌면 우리 애기씨 모시고 조선으로 가십시다요. 애기씨, 조금만 기다리시오. 곧 모시러 올 텡께라."

감초댁도 끝내 울음을 터뜨렸다. 옥당대감은 먼 산만 바라보며 아무 말도 하지 않았다. 메리다까지는 후안 아저씨가 길을 안내했다.

"윤재야, 이 길이 너 도망쳤던 길이야."

봉삼이가 사방을 두리번거리면서 말했다.

"그때는 북쪽으로만 가면 지상낙원이 기다리고 있을 것 같았는데……."

윤재가 멋쩍게 웃었다.

메리다에는 여러 농장에서 일하던 조선 사람들이 많이 와 있었다. 조선 사람들은 몇 년 만에 다시 만나 서로 부둥켜안고 안부를 물었다. 일포드호를 타고 조선을 떠나 태평양을 건너

온 사람들이 5년여간의 생고생을 이겨내고 다시 얼굴을 보니 친척을 만난 것처럼 서로 반가워했다. 사람들의 얼굴은 더 거칠어지고 훨씬 늙어 보였지만 마음으로는 떠나던 날들로 되돌아가 많은 이야기를 나누었다.

덕배네 일행은 임시 숙소를 마련하고 일자리부터 구하기로 했다. 메리다 시내에서는 일자리를 찾는 조선 사람들을 쉽게 만날 수 있었다. 덕배도 봉삼이와 윤재를 데리고 메리다 시내를 구경했다. 덕배는 이제 웬만한 글은 읽을 줄 알았고, 봉삼이는 묵서가 말로 물건 값을 흥정할 줄도 알고 길을 물어볼 줄도 알아서 다행이었다.

"야, 저기 저 사람 조선 사람 아닐까?"

넓은 길가에 커다란 상점이 있었는데 조선 사람과 비슷한 사람이 물건을 팔고 있었다. 덕배는 반가운 마음에 얼른 달려가서 말을 걸었다.

"저, 조선 사람 맞습니까?"

"무슨 말이오?"

남자가 묵서가 말로 물었다. 봉삼이가 얼른 눈치를 채고 말했다.

"형, 말하는 투가 중국 사람이야."

중국 사람이 운영하는 상점에는 물건들이 아주 많았다.

"형, 그 말 기억나? 중국인들이 우리보다 먼저 야스체 농장에 팔려 왔었다고 했잖아. 그 사람들 중에서 중국으로 돌아가지 않고 여기 남아서 장사를 하는 사람도 있나 봐."

봉삼이의 추측이 맞았다. 중국 상인이 묵서가 말로 어디 사람이냐고 물었다. 조선 사람이라고 봉삼이가 대답하자 이곳은 메리다의 중국 시장이라고 설명해 주었다. 상점에는 배추, 오이 등 조선에서 보던 야채들도 아주 많았다.

덕배는 윤재와 봉삼이와 함께 메리다 여기저기를 돌아보았다. 숙소로 돌아오니 어른들은 말을 할 줄 몰라 가까운 곳만 돌아다녔다고 했다.

중국 사람들 가게에서 익숙한 배추, 오이 등을 봤다고 했더니, 감초댁과 윤재 어머니는 배추를 사다 김치를 담그자고 했다.

"다른 농장에서는 배추를 배달해 줘서 김치도 만들어 먹었다는데 야스체 농장이 가장 열악한 곳이라더만요. 직영상점에서 자기네 물건만 사게 하느라 아예 다른 물건을 받지도 않았다고 합디다."

감초댁의 말에 덕배 아버지도 거들었다.

"가장 악랄하기로 소문난 농장이 우리가 일했던 야스체 농장인가 보오. 여기는 돈만 있으면 살기가 편한 곳인 것 같소."

덕배 아버지의 말에 감초 아저씨가 말했다.

"아무리 좋아도 내 조국으로 돌아가야 하지라."

"그야, 두말하면 잔소리 아닙니까? 어서 뱃삯을 벌어야지요."

군졸 아저씨도 사방을 두리번거리며 고개를 끄덕였다.

어른들은 어느새 절반은 조선에 돌아간 것처럼 들떠 있었다.

메리다에 온 지 사흘째 되는 날, 후안 아저씨가 새로운 소식을 전했다.

"우리는 여기서 가까운 농장으로 가서 일을 하기로 했소."

"설마 또 어저귀 농장으로 가는 건 아니겠지요?"

군졸 아저씨가 눈을 크게 뜨고 물었다.

"어저귀 농장이 맞긴 한데, 이 근처 농장은 우리가 있던 야스체 농장처럼 할당량이 있는 게 아니라 하루 일당으로 돈을 주는데 품삯이 훨씬 비싸다고 합니다. 우리는 계약을 하고 와서 불이익을 당한 거라고 합니다."

"그런 조건이라면 우리도 생각해 봐야겠네."

덕배는 어저귀 농장으로는 다시 가고 싶지 않았다.

"아버지, 우리가 며칠 더 일자리를 알아볼게요. 봉삼이가 묵서가 말을 할 줄 아니 며칠만 시간을 주세요."

"그러자꾸나. 어저귀 농장으로 다시 가기는 나도 싫다."

감초 아저씨도 아버지와 눈을 맞추며 고개를 끄덕였다.

에네껜 아이들

"나는 이곳에서 일자리를 찾으면 우리 덕배를 학교에 보낼 작정이오. 조선으로는 다시 돌아가지 않으려 하오. 덕배가 학교를 마치면 나는 미합중국으로 덕배를 데리고 가서 새로운 삶을 살게 하려 하오."

감초 아저씨가 화들짝 놀라 물었다.

"아니, 성님. 그게 무신 말씀이당가요?"

"생각해 보라우. 조선에서 내를 기다리는 사람도 없디, 사람답게 살 수도 없디, 조선으로 다시 돌아가서리 천대받고 살고 싶지 않슴메. 내래 새로운 세상을 찾아왔으니까니 이곳보다 훨씬 살기 좋다는 미합중국에 가서리 우리 덕배 공부도 시키고 새 삶도 찾아 주고 싶슴메."

"미합중국에 갈 수만 있으면 좋겠지요. 그 나라는 가장 부자 나라이고 뭐든지 앞선 나라라고 들었소."

"여기서는 미합중국이란 나라가 그리 멀지 않다고 들었슴메. 가서리 우리 덕배 장가들면 내는 손자 재롱이나 보다가 눈을 감는 게 상팔자 아니겠슴메?"

덕배 아버지의 말에 윤재 어머니가 눈시울을 붉혔다.

"아휴, 마님, 마님은 또 애기씨 생각하지라? 어휴 불쌍한 애기씨."

감초댁도 눈물을 흘리며 훌쩍였다.

"임자는 또 왜 애기씨 얘기를 꺼내고 그랴? 나도 어저귀를 베는 농장으로 다시 가고 싶지 않구만이라. 덕배야, 봉삼이 데불고 메리다를 돌아보면서 우리가 일할 만한 게 있나 빨리 알아보아라."

어른들은 말 때문에 덕배와 봉삼이를 의지하는 것 같았다. 덕배는 이튿날, 봉삼이와 윤재와 함께 메리다 시내 곳곳을 돌아다녔다. 윤재는 한구도 메리다에 와 있지 않을까 궁금했지만 만날 수 없었다. 조선 사람들이 할 수 있는 일은 시내를 벗어난 변두리 농장 일밖에 없다고 했다. 메리다 시내에는 장사를 하는 사람들이 대부분이고 장사를 하려면 밑천이 있어야 했다.

메리다 시내를 돌아 중심가에 들어섰을 때였다.

사람들이 많이 모여 있어서 그곳으로 가 보았다. 벽에 종이가 붙어 있었는데 묵서가 말을 할 줄 아는 봉삼이가 사람들에게 내용이 뭐냐고 물었다. 시내에서 조금 떨어진 곳에 있는 사탕수수 농장에서 일꾼을 모집한다는 내용이었다.

"사탕수수 농장! 그건 힘들지 않겠다. 우선 가시가 없잖아. 사탕수수도 먹을 수 있고."

덕배는 사탕수수를 본 적이 있어서 여간 반갑지 않았다. 봉삼이도 반겼다.

"나도 사탕수수 알아. 수숫대처럼 생겼는데 대를 꺾어서 씹으면 단물이 나오는 거잖아. 형, 우리 거기 가서 일하면 좋겠어. 여기서 그리 멀지 않아."

덕배는 벽보를 보는 사람들이 너무 많아서 서둘러 임시 숙소로 돌아왔다. 어른들도 사탕수수 농장이라고 하자 빨리 가 보자고 서둘렀다.

이튿날 덕배는 어른들과 함께 사탕수수 농장으로 찾아갔다. 사탕수수 농장에서는 사탕수수를 베기도 하고 농장 옆에 있는 제당공장에서도 사람이 필요하다고 했다. 제당공장은 사탕수수에서 즙을 짜내는 공장인데 그 즙으로 설탕을 만든다고 했다.

"참 잘되었어라. 우리 복뎅이 설탕도 먹일 수 있겠지라."

감초 아저씨도 좋아라 했다. 조선 사람들은 무조건 일을 하겠다고 했다. 그러나 사탕수수를 베는 일은 이미 자리가 별로 없고 제당공장에는 사람이 필요하다고 했다. 남자들은 사탕수수를 베고 여자들은 제당공장에서 일을 하기로 했다. 어저귀 농장으로 다시 가지 않은 게 천만다행이라며 모두들 기뻐했다. 덕배와 봉삼이는 좋은 일자리를 찾아낸 것 같아 뿌듯했다.

모두 임시 숙소에 풀어 놨던 짐을 꾸렸다.

사탕수수 농장에서 일을 하는 사람들이 사는 집은 나라별

로 모여 있다고 했다. 중국인 마을, 일본인 마을, 마야인 마을
이 구분되어 있다고 했다. 각 마을마다 상점이 있어서 돈만 있
으면 언제나 물건을 살 수 있다고 했다. 부자들이 사는 동네는
언덕 위에 경치가 좋은 곳에 따로 있었는데, 대부분 미합중국
사람들이 산다고 했다.

조선 사람들이 머물 곳은 어저귀 농장의 움막과는 비교할
수 없을 정도로 좋았다. 지붕도 양철로 되어 있었고 방도 따로
따로 있어서 감초댁은 대궐이나 다름없다고 좋아했다.

이사를 한 다음 날부터 바로 일을 시작했다. 제당공장의 이
름은 오아하까라고 했다. 공장에서는 사탕수수를 압축기에 넣
고 즙을 짜서 설탕을 만든다고 했다. 제당공장에서 일하는 사
람들 중에는 메리다에서 출퇴근하는 사람들도 많다고 했다.

"열심히 일하면 추석 전에 고향에 돌아갈 수도 있을 것 같
소."

감초 아저씨의 말에 감초댁이 반겼다.

"우리 복뎅이 데불고 고향에 가야지라. 가서 조상님께 우리
복뎅이 인사도 드리고 송편도 먹고 밤도, 감도. 생각만 해도
가슴이 터져 불 것 같소."

감초댁은 추석이라는 말만 들어도 하늘로 둥둥 날아오를
것 같다며 일을 시작한 날부터 손꼽아 추석을 헤아려 보았다.

조선 사람들은 모여 앉기만 하면 조선에 대한 이야기꽃을 피웠다.

"조선으로 돌아갈 뱃삯은 얼마나 할까요?"

"우리가 타고 온 뱃삯과 비슷하겠지요."

"아녀라. 그때보다 올랐겠지라. 5년도 더 넘게 흘렀는디."

"하긴 그럴지도 모르지. 암튼 어서어서 뱃삯도 알아보아야 하겠구만이라."

여러 농장에서 온 조선인들에게서 새로운 소식도 들었다. 어느 날 점심시간이었다. 메리다에서 출퇴근을 하는 사람이 흥분해서 떠들었다.

"안중근이란 사람이 중국 하얼빈이란 곳에서 이토 히로부미를 격살했답니다."

덕배는 무슨 일인데 어른들이 저토록 흥분하는지 무척 궁금했다. 군졸 아저씨가 덕배의 마음을 읽은 듯 자세히 말해 주었다.

"안중근이란 사람은 조선 사람이고, 이토 히로부미는 왜놈들이 떠받드는 높은 사람인데, 이토 히로부미가 조선의 외교권도 빼앗고 조선의 중전마마도 살해한 천하에 나쁜 놈이란다. 이토 히로부미는 조선을 빼앗고 중국까지 빼앗으려고 야심을 품었다고 하지. 조선의 군대도 강제로 해산시키고 고종 황제도 그놈이 강제로 퇴위시켰단다. 게다가 조선이 왜국의 보호를 받고 싶어 한다고 거짓 선전도 하던 참이었는데 조선의 영웅 안중근이 이토의 명줄을 끊은 거야."

잠자코 군졸의 말을 듣고 있던 옥당대감이 오랜만에 흥분한 듯 말했다.

"조선이 왜놈 나라의 보호를 받고 싶어 한다고? 그래서 을사늑약을 강제로 맺고 거짓말을 퍼뜨린 건가? 나쁜 놈들, 조선의 손발을 꽁꽁 묶어 놓고 우리도 결국은 그런 왜놈들한테 속아서 팔려 온 것인데, 그런 놈을 없앤 안중근이란 사람이 정말 대단한 사람이구만. 그게 언제였답니까?"

모두 옥당대감의 말에 눈이 휘둥그레졌다. 윤재도 여느 때와 다른 자기 아버지를 유심히 살폈다.

"작년 10월 말쯤이었답니다."

"그러면 우리가 야스체 농장에서 계약이 끝나고 외상값을 갚기 위해 일을 할 무렵이었네. 참 대단한 일을 했어. 그런데 안중근이란 사람은 그 후 어떻게 되었답니까?"

"러시아가 다스리고 있는 하얼빈에서 일어난 일이라 국제법으로 재판을 해야 하는데 러시아가 일본한테 급히 넘겨 버렸다나 봐요. 안중근이란 사람은 일본 법정에서도 조금도 굽히지 않고 이토 히로부미의 죄상을 낱낱이 밝혔다고 합니다. 그런데 애석하게도 올해 3월에 뤼순감옥에서 왜놈들에게 사형을 당했다고 합니다."

"저런! 쯧쯧. 영웅을 잃었구만. 참 대단한 영웅인데……."

옥당대감은 메리다에 와서 조선의 소식을 들은 후로는 완전히 다른 사람처럼 보였다. 그동안 어저귀 농장에서 사람들과 어울리지도 않고 말도 잃은 것처럼 살았는데 정말 신기할 정도였다.

군졸 아저씨도 흥분해서 큰 소리로 말했다.

"왜놈들이 조선을 완전히 집어삼키려고 한다는 소문이 자자합니다. 하와이나 미국에 있는 조선 동포들이 한마음으로 뭉쳐야 한다고 야단이랍니다. 메리다에 있는 조선 사람들도 조선을 위해 뭔가를 해야 한다고 의견이 분분하답니다."

"이제라도 그럴 기회가 생기면 좋겠소. 이제라도."

옥당대감이 뭔가 결심이 선 듯 신중하게 말했다. 봉삼이가 윤재에게 눈을 찡긋했다.

"너희 아버지 갑자기 다른 사람처럼 보인다."

"조선으로 돌아간다고 생각하니 힘이 나시나 봐. 어쨌든 오랜만에 아버지를 다시 찾은 것 같은데 나한테는 별말씀이 없으셔."

윤재는 기쁘면서도 걱정되는 눈치였다. 덕배는 윤재가 안타까웠다.

"기다려 봐. 윤재 너한테는 미안해서 그러실 거야."

"맞아. 윤재 네가 우리에게 글을 가르치기 시작한 후부터 대감마님이 표정이 밝아지신 것 같아. 눈치 하면 나잖아."

봉삼이도 그렇게 느낀 것 같았다.

덕배는 어른들이 나누는 대화를 들으면서 조선으로 돌아가지 않겠다는 다짐이 과연 옳은 생각인지 고민이 되었다. 그러나 아버지의 의견대로 따라야 했다.

사탕수수 농장에서 일을 시작한 지도 어느덧 서너 달이 지났다.

어느 날 옥당대감이 사람들에게 말했다.

"이제부터 조선으로 돌아갈 준비를 해야 하지 않겠소. 우선 조선으로 돌아가는 배를 타려면 어떤 서류가 필요한지, 뱃삯은 얼마나 하는지 알아볼 때가 된 것 같소. 우리 모두 한배를 타고 이 땅에 왔으니 돌아갈 때도 같이 돌아갑시다. 지금부터 시작해도 시간이 많이 걸릴지 모르는 일이오. 조선에 돌아가서 추석을 맞을 수 있게 노력해 봅시다."

"추석 전에 고향에 갈 수 있으면 얼마나 좋을까잉? 그라믄 조상님의 산소에 성묘도 갈 수 있겠지라?"

감초 아저씨가 감격스럽게 물었다. 여자들은 추석이란 말에 금세 눈물을 찍어냈다.

덕배는 추석을 생각하자 조선의 가을이 떠올랐다. 높고 푸른 하늘 아래 밤송이가 벙글고, 배가 누렇게 익어 가던 애오개 언덕이 얼마나 그리운지 몰랐다.

"봉삼아, 너 정말 조선으로 돌아가지 않을 거니?"

"형은? 형이 안 가면 나도 안 가. 가끔 가고 싶을 때도 있겠지만 그래도 참을래."

봉삼이는 항상 덕배의 그림자처럼 굴었다.

조선 사람들과 따로 떨어져 또 낯선 나라에서 살 수 있을까? 아버지 말대로 신식 공부를 한다는 것이 생각대로 잘될까? 덕배는 여러 가지가 불안했다. 봉삼이와 윤재는 이제 친형제나 다름없는데 정말 미합중국으로 가야 하는 걸까? 덕배는 하루에도 여러 번 마음이 오락가락했다. 그럴 때마다 꿈을 포기하지 말라던 윤재 누나의 목소리가 들리는 것 같았다. 어른들은 이제 조선으로 돌아가기 위한 준비에 관한 이야기만 했다.

"대감마님, 조선으로 돌아가는 뱃삯은 봉삼이가 묵서가 말을 좀 할 줄 아니 덕배와 윤재 그리고 봉삼이가 시간을 내서 메리다에 가서 알아보게 하는 게 좋을 것 같습니다."

감초 아저씨가 옥당대감에게 말했다. 옥당대감이 말없이 고개만 끄덕였다. 감초 아저씨가 덕배에게 말했다.

"덕배야, 조선에서 떠나올 때는 화물선을 개조한 배에 실려 왔지만 돌아갈 때는 돈이 들더라도 사람을 실어 나르는 배를 알아봐야 한다. 그동안 어른들은 열심히 벌어서 조금이라도 돈을 모아서 조선으로 돌아가야지. 땡전 한 푼 없이 빈손으로 돌아갈 수야 없지. 그러니까 배편이 언제 있는지 자세히 알아보아라."

"맞는 말이오. 아무리 속아서 왔다고 해도 돈을 좀 모아 가야지."

여기저기서 감초 아저씨의 말이 맞다고 맞장구를 쳤다.

며칠 후, 덕배는 봉삼이와 윤재와 함께 메리다 시내로 가서 여러 가지를 알아보았다. 조선을 떠날 때는 화물선을 타고 왔기 때문에 한 달 열흘이나 걸렸지만 여객선은 성능이 좋아서 한 달 안에 도착할 수도 있다고 했다. 조선 사람들은 추석을 고향에서 보낼 생각에 모두 들떠 있었다. 감초댁은 복뎅이 옷도 사고, 윤재 어머니는 쉬는 날이면 시장 구경도 나갔다. 남자들은 조선에 돌아가기 전에 한 푼이라도 더 벌어야 한다고 익착같이 일했다.

제당공장에서는 압축기에 사탕수수 단을 넣는데 한 사람이 몇 단을 짜느냐로 돈을 계산한다고 했다. 감초댁도 한 푼이

에네껜 아이들

라도 더 벌려고 기를 쓰고 일했다. 모두 목표가 생겨서 그런지 피곤한 줄도 몰랐다. 드디어 뱃삯을 마련한 사람들도 있었다.

옥당대감이 감초 아저씨에게 말했다.

"이보게, 배표를 미리 사 두는 게 좋을 것 같네. 오늘 밤 다들 모여서 의논을 했으면 좋겠어."

"예, 오늘 밤에 모두 모이라고 하겠습니다요."

이제 정말 조선으로 돌아가는 일이 코앞에 닥쳤다. 덕배는 마음이 싱숭생숭했다. 조선의 산천을 생각하면 가고 싶었지만 아버지의 결심을 꺾을 수는 없었다. 덕배도 새로운 삶을 살고 싶기도 했다.

이제 밤이 되면 조선으로 돌아갈 사람과 덕배네처럼 이 땅에 남는 사람이 확연하게 결정될 터였다. 덕배는 낫질이 제대로 되지 않았다.

점심시간이 끝나고 사탕수수를 벨 때였다. 제당공장 쪽에서 천둥소리 같은 울부짖음이 들렸다.

복뎅이를 남겨 두고

"사, 사람이 깔렸어요!"

제당공장 쪽에서 나는 소리였다. 사탕수수를 베던 사람들이 깜짝 놀라 낫을 집어던지고 제당공장으로 뛰었다. 덕배는 왠지 불길한 생각이 들었다. 감초 아저씨가 앞서서 뛰어가고 덕배도 그 뒤를 따랐다. 덕배 아버지가 다리만 성하면 가장 먼저 뛰어갔을 터였다.

압축기 앞에 도착했을 때였다. 여자들이 두 손으로 얼굴을 가리고 비명을 질렀다.

"아이고! 어쩌다 이런 일이!"

윤재 어머니가 말을 잇지 못한 채 복뎅이를 안고 땅바닥에 털썩 주저앉았다. 감초 아저씨가 급하게 달려와 감초댁을 찾았다.

"마님. 복뎅이 어매는 어디 있어라? 무슨 일이다요?"

"아이구, 이 사람아! 이 무슨 날벼락인가! 이 일을 어찌하면 좋단 말인가. 아이고 세상에!"

윤재 어머니 품에서 복뎅이가 자지러지게 울고 있었다. 덕배는 압축기 아래를 내려다본 순간 피가 멎는 것 같았다. 피범벅이 된 치맛자락이 눈에 띄었다. 감초댁이었다. 관리인들이 압축기 밑에서 피투성이가 된 감초댁을 간신히 끌어냈다. 온 천지에 핏물이 자자했다. 덕배 아버지가 절뚝거리며 다가온 순간 압축기를 돌리는 피대 줄에 걸려 사고를 당한 사람이 감초댁이라는 걸 알고 감초 아저씨를 부둥켜안았다.

순식간에 일어난 사고라고 했다. 압축기를 돌리는 피대 줄에 감초댁이 말려들었고 순식간에 압축기로 빨려 들어갔다고 했다. 기계를 껐을 때는 이미 감초댁의 숨이 끊어진 후라고 했다. 감초댁은 피투성이가 된 채 거적에 덮여 누워 있었다.

감초 아저씨가 정신이 나간 사람처럼 울부짖었다.

"임자, 임자! 어서 일어나소!"

감초 아저씨는 계속 똑같은 말만 되뇌었다. 낯선 땅에 와서 어머니처럼 자신을 챙겨 주던 감초댁의 죽음은 덕배에게도 너무나 큰 충격이었다. 자신을 살갑게 대해 주던 소녀를 허망하게 보내고 이제 조선으로 돌아갈 날만 기다리던 터에 감초댁까지 사고로 잃다니. 덕배는 너무나 기가 막혔다. 복뎅이는 아무것도 모르고 엄마를 불렀다. 감초 아저씨는 실성한 사람 같았다.

에네껜 아이들

"임자, 조선으로 돌아가야지. 이렇게 누워 있으면 어쩐당가? 우리 복뎅이 데불고 조선으로 돌아가야지. 임자! 어서 일어나소! 어서!"

감초 아저씨의 모습을 보고 사람들은 울음바다가 되었다. 덕배 아버지가 감초 아저씨를 부축했다. 그래도 감초 아저씨는 여전히 허공에 대고 같은 말만 중얼거렸다.

"임자, 배가 떠나겠당께. 어서 배를 타야지라. 어서 일어나소. 어서 조선으로 돌아가야지라. 어서 일어나!"

덕배 아버지가 덕배와 봉삼이를 불렀다.

"덕배야, 우선 아지매 장사부터 지내야 함메. 시내에 가서 장례에 필요한 물건부터 사 오라우."

덕배는 아버지가 일러 주는 대로 장례에 필요한 물품들을 사러 메리다 시장으로 갔다. 누구보다 어린 복뎅이가 불쌍하고 안타까웠다. 덕배는 어릴 때 어머니를 잃었기에 복뎅이의 처지가 자기 같았다. 이제 세 살인 복뎅이는 엄마 얼굴도 기억하지 못할 것이다. 어린 것이 엄마를 잃고 어떻게 살아갈까. 복뎅이도 불쌍하고 감초 아저씨도 덕배 아버지처럼 혼자 복뎅이를 키워야 한다는 사실이 덕배는 남의 일 같지가 않아 더 가슴이 아팠다.

"형, 복뎅이를 보니 꼭 나 같아. 나도 세 살 때인지 네 살 때

인지 부모님을 잃었다는데 지금 하나도 생각이 안 나. 복뎅이
도 나처럼 나중에 엄마 얼굴도 모르겠지?"

봉삼이가 울먹거리며 말했다.

"나도 그렇다. 나도 세 살 때 어머니가 돌아가셨다는데 나도
어머니 얼굴을 몰라. 에휴, 감초 아저씨도 아버지처럼 혼자 복
뎅이를 키워야겠지."

덕배도 목이 메어 말을 이을 수가 없었다.

"너무해, 정말 너무해. 조금만 있으면 조선으로 돌아갈 텐데
누나도 감초댁도 너무 불쌍해. 복뎅이도 불쌍하고."

윤재의 목소리도 먹먹했다. 메리다 시내에 들어서니 여기저
기서 조선 사람들끼리 모여 뭐라 떠들고 있었다.

"무슨 일이 있나? 조선 사람들 맞지? 왜 저렇게 모여 있을
까? 배표를 사려는 사람들인가? 빨리 가 보자."

덕배는 서둘러 사람들이 모여 있는 곳으로 다가갔다.

"무슨 일이에요?"

"말도 마소. 조선이 없어져 부렀소."

다짜고짜 중년 남자가 허탈하게 말했다.

"예? 조선이 없어졌다구요? 그게 무슨 말이에요?"

"조선이 없어져 버렸단 말이지. 조선이, 조선이란 나라가 아
주 없어졌다니까."

덕배는 도대체 무슨 말인지 알 수가 없었다. 또 다른 사람이 헐레벌떡 뛰어와서 다시 물었다.

"그게 무슨 말이라요? 조선이 하늘로 솟았답니까? 땅으로 꺼졌답니까? 그도 아니면 동해바다로 가라앉았단 말입니까? 조선이 없어졌다는 기, 그기 무슨 뜻이라예?"

빙 둘러서서 웅성거리던 사람들이 기가 차다며 어리둥절했다. 어떤 사람들은 미친 듯이 웃었다. 그 웃음은 웃음이 아니라 통곡처럼 들렸다.

윤재가 답답하다며 젊잖게 보이는 어른한테 다시 물었다.

"어르신! 조선이 없어졌다는 게 무슨 말입니까?"

"한일합방이라고 하지만 강제로 빼앗았으니 병합이지. 왜놈들이 조선의 주권을 빼앗았다는 뜻이야. 이제 대한제국은 없는 나라가 되어 버렸다."

봉삼이가 다시 물었다.

"아저씨, 그럼 앞으로 조선은 어떻게 되는 거예요?"

"어허, 조선이 없어졌다니까. 어떻게 되긴 일본의 속국이 되었다는 뜻이야. 이제 조선은 없어진 거야. 조선으로 돌아갈 수도 없게 되었지."

윤재가 깜짝 놀라 되물었다.

"예? 돌아갈 수 없다구요?"

"어허, 나라가 없는데 어디로 가겠냐? 왜놈들이 조선을 왜국과 합쳐 버린 거야. 그래도 이해가 안 가냐?"

덕배는 도대체 조선이 없어졌다는 말을 정확히 이해할 수가 없었다. 일단 아버지가 사 오라는 물건들을 급히 사서 숙소로 돌아왔다. 어른들은 감초댁의 장례 준비에 정신이 없었다.

덕배가 어른들에게 말했다.

"오늘 시내에 갔는데 조선 사람들이 많이 모여 있었어요. 그런데 한일합방이 되었다는데, 일본이 조선을 완전히 빼앗았다는데 무슨 뜻인지 모르겠어요."

윤재가 거들었다.

"이제 조선으로 돌아갈 수 없게 되었다고 했어요. 일본이 강제로 나라를 빼앗았다고……."

그때였다. 옥당대감이 갑자기 외마디 소리를 질렀다.

"뭐! 뭐라구! 한일합방!"

밖에 나갔다가 급히 들어온 군졸 아저씨가 말했다.

"나도 듣고 오는 중이오. 왜놈의 앞잡이 이완용이란 자가 데라우치 총독이라는 왜놈과 합방 조약에 도장을 찍었다고 합니다."

옥당대감이 갑자기 벌떡 일어나더니 두 주먹을 불끈 쥐고 부르르 몸을 떨었다. 그러고는 눈을 허옇게 치뜨고 그대로 쓰

에네껜 아이들

러졌다.

"아버지!"

윤재가 깜짝 놀라 옥당대감을 부축했다. 그러나 옥당대감의 몸은 실신한 것처럼 축 늘어졌다.

덕배 아버지가 옥당대감의 뺨을 찰싹찰싹 때렸다.

"아이구, 나리까지 와 이러십네까. 정신 좀 차리기요!"

그러나 옥당대감은 눈동자가 완전히 보이지 않고 흰자위만 보여 너무나 무서웠다.

덕배 아버지가 옥당대감을 안고 소리쳤다.

"정신 좀 차리기요! 어째서 이러십네까? 감초야, 아무래도 안 되겠다. 침통이 어데 있네? 덕배야, 날래 뛰어가서리 침통 좀 가져오라우. 날래날래!"

모두 정신이 나간 것 같았다. 덕배는 감초 아저씨네로 달려가 침통을 들고 뛰었다. 덕배 아버지가 침통을 감초 아저씨에게 내밀었다.

"감초, 어서 정신을 차려야 함메. 날래 기를 뚫어야 하디. 기가 막혀서 이럼메. 조선이 없어졌다는 말에 충격을 받아 졸도를 한 게야. 죽은 사람 장례는 잠시 미루고 실신한 사람부터 살려야 하디 않네?"

덕배 아버지가 감초 아저씨의 손에 침통을 건네주면서 재촉했다. 감초 아저씨가 침통을 열고 침을 꺼내 옥당대감의 인중에 침을 놓았다. 옥당대감의 눈동자가 한참 후에야 제대로 돌아왔다. 감초 아저씨는 아무 말도 없이 옥당대감의 몸에 여기저기 침을 놓았다. 그 동작들이 아무 생각도 없는 기계 같았다.

윤재 어머니는 새파랗게 질려 덜덜 떨었다. 옥당대감은 쓰러진 후 일어나지를 못했다. 살아 있긴 하지만 걸을 수도 혼자 움직일 수도 없는 상태였다.

덕배 아버지가 모든 사람들의 정신 줄을 잡고 일깨웠다.

"이러다 모두 큰일이 나겠슴메. 윤재야, 이럴 때일수록 니 정신 똑바로 차려야 함메. 윤재 니가 아버지, 어머니 옆에 꼭 붙어 있으라우. 잘못하다가는 줄초상 나게 생겼다이. 덕배야, 니는 나하고 장례 준비를 해야 하갔다."

덕배 아버지가 윤재에게 옥당대감을 지키라고 하면서 사람들을 불렀다.

"이제 감초댁 아주머니의 시신을 어서 옮겨 와야디. 압축기옆에 저래 있으니 어서 가서 감초댁을 모셔 옵시다래."

덕배 아버지가 방씨, 군졸 아저씨와 함께 덕배를 앞세우고 감초댁의 시신부터 옮겼다. 감초댁의 장례는 조선인 숙소 옆에서 치르기로 했다.

사고 소식을 듣고 메리다에 머물고 있는 조선 사람들도 많이 찾아왔다. 여자들은 종이로 꽃을 접고 남자들은 상여를 만들었다. 감초댁은 숙소에서 가까운 공동묘지에 묻기로 했다. 감초댁의 장례를 지내는 날은 메리다 인근에 있는 조선 사람들이 모두 모였다. 상여는 군졸 아저씨와 보부상 아저씨가 메기로 하고 덕배와 봉삼이도 거들었다. 윤재 어머니는 엄마를 찾는 복뎅이를 달래며 울었다. 소리꾼 방씨는 온 힘을 다해 상여소리를 매겼다. 구슬픈 상여소리가 낯설고 물선 땅 유카탄 반도의 메리다 하늘로 울려 퍼졌다.

가네 가네 나는 가네
멀고 먼 길 황천길로

일락서산에 해 저문다
조선 팔도가 어드메냐

꿈에라도 보내 주소
천리만리 조선으로

어어 어허 어어 어화

어화 어허 어허 어화

상여소리를 메길 때마다 조선 사람들은 모두 눈물바람을 했다. 감초댁의 장례식이었지만, 주권을 잃은 조선의 장례식이라고도 했다. 조선 사람 모두의 아픔과 슬픔이 한꺼번에 터져나와 구경꾼도 상여꾼도 모두 울음바다였다.

"하늘도 무심하지."

조선 사람들은 감초댁을 묻으며 하늘을 원망했다. 감초댁은 메리다 공동묘지에 묻혔다.

"임자, 복뎅이 어매! 복뎅이는 어떡하라고 나 혼자 두고 가는 거여? 날 보고 어떡하라고……."

감초 아저씨가 울부짖을 때마다 조선 사람들이 서럽게 울었다. 복뎅이는 사람들이 우니까 영문도 모른 채 덩달아 울었다.

감초댁의 장례 후 감초 아저씨는 한동안 술로 살았다. 술에 취한 감초 아저씨는 복뎅이를 끌어안고 울다 잠이 들곤 했다. 감초 아저씨만 그런 게 아니었다. 조선의 주권이 일본에게 완전히 넘어갔다는 사실이 메리다에 사는 한인들의 모든 희망을 앗아간 것 같았다. 모두가 허탈해서 일손도 잡히지 않고 멍하니 지내는 사람이 한둘이 아니었다.

감초약방

감초약방

어느 날, 복뎅이의 몸이 펄펄 끓었다.

덕배 아버지가 불덩이처럼 뜨거운 복뎅이를 감초 아저씨에게 안기며 나무라듯 말했다.

"이보오, 감초, 복뎅이가 열이 펄펄 끓어. 자네 반의원 아님메? 복뎅이를 건강하게 잘 키워야지. 그래야 아주마이 무덤에 데리고 가서리 '임자 없어도 복뎅이 이만큼 잘 키웠소' 하고 말할 거 아님메?"

감초 아저씨가 정신을 차린 듯 복뎅이의 이마를 짚어 보고 깜짝 놀라 벌떡 일어났다.

"암, 그래야디. 어서 복뎅이 열을 내려야 함메. 얼라들은 열이 오르면 무섭디. 죽은 사람은 죽은 사람이고 산 사람은 살아야 하디 않갔어?"

감초 아저씨가 덕배 아버지의 말에 정신을 차리고 복뎅이를 돌보았다. 복뎅이 열이 내리자 덕배 아버지가 말했다.

"이보오, 감초. 이제부터는 대감마님을 치료해야디. 어서 좋은 약도 짓고 침도 놓고 정성을 쏟아 보기요."

윤재가 감초 아저씨에게 울먹이며 말했다.

"아저씨, 아버지가 말을 못해요. 정신은 돌아온 것 같은데 그날 이후로 말을 못하고 벙어리처럼 어, 어, 소리만 해요. 어쩌면 좋아요. 흐흑 흑."

덕배 아버지는 울먹이는 윤재가 너무 가여웠다.

"감초 아저씨가 열심히 치료하면 좋아질 테니 너무 걱정하지 말거라. 에유, 참 조선으로 가기는 이제 글렀고 대감마님 심정이 오죽했으면 실신까지 했갔네? 이제 윤재 네가 잘 보살펴야 한다이."

윤재가 덕배 아버지에게 고개를 숙이며 고맙다고 인사를 했다.

윤재는 힘들 때마다 덕배에게 하소연하듯 속내를 털어놓곤 했다.

"형, 어쩌면 아버지가 말을 못하시게 돼서 아버지를 그나마 이렇게라도 모시는 것 같기도 해. 아버지가 불쌍하다가도 어떤 때는 아버지가 원망스럽고, 하루에도 몇 번씩 갈피를 못 잡겠어."

덕배는 윤재의 마음을 어루만져 줄 때마다 소녀가 떠올랐다. 소녀라도 있었더라면 윤재가 덜 힘들었을 것 같았다. 어떤 날은 덕배 아버지가 윤재를 타일렀다.

"윤재야. 부모와 자식은 싫다고 버릴 수 없는 사이디. 그래서 천륜이라고 하디 않네? 하늘이 맺어 준 인연이라 그 말임메. 윤재가 이제는 대감마님의 보호자가 되어야 하는 거이다. 내 말 무슨 말인지 알갔네?"

"네. 하지만 너무 힘들어요. 아버지가 회복될 수 있을까요?"

"기다려 봐야디. 정성을 다하면 회복되는 수도 있으니 모두 기다려야디 별수 있갔네? 각자 사는 날까지 최선을 다해야디."

윤재가 말없이 고개를 끄덕였다. 덕배 아버지의 말대로 옥당 대감은 이제 윤재가 짊어져야 할 짐이었다.

돌아오는 추석에는 조선에 돌아가서 차례를 모시자던 조선 사람들의 희망은 물거품이 되었다. 나라가 없어졌으니 돌아갈 곳이 없어진 셈이었다. 조선 사람들은 낯선 땅에서 쓸쓸하게 추석을 보냈다.

묵서가에서는 추석 명절보다 죽은 사람의 날을 정해서 망자의 날이라는 명절을 더 성대하게 보냈다. 특별한 음식을 해서 나눠 먹고 죽은 사람들의 명복을 비는 날이라고 했다. 묵서가 사람들도 조선 사람들처럼 죽은 자를 위한 제단을 마련하고 제를 올렸다. 조선 사람들도 소녀와 감초댁의 명복을 빌며 망자의 날을 보냈다. 슬프고 비참하고 기가 막힌 망자의 날이었다.

덕배 아버지가 망자의 날에 덕배를 불러 앉혔다.

"덕배야, 사람의 마음이 때에 따라 달라지는 거는 짐승과 달리 인연을 소중하게 여겨서 그런 거이다. 지금까지 아무 일 없었더라면 조선 사람들은 조선으로 돌아갔을 거이고 너와 나는 여기 남아서 너는 학교를 다닐지도 모르갔디. 그 후에 또 너를 데리고 미합중국이라는 나라로 가려고 계획을 세웠갔디. 하지마는 사람 사는 거이 계획한 대로 안 되는 수도 있는 법이다. 감초 아주마이가 그렇게 황망하게 가고 옥당대감도 저리 일어나지 못하고 말도 못하고 있으니 우리만 잘살겠다고 따로 행동하기가 참 민망함메. 덕배야, 니는 어케 생각하고 있네?"

덕배는 아버지의 말이 의외였지만 은근히 속으로 바라던 참이었다.

"아버지 말씀대로 사람 마음이 참 이상합니다. 조선에 돌아갈 수 없다고 생각하니까 조선이 자꾸 그리운 생각도 드는 걸요. 저도 아버지의 마음과 똑같아요. 우리만 좋은 곳에 가서 잘살겠다고 어떻게 떠날 수 있을까 늘 마음이 무거웠어요."

덕배는 아버지 마음이 자신과 같다는 걸 알고 다행이라고 생각했다.

"그래, 그래야디. 역시 너는 내 아들이다. 인지상정이란 말이 있다. 사람과 사람 사이에 지켜야 할 덕목이 있는디 이를 무시

에네껜 아이들

하고 살 수는 없는 거이 사람살이다. 대감마님도 저래 쓰러지고, 감초도 저래 힘이 드는데 우리만 잘살아 보갔다고 떠날 수야 없디. 자, 이제 함께 한식구라고 생각하고 이 난관을 헤쳐 나가자우."

덕배는 아버지를 우러러보았다. 덕배에게 아버지는 늘 꺼지지 않는 불꽃이었다. 그 불꽃으로 덕배를 비추고 다른 사람들의 앞길까지 비춰 주었다.

감초 아저씨는 복뎅이를 자식처럼 보살펴 주는 윤재 어머니를 위해서라도 옥당대감을 꼭 치료해야 한다며 정성을 쏟았다. 감초댁 장례에는 많은 조선 사람들이 십시일반으로 손을 맞잡아 주었다. 덕분에 장례를 치르고 남은 돈으로 중국인 시장 옆에 작은 약초가게를 열고 약초를 팔면서 옥당대감을 위해 환약도 빚고 탕약을 달이기도 했다.

어느 날, 감초 아저씨가 윤재에게 말했다.

"방이 딸린 가게를 알아보고 대감마님을 그리로 옮겨서 치료를 하면 어떨까 싶다. 윤재 너는 어찌 생각하니?"

"아저씨, 그렇게 할 수 있으면 저도 좋죠."

"그리하면 내가 옆에서 지켜보면서 침도 더 자주 놓아 드릴 수 있을 것이다. 내가 보기엔 아주 조금씩 좋아지고 있는 것 같긴 한데 암튼 노력해 봐야겄지라."

감초 아저씨는 뜸도 뜨고 침도 잘 놓아서 중국인들 중에서도 감초 아저씨를 찾는 사람이 많았다. 덕분에 약초가게도 제법 장사가 잘되어 아예 감초약방으로 이름을 지었다. 그 덕분에 작은 방이 딸린 가게로 옮길 수 있었고 옥당대감도 감초 아저씨가 옆에서 지켜보는 가운데 치료를 받을 수 있었다.

저녁이 되면 조선 사람들은 감초약방으로 모여 조선의 앞날에 대해 한바탕 시국 이야기를 했다.

어느 날, 윤재가 덕배에게 물었다.

"형, 미합중국으로 안 가면 안 돼?"

덕배는 그동안의 결정을 윤재한테 말한 적이 없어서 미안했다.

"응, 안 가기로 했어. 아니, 갈 수가 없다고 해야 맞을 거야. 묵서가에 살면서도 묵서가 사람도 아니고, 미합중국에 가서 살아도 미합중국 사람이 될 수도 없잖아. 너도 그렇고 감초 아저씨도 그냥 두고 우리만 가서 어떻게 맘 편하게 살겠냐? 아버지도 나도 우리만 떠날 수는 없다고 안 가기로 했어."

윤재가 감격스럽게 반겼다.

"형, 정말이지. 응. 정말 안 가는 거지?"

덕배가 고개를 끄덕이자 봉삼이도 말했다.

"사람 마음이 다 거기서 거기인가 봐. 사실은 나도 감초 아저씨와 윤재네를 두고 형을 따라갈 수가 있을까 늘 마음에 걸렸거든. 이렇게 통하는 걸 보면 전생에 형이랑 나랑 분명히 가까운 사이였을 거야. 틀림없어."

봉삼이가 덕배의 손을 꼭 잡고 말했다. 윤재의 얼굴에 기쁨이 가득했다.

"봉삼아, 너랑 형이랑만 그런 거 아냐. 우리 모두 보통 인연이 아닌 거지. 덕배 형, 그렇지?"

덕배도 흔쾌히 고개를 끄덕였다. 윤재가 다시 물었다.

"형, 나중에 조선으로 돌아갈 수 있을까?"

봉삼이가 고개를 저으며 말했다.

"조선이 없어졌다며. 없어졌는데 어떻게 돌아가?"

덕배는 크게 숨을 들이쉬고 말했다.

"조선을 다시 찾아야지. 우리가 조선을 다시 찾겠다는 희망을 잃지 않는 한 조선은 우리 품으로 반드시 돌아올 거야. 난 이상하게 조선에 갈 수 없다니까 더 가고 싶더라. 다시 조선을 찾은 다음에 고향으로 가야지."

윤재가 눈을 반짝이며 말했다.

"형 말이 맞아. 어른들이 빼앗긴 우리 조선을 우리가 되찾아야 해. 어른들은 이제 지치고 늙고 약해졌어. 우리가 조선의 주인이 되어야 해."

덕배도 윤재의 눈을 보니 새 힘이 솟는 것 같았다.

"형이랑 함께 있으면 뭐든 될 거야. 사실은 아버지도 쓰러지시고 형마저 미합중국으로 가면 어쩌나 많이 두려웠어. 이제 안심이야. 형과 함께라면 뭐든 용기가 생겨."

덕배도 용기가 생겼다.

"윤재야, 우리 전에 글 배우다 말았지? 다시 시작하자. 이번엔 학교를 세우면 어떨까? 메리다에 있는 조선인 아이들에게 우리 조신말을 가르치는 기야. 빼앗긴 조선을 찾으려면 조선의 말과 글부터 가르쳐야지. 어때?"

덕배의 제안에 윤재가 반겼다. 덕배는 아버지를 생각했다. 학교를 세우고 조선인 아이들도 가르치면 일석이조가 되는 셈이었다. 그 길이 자신도 더 배우고 아버지의 소원도 이룰 수 있는 길이었다.

"알았어, 형. 아주 좋은 생각이야. 형만 옆에 있어 준다면 뭐든지 할 수 있으니까."

덕배는 윤재가 언제 저렇듯 어른스러워졌을까 대견했다. 윤재는 그동안 많은 어려움을 겪으면서 훨씬 생각이 깊어졌다.

"윤재야, 우리가 앞장서서 차별 없는 세상을 만들자. 누구라도 배우고 싶어 하는 아이들에게 글을 가르치는 거야. 묵서가 말도 더 배워서 이 땅에 있는 동안 보란 듯이 살자. 우리가 서로 흩어지면 뿌리도 모르는 민족이 될 거야. 우리끼리라도 똘똘 뭉쳐서 조선을 지키고 되찾아야지."

덕배는 가슴이 벅차올랐다. 윤재가 덕배의 손을 부여잡았다.

"형! 그럼 선생도 되었다가 학생도 되었다가 그래야겠네. 형은 정말 훌륭한 조선 사람이야. 철없을 때는 형에게 질투심도 많았는데 형이 되어 줘서 고마워. 형!"

"질투를 한 거 알긴 아는구나."

봉삼이가 또 윤재에게 한마디 했다. 그러나 이젠 윤재도 어떤 말이든 달게 받을 만큼 아량이 생기고 마음도 깊고 넓어졌다.

"알지. 그때는 누나까지 형이랑 잘 지내라고 해서 심술도 많이 부렸어. 정말 철이 없었지. 너무 어렸던 때니까 그때 일은 다 용서해 줘. 알았지, 형?"

덕배는 윤재의 등을 어루만졌다.

"형, 그런데 언제 어떻게 시작하지?"

"걱정 마. 뜻만 있으면 길이 생길 거야. 아버지하고 의논해 볼게."

덕배의 말에 윤재가 고개를 끄덕거렸다. 봉삼이가 너스레를 떨었다.

"맞아. 아저씨는 못하는 게 없으니까. 아저씨가 궁리하면 도깨비방망이처럼 방법을 찾아내실 거야."

"뭐? 도깨비방망이?"

덕배는 봉삼이의 말에 웃음이 나왔다.

"봉삼이 말이 맞아. 아저씨는 어떻게든 방법을 찾아내실
걸."

윤재도 맞장구를 쳤다.

덕배는 그날 밤 아버지와 감초 아저씨에게 학교에 대한 이
야기를 했다.

"그래, 장한 일이다. 조선의 아이들에게 조선말과 글을 가르
치는 일이야말로 꼭 필요한 일이다. 이보게, 감초. 우린 뒤에서
밀어주면 되는 거이디?"

덕배 아버지가 더 좋아하는 것 같았다.

"그런데 장소가 문제예요."

덕배가 걱정스럽게 말하자 감초 아저씨가 문제없다며 웃었
다. 오랜만에 듣는 웃음소리가 방 안에 가득했다.

"우리 감초약방에서 하면 되지라. 낮에는 약을 팔고 밤에는
학교를 열면 되는구만이라."

감초 아저씨의 말에 덕배는 힘이 불끈 솟았다. 이렇게 간단
한 방법이 있는 줄 상상도 하지 못했는데 간단하게 해결되니
너무 좋았다.

윤재와 봉삼이도 뛸 듯이 기뻐했다. 학교를 연다는 소문이 퍼지자 아이들을 가르치고 싶어 하던 부모들이 너도나도 모여들었다.

"우리 스스로 아이들에게 신식 교육을 시켜 줄 수 있게 되었네요. 우리도 뭐든 도울 테니 어서 시작하도록 합시다."

덕배가 학교 얘기를 꺼낸 지 한 달도 안 되어 밤마다 감초 아저씨 약방에서 수업이 시작됐다. 윤재가 천자문과 조선말과 글을 가르치고 감초 아저씨와 덕배 아버지는 아이들에게 조선의 이야기를 가르쳤다. 아이들은 조선의 이야기들을 더 좋아했다. 그러나 덕배 아버지는 글공부가 끝나야 이야기를 해 준다며 먼저 공부부터 시켰다.

얼마 후부터는 어른들도 아이들과 함께 했다.

어느 날이었다. 소문을 듣고 후안 아저씨가 찾아와 묵서가 말을 가르치겠다고 했다. 봉삼이가 무척 좋아했다. 조선의 아이들은 감초약방에서 조선 글과 조선말을 배우면서 묵서가 말도 배울 수 있었다.

어느 날, 감초 아저씨가 윤재에게 말했다.

"윤재야, 아이들이 공부하는 모습을 대감마님이 볼 수 있으면 좋겠다. 말씀은 못하셔도 아마 네가 아이들을 가르치는 모습을 보면 분명히 좋아하실 거야."

윤재는 기꺼이 그렇게 하겠다고 말했다. 말을 잃은 아버지에게 글공부를 하는 아이들의 모습을 보여 드리면 생기가 돌 것 같기도 했다. 감초 아저씨가 말하길 아이들이 올 시간이 되면 아버지가 자꾸 문 쪽만 바라본다고 했다. 덕배 아버지도 옥당대감이 뭔가 관심을 갖는 건 회복되는 조짐일 것이라고 좋아했다.

그 후부터 덕배 아버지도 옥당대감을 돌보며 아이들을 기다렸다. 아이들이 소리 내어 글을 읽을 때면 어른들도 따라 하곤 했다.

어느 날이었다. 윤재가 아이들에게 글을 가르치면서 옥당대감 쪽을 살폈다. 덕배 아버지도 옥당대감을 살피면서 윤재와 눈을 맞췄다. 둘 사이에 은밀한 대화가 오갔다. 아이들을 보내자마자 덕배 아버지가 윤재에게 말했다.

"윤재야, 너도 아까 봤디? 대감마님 입술이 달싹거리지 않았네? 아이들을 따라 글을 읽는 모습이었슴메. 그렇디? 맞디?"

윤재도 흥분해서 말했다.

"맞아요. 아버지 입이 분명 움직였어요. 날마다 연습하듯 하면 언젠가 말문이 터지지 않을까요?"

윤재가 눈물을 글썽였다. 옥당대감이 정말 말을 되찾을 수 있을까? 윤재는 꾸중을 들어도 좋으니 제발 자기 아버지가 말을 할 수 있으면 좋겠다고 간절하게 말했다.

며칠 후였다. 봉삼이가 흥분해서 말했다.

"윤재야, 대감마님이 아이들 올 시간이 되면 문을 열어 놓으라고 보채기까지 한다."

"그래? 정말 그러셨어?"

윤재가 봉삼이의 말을 반겼다. 감초 아저씨도 기뻐했다.

"어서어서 회복하셔야 하는데, 변화가 있는 거는 무조건 좋은 거랑께."

윤재는 글공부 시간이면 전보다 더 큰 소리로 아이들을 가르쳤다. 윤재 어머니는 날마다 복뎅이를 친자식처럼 키우느라 바빴다. 감초 아저씨는 윤재 어머니에게 보답하는 길이 대감마님을 회복시키는 일이라며 열심히 침을 놓고 약을 지었다.

아이들을 가르치는 일은 덕배의 가슴에 희망의 씨앗을 뿌려 주었다. 그 희망은 푸른 싹을 틔웠고 점점 무성하게 잎을 피워냈다.

감초 아저씨의 약방은 조선 사람들의 모임 장소로, 밤에는 아이들에게 글을 가르치는 학교로, 또 옥당대감에게는 잃어버린 말을 되찾는 장소로 이용되었고, 가끔은 조선 사람들의 잔치도 열렸다. 그리고 조선의 독립을 위해 의견을 나누고 힘을 모으는 곳도 되었다.

태평양 건너편에

어느덧 감초댁의 제삿날이 돌아왔다. 네 살짜리 복뎅이가 어른들이 시키는 대로 제사상에 절을 하자 조선 사람들은 약속이라도 한 듯 모두 눈물을 찍어냈다.

복뎅이는 묵서가에 있는 모든 조선 사람들의 아들이자 동생이었다. 복뎅이는 아이들이 글을 읽어도 따라 하고, 노래를 해도 따라 불렀다. 옥당대감도 복뎅이가 재롱을 피우는 걸 보면 얼굴에 희미하게나마 웃음이 번졌다.

윤재 어머니는 복뎅이를 안고 윤재 누나가 죽지 않았으면 복뎅이 같은 손자를 안겨 줬을 거라며 복뎅이의 얼굴에 볼을 비비곤 했다.

덕배는 고통스러운 기억으로 얼룩진 야스체 농장에 소녀를 묻어 두고 떠나온 것이 자꾸 마음에 걸렸다.

감초댁의 제사를 마치고 이튿날 무덤을 찾았을 때는 더더욱 소녀가 생각났다.

"윤재야, 네 누나도 여기로 옮겨 오면 좋겠어. 복뎅이 엄마

옆으로."

윤재가 그럴 수만 있다면 얼마나 좋겠느냐고 반문했다.

"못할 것도 없어. 야스체 농장. 생각만 해도 불쾌하고 지긋지긋해. 그곳에 네 누나를 홀로 남겨 둔 게 자꾸 마음에 걸려. 멀어서 자주 가 볼 수도 없고. 어른들과 상의해서 누나를 이곳으로 옮겨 오자."

윤재가 덕배의 손을 덥석 잡았다.

"형, 정말 고마워. 그런데 한 가지 석성되는 게 있긴 해. 형이 만날 누나 무덤에 갈까 봐."

"그래? 그러면 안 되니? 만날 무덤에서 살지도 몰라."

덕배가 웃으며 대답했다. 그러자 봉삼이가 고개를 저었다.

"난 덕배 형이 누나 무덤을 찾아가는 건 반대야. 언제까지 윤재 누나 생각만 할 건데? 이제 그만 잊고 좋은 사람 만나야지. 그래야 나도 멋진 형수한테 투정도 부리지."

봉삼이의 말이 끝나자마자 윤재가 심각하게 말했다.

"형, 봉삼이 말이 맞아. 형이 우리 누나를 생각해 주는 건 고맙지만, 이미 누나는 이 세상 사람이 아니잖아. 형도 빨리 누나를 잊어야 해. 누나도 그걸 바랄 거야."

덕배는 품속에 늘 간직하고 있는 골무를 만지작거렸다. 윤재와 봉삼이가 그런 생각을 하는 줄은 몰랐다. 소녀가 만들어

에네껜 아이들

준 골무를 지니고 있으면 늘 소녀와 함께 있는 것 같았다.

"형, 만약 누나를 이곳으로 옮기면 그 골무 누나에게 돌려 줘. 누나도 그렇게 하길 원할 거야."

덕배를 유심히 살피던 윤재가 덕배의 마음을 들여다본 듯 말했다.

"나 오래전부터 형이 그 골무를 늘 품에 간직하고 있다는 거 알고 있었어. 형이 누나를 사랑해 주는 건 고맙지만 이제 누나는 이 세상 사람이 아니잖아. 형도 새 삶을 살아야지. 아저씨를 위해서도 꼭 그렇게 해야 해."

덕배는 가슴이 뭉클했다. 덕배에게 소녀는 꿈이었고, 고통을 참아내는 힘이었고, 덕배가 처음으로 느낀 여자였다. 잊겠다고 잊히는 존재가 아니었다. 덕배는 골무를 품속 깊이 밀어 넣었다. 다만 윤재의 말 중에 '아버지를 위해서'라는 말에 가슴에 탁 막혔다.

"윤재야. 네 말 뜻을 알겠어. 누나의 무덤을 옮기는 일도 아버지와 의논해 볼게."

덕배는 그날 밤 아버지에게 말했다. 아버지가 한숨을 내쉬며 말꼬리를 흐렸다.

"알아보긴 하겠는데 경비가 많이 들거이다. 참 아까운 규수였지비."

감초 아저씨도 소녀가 감초댁이랑 함께 있으면 좋을 거라며 반겼다.

"경비가 부족하면 여러 사람이 추념하면 될 것이구마요. 참 잘 생각했구마. 그리해야 쓰겠다. 뜻이 있으면 길이 있는 법이니께."

덕배는 소녀의 무덤을 빨리 옮기고 싶었다.

다음 날 윤재와 봉삼이와 함께 야스체 공동묘지로 떠났다. 공동묘지 관리소에 절차를 알아보기 위해서였다. 까다로운 절차는 아니었다.

며칠 후 어른들과 함께 소녀의 무덤을 옮기기로 했다.

"덕배, 너는 가지 말라우. 어른들이 알아서 할 꺼니까니 너는 윤재와 봉삼이와 함께 감초댁 무덤 옆에서 준비하고 있으라."

덕배는 아버지 말대로 했다. 차마 소녀의 유골을 마주할 자신이 없기도 했다. 소녀가 감초댁 옆에 다시 묻히는 날 덕배는 소녀가 준 골무를 돌려줄까 말까 망설이다 그대로 품속에 밀어 넣었다.

골무마저 간직하지 않으면 소녀의 영혼이 자신에게서 영원히 떠날까 봐 두려웠다. 골무는 덕배의 수호신이었다. 윤재 어머니는 새로 만든 소녀의 무덤에 대고 혼잣말을 했다.

에네껜 아이들

"윤서야, 조금만 기다리자. 언젠간 조선으로 돌아가겠지. 그 때까지만 여기 있으렴. 감초댁도 있고 우리도 자주 찾아오마."

간신히 부축을 받고 온 옥당대감도 먼 하늘을 바라보고 있었다.

덕배는 멀리 태평양 쪽으로 눈을 돌렸다. 유카탄반도에서 살리나크루스 항구까지 기차를 타고 온 길. 그 항구는 바로 태평양과 연결되어 있었다. 태평양을 건너 기차로, 또 배로, 지상낙원을 찾아오던 길. 그러나 아직 그 누구도 지상낙원을 발견하진 못했다. 아니, 앞으로도 영원히 발견할 수 없을지도 모른다. 힘없는 조선의 백성으로 일본인들의 농간에 여기까지 팔려와 한 줌 흙으로 변한 소녀의 영혼을 위해서라도 이제 남은 사람들이 다시 일어서야 했다. 지상낙원을 찾아가는 게 아니라 우리 스스로 지상낙원을 만들어야 한다. 고향이란 무엇인가. 덕배의 마음속에 소녀가 살고 있고, 조선이 살고 있는 한 조선은 언젠가 조선 사람들의 품에 돌아올 것이라 믿고 싶었다.

돌아갈 꿈을 꾼다는 것은, 아니 돌아갈 곳이 있다는 것은 행복한 기다림이다. 바로 그 기다림의 행복한 순간순간이 모여서 지상낙원이 되는지도 몰랐다.

윤재가 다가와 덕배에게 말했다.

"형! 무슨 생각을 그렇게 해?"

"응, 이래저래 생각이 많네. 조선, 태평양, 유카탄반도. 그리고 여기 메리다. 어머니와 너의 누나. 그리고 감초댁, 모두 내 속에 있는 소중한 보물들이야. 어쩌다 우리는 여기까지 흘러왔을까. 말도 안 통하고 기후도 다른 이곳에서 우리는 아름다운 미래를 꿈꾸며 살아야겠지. 꿈. 그래, 꿈이 있는 곳, 그게 바로 우리가 찾아 온 지상낙원이 아니겠니? 꿈을 포기하지 말아야지."

"와! 형, 말 멋있게 하네. 형도 철이 확실하게 났나 봐."

"윤재 너, 형한테 철났다가 뭐야?"

이제는 형제같이 잘 통하는 덕배와 윤재는 서로를 마주 보며 킬킬거렸다.

"형, 난 아버지를 보면서 아버지가 조선의 운명처럼 느껴질 때가 있어."

"조선의 운명?"

"응, 존재하면서도 존재의 의미를 잃고, 말도 못하고, 주장도 못하고, 벙어리 같은 운명. 아버지는 언젠가는 회복하시겠지. 하고 싶은 말을 하고, 가고 싶은 곳을 맘대로 가고, 아버지가 다시 회복되면 조선도 우리 품으로 돌아올 거라고 믿고 싶어. 형과 내가, 아니 우리가 꿈을 품고 있는 한, 반드시 그런 날이

에네껜 아이들

온다고 믿어야지."

"그래, 꼭 그렇게 될 거야. 대감마님도, 조선도."

그때였다. 봉삼이가 윤재를 급하게 불렀다.

"윤재야, 빨리 와 봐. 대감마님이 너를 찾는 것 같아. 어서!"

윤재가 부리나케 옥당대감에게 달려갔다. 복뎅이를 업고 있
던 윤재 어머니도 윤재를 반겼다.

"아버지, 저예요. 저 윤재예요."

"윤재야, 대감마님이 뭐라 말씀을 하셨당께. 나도 똑똑히 들
었어라. 드디어 대감마님이 말을 하실랑갑다."

감초 아저씨도 흥분해서 말했다.

"나리, 윤서도 가까이 데려왔어요. 나리만 회복하시면 됩니
다. 어서 말씀을 좀 해 보세요."

윤재 어머니가 간절한 눈빛으로 옥당대감에게 말을 하며 흐
느꼈다. 윤재가 옥당대감의 손을 잡고 멀리 태평양 쪽을 가리
켰다.

"아버지, 저 너머가 태평양이에요. 태평양에서 서쪽으로 곧
장 가면 조선이에요. 아버지, 우리의 조선요!"

옥당대감의 눈에 눈물이 주르르 흘렀다.

"대감마님이 야스체 농장에 계실 때 늘 그려셨지라. 가족들
에게 죄인이라고라. 너무 미안해서 도련님을 보면 말문이 막힌

다 하셨어라. 아버지라는 존재는 아들에게 약한 모습을 보이면 안 된다고 하시면서 아들이 약해질까 봐 눈물도 참는다고 하셨어라. 애기씨가 세상 버렸을 때도 대감마님은 뼛속으로 우셨당께요. 식구들에게는 눈물을 보이지 말아야 한다고, 그래야 도련님이 강한 아들이 된다고 그래 말씀하셨어라. 말문을 열면 몇 날 며칠을 통곡할 것 같아서 아예 입을 못 열겠다고. 그 말씀을 하신 뒤로 영영 말문을 닫으셨는디 이제야 말문이 터지시려나 봅니다."

감초 아저씨가 눈물을 닦으며 말했다.

윤재도 눈물이 양 볼을 타고 흘러내렸다. 그때였다.

"윤재야, 아버지가 널 부르시는 것 같다. 어서 아버지 곁으로 가. 어서!"

윤재가 옥당대감과 눈을 맞췄다.

"아버지, 저 윤재예요. 아버지!"

윤재가 흐느끼며 두 손으로 옥당대감의 두 손을 감싸 쥐었다.

"조, 조선으로……. 가, 가자."

옥당대감이 더듬더듬 말을 이었다.

"아버지이!"

윤재가 옥당대감의 품으로 쓰러지듯 안겼다.

"미, 미안하다. 어서 조, 조선으로 도, 돌아가자아."

　　　　　　　　　　　　　에네껜 아이들

옥당대감이 힘겹게 얼굴을 실룩거리며 간신히 말을 이었다.

"그래요, 아버지. 꼭 아버지 모시고 조선으로 갈게요. 꼭 조선으로, 흐흑! 흑!"

윤재가 소리 내어 흐느꼈다.

"네, 누, 누나도……."

옥당대감의 눈에서도 눈물이 흘렀다. 윤재가 옥당대감의 손을 잡고 꼭 꼭 힘을 주었다.

"그럼요, 아버지. 누나도 함께, 꼭 함께 갈게요. 흐흑! 걱정 마세요. 아버지!"

덕배도 왈칵 눈물이 나왔다. 윤재가 흐느끼며 다시 말했다.

"아버지, 어서어서 일어나세요. 함께 태평양을 건너가야죠. 조선으로 함께요."

모두 옥당대감의 말에 눈시울을 붉혔다. 모두 눈물을 흘리니 복뎅이도 따라 울었다. 감초 아저씨가 복뎅이의 얼굴을 비비며 말했다.

"그래, 그래. 우리 복뎅이도 얼른 커서 조선으로 돌아가자. 복뎅이 오메랑 함께 조선으로 돌아가자."

태극기는 펄럭이고

눈물은 신비한 묘약 같았다. 켜켜로 쌓인 슬픔도 눈물로 비워내면 새로운 힘이 그 자리에 채워지는 것 같았다.

덕배는 소녀의 무덤을 메리다 교외로 옮긴 후부터 마음이 한결 가벼워졌다.

옥당대감은 하루하루 몸이 좋아졌다. 옥당대감의 몸이 조금씩 회복되자 감초 아저씨의 약방은 금세 명성이 자자해져 손님들로 넘쳐났다.

묵서가 사람들은 감초 아저씨의 의술을 영험한 것으로 받아들였다. 덕배도, 덕배 아버지도, 봉삼이도, 모두 감초약방에서 일을 해도 일손이 부족할 정도로 약방은 늘 약초를 사러 오는 사람들과 진맥을 하는 사람들로 북적거렸다. 묵서가 말을 할 줄 아는 봉삼이는 덕배와 함께 약재를 사 모으고, 글을 쓸 줄 아는 윤재는 환자들의 병세를 기록하고 감초 아저씨의 지시대로 약을 지었다. 약초를 다듬어 약재를 만드는 일도 보통 일이 아니었다. 어떤 것은 말려야 더 약효가 있고, 어떤 것은 볶아야 더 효능이 있었다. 약을 달이는 일부터 관리하는 일까지 감초약방의 일은 점점 늘어났다.

감초약방에서 밤마다 조선말과 글을 가르친다는 소문도 점점 퍼져 나갔다. 어느덧 가게가 비좁아 서서 배우는 아이들이 생겨나기 시작했다.

"아버지, 아무래도 글방을 넓은 곳으로 옮겨야겠어요. 넓은 글방이 있어야 한 사람이라도 더 가르칠 수 있잖아요. 그리고 조선 사람들의 모임을 만들어서 조선의 독립을 위한 일들도 의논하고 그랬으면 좋겠는데……. 미국에도 한인들이 모여서 대한인국민회라는 걸 만들었대요."

"그래, 우리도 함께 할 수 있으면 좋지. 암튼 어서어서 알아봐야 겄다."

덕배 아버지는 덕배의 말을 듣고 약방에 오는 사람들에게 그 뜻을 말하고 도움을 청해 보겠다고 했다.

"자식들의 앞날을 위하는 길이니까니 기꺼이 참여할 거 아임메? 두고 보라우."

덕배 아버지는 무슨 일에나 자신감이 넘쳐 보였다. 며칠 후 메리다에도 한인회가 생겼다고 했다. 어른들은 한인회를 중심으로 모두 하나가 되어야 한다고 좋아했다.

어느 날 저녁, 글공부가 끝났을 때 덕배 아버지가 말했다.

"아무래도 학교를 새로 짓는 거이 좋겠습메."

"학교를요? 어떻게요?"

윤재가 너무 놀라 물었다.

"메리다 시내나 변두리는 땅값이 비싸서 힘들고, 감초댁이 묻혀 있는 무덤 옆에 빈 땅이 있는 걸 눈여겨보았습메. 그곳에 학교를 지을 수 있을지 알아봐야 하갔다. 할 수만 있다면 흙은 지천으로 널려 있으니까 흙벽돌을 찍어서 지으면 못할 것도 없지비. 모두 내 일처럼 나서서 힘을 합친다면 금세 지을 수 있을 거이다."

"무덤 옆이라 좀……."

군졸 아저씨가 고개를 갸웃했다. 그러자 감초 아저씨가 말했다.

"무덤 옆이 더 좋구만이라. 아 복뎅이 어매도 있지, 애기씨도 계시지, 저절로 학교를 지켜 줄 것 아닌게라? 게다가 무덤 옆이니 땅값도 싸겠지라. 학교는 원래 그런 곳에 지어야 더 잘되는 법이요잉? 쇠뿔도 단김에 빼랬다구, 내일 당장 알아보자우요. 시작이 반이라 했소."

덕배 아버지와 군졸 아저씨가 다음 날 봉삼이를 데리고 학교 부지를 알아보러 갔다. 학교를 짓는 일은 별 걸림돌이 없었다.

조선 사람들은 메리다 한인회와 함께 모두 힘을 합해 무덤 옆 공터에 학교를 짓기 시작했다. 흙을 알맞게 반죽해서 벽돌 틀에 넣고 반듯반듯하게 찍어 그늘에 말리면 네모반듯한 벽돌이 되었다. 더더구나 메리다 흙은 석회질이 많아 마르면 더 단단해서 좋았다. 자식들 교육을 위해서 사람들은 앞다투어 돈을 냈다. 그 덕분에 대들보와 서까래. 그리고 지붕에 얹을 함석까지 쉽게 마련할 수 있었다. 덕배는 학교 공사가 시작되자 신들린 듯 일에 매달렸다.

"우기가 찾아오기 전에 빨리 끝내야 해요."

"그러니까 조선 사람들에게 바짝 서둘러 도와 달라 해야디."

덕배 아버지와 감초 아저씨는 덕배와 봉삼이에게 일의 순서를 알려 주었다. 덕배는 새벽같이 일어나 학교 짓는 일에 매달렸다. 쉬는 날이면 조선 사람들은 너나없이 찾아와 모두 자기 일처럼 기쁜 마음으로 거들었다. 가끔 메리다 한인회에서도 사람들이 몰려와 앞다투어 일하곤 했다. 윤재는 약방 일을 거들며 틈틈이 찾아와 학교가 완성되어 가는 것을 지켜보았다.

공사가 시작된 학교 부지를 뿌듯한 얼굴로 바라보고 있는 윤재에게 덕배가 다가와서 말했다.

"윤재야, 학교를 다 짓기 전에 대감마님이 완전히 회복하시면 좋겠는데 좀 어떠시냐?"

"감초 아저씨가 열심히 운동도 시키고 있어. 아버지 스스로도 빨리 회복하려고 노력하시니 정말 다행이야. 덕분에 하루하루가 눈에 띄게 달라지시는 것 같아."

"나 혼자 생각해 봤는데 상량식 날 대감마님을 꼭 모시고 오면 좋겠어. 학교를 짓는 걸 보시면 무척 좋아하실 거야."

"응, 그렇게 할게. 형, 정말 고마워."

덕배는 윤재에게 다시 말했다.

"지금이 4월 말인데 5월 13일 전에 다 지을 수 있을까?"

"5월 13일? 왜?"

"왜긴? 생각해 봐. 그날이 우리가 이 땅에 첫발을 디딘 날이 잖아."

"정말 그러네. 정말. 5월 13일!"

윤재가 고개를 끄덕이며 지난 일을 아련하게 더듬는 것 같았다.

"야, 윤재 너 그때 생각하고 또 형한테 심술 피우면 내가 가만두지 않을 거야."

봉삼이가 윤재에게 짓궂게 말했다.

윤재는 봉삼이의 말을 듣고 눈가가 젖어 들었다.

"야, 뭐야? 농담했는데 왜 심각하게 그러냐?"

윤재가 눈물을 닦으며 말했다.

"미안해. 누나 생각이 나서 그랬어. 이제 강해져야지. 미안
해."

덕배도 윤재의 어깨를 감싸며 말했다.

"그래, 이제 우리가 강해져야 해."

며칠 후 드디어 대들보를 올리는 상량식을 하는 날이었다.
감초약방도 문을 닫고 옥당대감도 모셨다. 메리다 한인회 회장
도 초대했다.

"야, 대들보에 쓴 윤재의 글씨 참 명필이다. 이럴 줄 알았으
면 글공부 좀 열심히 해서 나도 한 글자라도 쓸 걸 그랬어."

봉삼이가 대들보에 윤재가 쓴 글씨를 보며 부러운 듯 말했
다. 덕배는 학교 건물의 중심이 되는 대들보를 보며 아버지를
생각했다.

"자, 절은 덕배, 윤재, 그리고 봉삼이가 대표로 하라우. 이 학
교는 이제 너희가 주인이 되어서 운영하는 거임메."

덕배 아버지가 덕배와 윤재, 봉삼이를 앞으로 불렀다. 덕배
는 절을 하는 순간 가슴이 울컥했다. 윤재와 봉삼이도 감격한
나머지 얼굴이 상기되었다.

"자, 아이들이 다음 세상의 주인이야요. 우린 뒤에서 힘껏
밀어 주기만 하면 되겠지비?"

덕배 아버지의 목소리도 감격에 겨워 목이 메는 바람에 처

음엔 우렁찼던 목소리가 나중엔 점점 작아졌다. 옥당대감의 눈에도 이슬 같은 눈물이 비쳤다.

덕배는 5월 13일에 학교가 문을 열 수 있도록 더 열심히 일했다. 며칠 후에는 사방의 벽이 완성되었다. 인부들이 지붕을 얹는 동안 덕배와 봉삼이는 칠판과 백묵을 사 왔다. 책상과 걸상은 나중에 마련하기로 했다. 칠판을 걸던 날은 모두 감격에 겨워 서로를 얼싸안았다. 옥당대감도 혼자 걸을 수 있을 만큼 회복되었다.

5월 13일 아침은 꿈을 품고 묵서가에 첫발을 디디던 날만큼이나 설레었다. 미주 한인회에서도 축하하기 위해 사람을 보낸다는 기별이 왔다며 메리다 한인회도 무척 기뻐했다. 덕배는 밤을 꼴딱 새웠다. 덕배 아버지의 얼굴이 어느 때보다도 환했다. 조선 사람들은 고이 아껴 두었던 한복을 꺼내 입었다. 감초약방도 문을 닫고 모두들 새로 지은 학교로 다 모였다.

아이들이 먼저 와 있었다. 한인회에서 태극기를 가져와 국기 게양대에 달려고 기다리고 있었다. 덕배는 태극기를 보자마자 눈시울이 뜨거워졌다. 태극기가 하늘로 올라가자 사람들이 모두 약속이라도 한 듯 박수를 쳤다. 덕배도, 윤재도, 봉삼이도 모두 바람에 나부끼는 태극기처럼 하늘을 나는 기분이었다.

"아버지, 이건 아버지가 달아 주세요."

덕배가 기다란 판자를 아버지 앞으로 내밀었다.

"내 혼자 하란 말이네? 아니다. 자, 모두 이리 오라요. 감초 자네도 이리, 그리고 너희들도 이 앞으로 오라우."

덕배 아버지가 사람들을 불러냈다. 모두 거칠고 억센 손으로 나무판자를 들고 보물을 다루듯 벽에 걸었다.

〈메리다 조선인 학교〉

어저귀 가시에 찢기고, 못이 박인 억센 손들, 그 손들의 힘줄들이 거친 산맥처럼 불거졌다. 모여 있던 사람들이 "와아!" 하고 박수를 치며 환호했다.

덕배는 소녀의 무덤을 바라보았다. 물기 어린 덕배의 눈앞에 소녀가 살포시 웃고 있었다.

"윤재야, 네가 대표로 인사해라."

덕배가 윤재를 재촉했다.

"아니야, 형. 형이 해야지. 이건 형이 세운 학교야."

윤재의 목소리도 감격에 겨워 우렁우렁했다.

"선생님이 해야지. 난 선생님이 아니잖아."

"무슨 소리야? 형! 형이랑 윤재 둘 다 선생님이야."

봉삼이가 덕배에게 말했다. 그 말에 감초 아저씨가 나섰다.

에네껜 아이들

"덕배 아버지가 소원을 이루셨으니 한마디 하셔야제라. 성님 소원이 덕배 공부시키는 일 아니었소?"

순간 덕배 아버지의 눈가가 젖어 들었다. 덕배는 아버지의 눈물을 처음 보았다. 소녀를 묻을 때도, 감초댁 장례 때도, 소녀의 유골을 옮길 때도, 모두 눈물을 보였어도 아버지는 덕배 앞에서 눈물을 보이지 않았다. 그런 아버지가 처음으로 눈가가 젖어 들고 있었다. 윤재가 덕배의 손을 앞으로 잡아끌며 눈으로 재촉했다. 덕배는 앞으로 나가 떨리는 목소리로 말했다.

"여러분, 고맙습니다. 제가 세상에서 가장 존경하는 우리 아버지를 모시겠습니다. 아버지, 이리 나오세요."

덕배 아버지가 손사래를 치며 절뚝절뚝 더 뒤로 물러섰다. 덕배 아버지는 한쪽 다리를 절게 만든 이 땅에 학교를 세웠다.

"성님, 빨리 나가서 한 말씀 하시랑게요."

감초 아저씨가 덕배 아버지의 등을 앞으로 밀었다. 덕배 아버지가 다리를 절며 천천히 앞으로 나갔다.

"오늘은 내가 세상에 태어나서리 가장 기쁜 날임메. 이 학교는 우리 조선 사람들의 학교임메. 내는 조선을 떠나오면서리 다시는 조선으로 돌아가지 않을 작정이었슴메. 양반들도 보기 싫고 천한 백성으로 사는 게 싫어서리 나는 덕배를 데리고 미합중국으로 가서리 덕배에게 새 세상을 열어 주려고 했습네다. 하지마는 이제 세상이 달라졌습메. 앞으로 우리 덕배가 살아갈 세상은 양반도, 상놈도, 백정도, 거지도 없고, 차별 없이 모두 사람답게 더불어 사는 세상이 될 것임메. 자, 이제 이 학교의 교장 선생님을 모셔야디요. 옥당대감마님이 이만큼이라도 회복되어 정말로 다행입네다."

덕배 아버지의 말에 모두 자리에서 일어나 박수를 쳤다. 윤재가 벌떡 일어나 덕배 아버지에게 머리를 숙였다.

"아저씨, 고맙습니다. 정말 고맙습니다."

"고맙긴 뭐이가 고맙네? 대감마님은 원래 훈장님 노릇을 하려고 오신 거 아니네? 훈장보다야 교장이 백배 낫디. 안 그렇습네까?"

덕배 아버지의 말에 모두들 와하하 웃었다.

윤재가 울먹이며 옥당대감을 부축하고 앞으로 나갔다.

옥당대감은 간신히 걷기는 했지만 아직은 말이 어눌했다. 옥당대감이 앞에 나가자 더 큰 박수가 터져 나왔다. 옥당대감의 눈가에 이슬이 맺혔다.

"윤재야, 대감마님 대신에 네가 인사해. 대감마님도 그러길 바라실 거야."

덕배의 말에 윤재가 천천히 고개를 숙여 진심 어린 감사 인사를 했다.

　　　　　　　　　　　　　　　　에네껜 아이들

"모두 고맙습니다. 저는 이 땅에 와서 다시 태어났습니다. 우리는 이제 돌아갈 조국도 없습니다. 이곳에 사는 한 언제나 이방인일 뿐입니다. 이 땅에 사는 사람들과 얼굴도 다르고, 말도 다르고, 글도 다릅니다. 하지만 앞으로 이 학교를 통해서 우리는 모두 하나가 되어 더불어 살아가는 지혜와 지식을 배울 것입니다. 저는 글자를 가르치는 일에 최선을 다하겠지만, 더불어 사는 참인간을 가르치는 최고의 선생님은 바로 덕배 아버님이십니다. 제 아버님도 제 마음과 똑같을 거라 믿습니다. 모두 덕배 형 아버지께 감사 인사를 드립시다."

학교에 모인 사람들이 모두 더 크게 박수를 쳤다. 한인회장도 덕배와 윤재 그리고 덕배 아버지에게 감사 인사를 했다.

덕배 아버지가 옥당대감 옆으로 천천히 와서 입을 열었다.

"나 혼자 박수를 받으니 쑥스럽습네다. 우리 모두 한 일이지요. 자, 옥당대감님이 빨리 회복하셔서리 교장 선생님 자리를 꼭 맡아 달라는 뜻으로 다시 한 번 큰 박수를 쳐 드립시다래."

사람들이 모두 일어서서 교실이 떠나갈 듯 오래오래 박수를 쳤다.

윤재는 박수 소리가 조용해지자 첫 수업에 참석한 학생들의 이름을 부르기 시작했다. 대답하는 아이들의 눈동자가 샛별처럼 반짝거렸다.

귀한 손님

메리다 한인학교가 생긴 후부터 조선 사람들도 희망에 부풀었다. 나라를 빼앗겼지만 학교에서 조선말과 글을 아이들에게 가르치면서 마음속으로는 이미 나라를 되찾은 것처럼 뿌듯했고, 스스로 포기하지 않는 한 언젠가는 빼앗긴 나라를 다시 찾을 수 있다는 신념이 자라나는 세대들에게 가르치려는 의지를 더 끌어올렸다.

메리다와 인근의 한인들이 학교로 모여들기 시작했다. 학교는 점점 학생 수도 늘고 윤재와 봉삼이도 덕배와 함께 선생 노릇을 착실하게 해 나갔다.

"대감마님이 학교에 빨리 가서 애들을 가르치고 싶다고 하셨어라. 희망을 갖고 계시니 회복도 빠른 것 같어라우."

감초 아저씨가 덕배 아버지에게 환한 얼굴로 말했다.

"반가운 일이다. 감초, 자네의 의술도 신통하고 대감마님의 의지가 회복을 빨리 앞당기는 거이다."

덕배 아버지의 칭찬에 감초 아저씨가 고개를 저었다.

"의술이 신통하다기보다 성님이 정성껏 약을 달여서 그런지도 모르지라. 아무튼 참 다행이어라. 약방에 손님도 많아서 좋고. 울 애기 크는 것 보면 밥 안 묵어도 배부르당게요."

복뎅이도 어느새 어린 티를 벗고 어엿한 학생이 되었지만, 감초 아저씨는 복뎅이를 항상 '울 애기'라고 불렀다.

어느 날 메리다 한인회장이 신문을 들고 학교로 왔다.

"이것 좀 보시오. 미국에서 우리 신문을 간행한답니다. 우리한테도 신문이 배달되었어요. 〈신한민보〉입니다. 이제 우리도 이 신문을 통해 곳곳에 흩어져 있는 조선 사람들의 소식을 들을 수 있어요."

〈신한민보〉는 대한인국민회에서 발행하는 신문이라고 했다. 대한인국민회 회장이 안창호 선생이라며 어른들은 모이기만 하면 안창호 선생에 대한 이야기로 시간 가는 줄을 몰랐다.

"안창호 선생은 하늘이 내린 사람이라요. 연설도 잘하고 모르는 게 없는 훌륭한 분이랍니다. 그런 분이 회장을 하고 계시니 곧 우리나라도 되찾을 방법이 있을 거요."

비록 나라는 일본에 빼앗겼지만 조선 사람들은 멀리 있어도 안창호 선생처럼 훌륭한 분이 있어서 하나로 뭉치고 있다며 좋아했다.

메리다 한인학교의 학생 수도 해마다 늘어났고, 옥당대감은 이제 부축을 받지 않아도 날마다 학교에 나가 아이들을 가르칠 수 있을 정도로 점점 예전의 건강을 되찾기 시작했다.

〈신한민보〉가 생긴 지 두 해가 지난 어느 날이었다. 메리다 한인회장이 〈신한민보〉를 들고 급히 학교로 찾아왔다.

"이것 좀 보세요. 안창호 선생이 여기로 오신답니다. 우리를 찾아오신대요."

안창호 선생이 메리다 한인회를 방문한다는 소식에 모든 한인들은 마음이 들떴다. 덕배도 하루빨리 안창호 선생을 만나 보고 싶었다. 덕배 아버지도 덕배에게 말했다.

"이번에 안창호 선생이 오시면 덕배 너도 미국으로 가는 거를 생각해 보라우. 이제 여기는 안정이 되었으니까니 너도 새 세상에 가서리 장가도 가고. 사람은 모름지기 큰물에서 살면서 큰 꿈을 이루어야 하는 기다. 잘 생각해 보라우."

덕배는 장가를 가야 한다는 아버지의 말이 남의 말처럼 들렸다. 덕배의 가슴속에는 항상 애기씨가 살고 있었다. 아버지는 예전부터 품어 온 꿈을 아직 포기하지 않았다는 것도 새삼스럽게 알게 되었다. 하지만 윤재와 봉삼이와 헤어져 떠나야 한다는 게 선뜻 내키지 않았다.

드디어 1917년 10월에 안창호 선생이 메리다에 도착했다. 한인들은 마치 부모님을 만난 듯 감격스러워 했다. 덕배는 안창호 선생을 보자마자 가슴이 뛰었다. 짙은 눈썹 아래 형형한 눈빛과 온화한 것 같으면서도 엄숙함이 흐르는 인상에다 가지런한 수염에서도 고매한 인격이 느껴졌다.

안창호 선생은 여장을 풀고 며칠 후 메리다 한인학교에서 강연을 했다.

"여러분! 여러분들은 억울하게 이 땅에 왔습니다. 우리 대한이 힘이 없어서 여러분들이 이 머나먼 땅에서 이 고생을 하게 되었습니다."

안창호 선생의 강연이 시작되자마자 어른들 몇몇이 흐느끼기 시작했다.

"여러분! 울지 마십시오. 우리는 빼앗긴 우리 대한을 되찾아야 합니다. 원래 약한 나라였던 일본은 무려 38년간이나 전쟁을 준비했고 마침내 러시아를 이겼습니다. 우리도 우리의 힘을 길러야 합니다. 대한 땅에서 일본을 몰아내고 우리가 돌아가서 주인 노릇을 해야 합니다. 그러기 위해서 우리는 첫째로 힘을 길러서 일본과 싸워 이겨야 합니다."

덕배는 두 주먹을 불끈 쥐었다. 흐느끼던 어른들도 고개를 끄덕였다.

"둘째, 우리의 힘이 약해서 일본을 이길 수 없을지도 모릅니다. 그러나 일본이 또 강대국과 충돌할 때가 있을 것입니다. 바

에네껜 아이들

로 그때 우리가 준비하고 있다가 그 기회를 놓치지 말고 일본과 전쟁을 해야 합니다. 그러기 위해서는 어떤 준비가 필요하겠습니까?"

안창호 선생이 호령하듯 한인들을 둘러보며 물었다. 모두 숨을 죽이며 안창호 선생의 다음 말을 기다렸다.

"셋째, 힘 있는 인재를 키워야 합니다. 더 많이 배워서 지식을 키우고, 더 열심히 일해야 합니다. 나라가 부강하려면 개개인이 부강해야 합니다. 여러분들을 이 땅에 팔아먹은 일본인처럼 되어서는 안 되고 정직을 바탕으로 여러분 개개인이 지식과 인격과 경제적인 능력까지 갖춰서 힘 있는 국민이 되어야 합니다. 그렇게 되기 위해서는 훈련을 해야 합니다. 배우는 훈련, 인격을 쌓는 훈련, 혼자가 아니라 여러 사람이 단결하는 훈련을 해야 합니다."

덕배는 안창호 선생을 만난 후부터 가슴이 뜨거워졌다. 안창호 선생은 메리다에 머무는 동안 한인들과 함께 일하면서 계속 강연을 했다. 안창호 선생의 메리다 방문은 마치 부모를 잃은 고아 신세 같던 메리다의 한인들에게 빼앗긴 나라를 찾을 수 있다는 희망을 심어 주었다. 멕시코 한인들은 안창호 선생을 위대한 스승이라고 불렀다.

안창호 선생은 메리다에서 약 8개월을 머물며 한인들을 위해 여기저기 강연을 다녔다. 곳곳에 퍼져 있는 한인들은 안창호 선생을 경쟁하듯 모셔다 강연을 청해 들었다.

드디어 안창호 선생이 미국으로 돌아가는 날이었다. 한인들은 의지하던 지도자를 떠나보내는 것을 무척이나 서운해 했다. 안창호 선생은 떠나면서 청년들을 미국 캘리포니아로 이주시켜 미래의 인재로 키우겠다며 기다리고 있으라고 말했다.

덕배는 안창호 선생의 말씀대로 미국으로 가고 싶었다. 미국 캘리포니아에 갈 수만 있다면 안창호 선생이 말한 대로 더 공부해서 나라의 큰 일꾼이 되고 싶었다. 덕배 아버지가 덕배보다 더 소식을 기다렸다.

"아버지, 아버지 말씀이 맞아요. 사실 안창호 선생을 뵙기 전에는 미국으로 갈 생각이 없었어요. 윤재와 헤어지기도 싫고 또 낯선 땅에 가는 게 두렵기도 했어요. 그런데 안창호 선생의 강연을 듣고 마음이 달라졌어요. 아버지와 함께 새로운 땅에 가서 안창호 선생처럼 훌륭한 사람이 되고 싶어요."

덕배 아버지는 기다렸다는 듯 기쁘게 말했다.

"암, 그래야디. 그래야 하고말고."

덕배는 날마다 편지를 기다렸지만 몇 달이 지나도록 아무 소식이 없었다. 몇 달 후에 안타까운 소식이 전해졌다. 바로 대한제국의 황제가 갑자기 돌아가셨다는 비보였다. 황제가 저녁

　　　　　　　　　　　　　　에네껜 아이들

식사를 마친 후 식혜를 마셨는데 갑자기 돌아가셨다고 했다. 일본이 궁녀를 매수해 독을 탄 식혜를 황제에게 주었다는 소문이 파다했다. 메리다 한인학교에도 고종 황제의 분향소를 차렸고 한인들도 국상을 당한 백성의 의무를 다했다. 옥당대감은 며칠 동안 말이 없었다. 감초 아저씨는 옥당대감이 또 전처럼 충격을 받을까 봐 노심초사했다.

안창호 선생도 소식이 없었다. 덕배는 누구보다 더 안창호 선생의 소식을 애타게 기다렸다. 한 달이 조금 지났을 때 조국에서 만세운동이 일어났다는 소식이 들렸다. 고종 황제의 장례일에 맞춰 3월 초하루에 온 겨레가 태극기를 들고 대한 독립 만세를 외쳤다고 했다. 미국, 러시아의 대한인국민회 단체에서도 만세운동을 벌였다고 했다. 메리다 한인학교에서도 모두 태극기를 들고 대한 독립을 외쳤다.

3·1운동에 이어 중국 상하이에 임시정부가 생겼다고 했다. 안창호 선생이 내무총장을 맡았다고 했다. 덕배처럼 메리다에서 안창호 선생의 소식을 애타게 기다리던 사람들은 그제야 안창호 선생한테 왜 소식이 없었는지 이해하게 되었다.

"이렇게 급박한 일이 일어나서 안창호 선생이 우리를 캘리포니아로 부르는 일을 할 수 없었던 거로군. 우리도 안창호 선생이 계시는 임시정부를 무조건 도와야 하오. 그렇게 하는 것이 위대한 스승 안창호 선생의 뜻에 따르는 일이오."

　메리다 한인회가 중심이 되어 한인들도 너 나 할 것 없이 임시정부에 성금을 내야 한다며 임금을 받으면 무조건 일부를 떼어 독립자금을 모았다. 덕배가 애타게 기다리던 캘리포니아 이주 계획은 포기해야 할 것 같았다.

새로운 땅 쿠바

그 무렵 제1차 세계대전이 끝나고 사탕수수 값이 폭락해서 멕시코에 있는 사탕수수 농장도 문을 닫는 곳들이 많았다. 자연히 한인들의 일자리도 줄어들었다. 어느 날 이씨라는 사람이 쿠바에 있는 사탕수수 농장과 계약을 맺었다며 쿠바에 가서 일할 사람들을 모집한다는 소문이 돌았다. 덕배는 캘리포니아로 가려던 희망이 사라져서 우울하던 차에 쿠바에 일자리가 있다는 소식이 반가웠다.

"아버지, 오늘 소문을 들었어요. 어떤 이민업자가 쿠바에 가면 일자리가 많다고 그곳으로 가는 사람들을 모집한대요. 쿠바는 미국이 다스리던 나라라고 해요. 그러니까 나중에 기회를 봐서 미국으로 가는 길도 쉬울 것 같아요."

"그래? 일자리가 있다면 일단 일을 해야 먹고살 수 있으니까 언제 떠나는지 자세히 알아보고 우리도 갈 준비를 하자우."

덕배가 새로운 곳으로 떠난다는 소식에 윤재가 깜짝 놀라 물었다.

"형, 여길 떠나려고?"

"일단 쿠바로 가서 일을 하다가 기회가 오면 미국으로 가야지. 지금은 그 방법밖에 없어. 게다가 우선 일자리가 없잖아. 또 하나 쿠바는 미국과 아주 가깝대. 더구나 몇 년 전까지 미국 군대가 있었대. 그러니까 미국으로 갈 길이 분명 있을 거야."

윤재가 한숨을 푹 내쉬며 말했다.

"형 없으면 이제 난 어떻게 하지?"

"어떻게 하긴? 메리다 한인학교는 메리다에 있는 한인 모두의 학교야. 대감마님도 이제 회복하셨으니 윤재 네가 대감마님과 함께 지금처럼 이끌어 나가면 돼. 윤재야, 난 더 큰 세상으로 나가고 싶어. 아버지도 그걸 원하시고."

덕배가 간다니까 봉삼이는 무조건 덕배와 함께 간다고 했다.

쿠바는 메리다와 기후가 거의 같다고 했다. 쿠바로 가는 배는 다른 곳에서 승객을 태우고 며칠 후에 프로그레소 항구에 도착한다고 했다. 덕배는 마지막이라는 마음으로 윤재 누나의 무덤을 찾아갔다. 감초댁 옆에 나란히 묻혀 있는 무덤에 차례로 작별 인사를 했다.

"애기씨, 윤재가 잘해 나갈 거예요. 애기씨가 말했던 꿈을 찾아 떠납니다. 편히 계세요."

덕배는 그동안 많은 시간이 흐른 때문인지 의외로 마음이 차분했다. 그래도 골무는 항상 품속에 지니고 싶어 그대로 간직했다.

드디어 1921년 3월 21일, 프로그레소 항구에 쿠바로 가는 배가 도착했다. 모두 두 척이었다. 베라크루스 항구에서 많은 사람들을 태우고 온 그 배의 이름은 따마울리빠스라고 했다. 쿠바로 가는 한인들은 모두 288명이라 했다. 한인들은 따마울리빠스에 오르면서 푸념을 쏟아냈다.

"이 배가 조선으로 돌아가는 배라면 얼마나 좋겠소? 가고 싶어도 갈 수 없는 남의 나라가 되었으니 참으로 기가 막히오. 이제 황제 폐하까지 일본 놈들의 손에 돌아가셨으니 언제나 그리운 내 나라로 돌아갈 수 있을지……"

프로그레소 항구에서 쿠바로 가는 배에 오른 사람들은 모두 한마음이었다. 바다는 에메랄드빛으로 너무나 아름다웠다.

1921년 3월 25일에 쿠바의 마나티 항구에 도착했다. 하지만 보름이 넘도록 쿠바에서는 상륙을 허가하지 않았다.

한인들은 일자리를 주선한 이씨라는 사람의 말만 믿고 왔는데, 한인들의 여권에 일본인이라고 되어 있어서 쿠바에서는 일본인들로 입국을 시킨다고 했다.

"우리는 일본인이 아닙니다. 우리는 꼬레아노(한국인)예요. 우리는 일본인으로 상륙하지 않겠습니다."

꼬레아노라고 아무리 주장해도 정식 이민이 아니라는 이유로 상륙을 하려면 특별 검사를 받아야 한다고 했다. 일본 국적으로 된 여권 외에 안창호 선생이 회장으로 있는 대한인국민회 회원증을 내보였으나 이 증서도 여행 증서가 아니라서 입국이 거부되었다. 결국 한인들은 쿠바 아바나 근처의 마틸섬 나사레 지방의 이민병원에서 검사를 받아야 했다.

덕배 아버지는 일자리를 알선한 이씨에게 항의했지만, 이씨는 한인들의 항의에 이유를 달았다.

"내가 거짓말을 하는 게 아니오. 메리다 주재 쿠바 영사가 이민국 업무를 다 해 준다 했소. 우리가 쿠바에 도착하면 이미 서류가 미리 가 있을 거라 했는데 그 서류가 아직 오지 않아서 그러니 나도 난감하오."

그러나 시간이 가도 메리다 소재 쿠바 영사관에서 쿠바 이민국으로 와야 할 한인들의 이민 서류는 오지 않았다.

한인들은 일자리를 주선한 이씨가 거짓으로 계약했다는 걸 알고 한인공동회를 조직해서 스스로 일자리를 찾을 방법을 의논하기 시작했다. 쿠바의 사탕수수 농장에서 일꾼을 구한다는 것은 새빨간 거짓말이었다. 세계적인 설탕 값의 폭락으로 쿠바에 있는 사탕수수 농장들도 다시 에네껜 농장으로 탈바

에네껜 아이들

꿈하고 있었다. 사탕수수 농장인 줄 알고 속아서 온 한인들은 울며 겨자 먹기로 다시 쿠바의 에네껜 농장에서 일해야 했다.

한인들은 다시 에네껜 농장이 있는 곳으로 흩어졌다. 덕배와 봉삼이가 간 곳은 마탄사스라는 곳이었다. 쿠바의 에네껜 농장에서 한 일은 멕시코의 농장에서 하던 일과 같았지만 처음에 멕시코에 팔려 왔을 때처럼 힘이 들지는 않았고 이력이 붙은 일이라 처음보다는 훨씬 쉬웠다.

덕배는 미국으로 갈 수 있다는 희망을 품고 왔지만 우선 일을 해야 먹고살 수 있었기 때문에 다른 생각을 할 겨를도 없었다.

쿠바에 온 한인들도 어려울 때일수록 하루빨리 나라를 되찾아야 한다는 생각에는 변함이 없었다. 낮에는 땀에 젖어 에네껜 농장의 일꾼으로 일했지만, 밤에는 모두 애국자가 되었다. 덕배는 아버지에게 말했다.

"아버지, 우리도 한인회를 만들어 조국의 독립을 도와야 해요. 〈신한민보〉를 보니 해외에 나와 있는 사람들도 모두 돈을 모아서 독립자금을 낸다고 해요. 멕시코에서 했던 것처럼 우리도 쿠바 한인회를 조직해야겠어요."

"이제 내는 늙었다. 덕배 니가 앞장서서 안창호 선생의 가르침대로 훌륭한 청년이 되어 한인회도 조직하고 나라에 이바지

해야디."

덕배 아버지는 이제 모든 것을 덕배에게 맡긴다며 덕배의 등을 두드려 주었다. 덕배는 어느새 등이 굽고 머리가 하얗게 센 아버지의 모습에 가슴이 아렸다.

덕배는 함께 온 청년들과 함께 쿠바 마탄사스에서 대한인국민회 로스앤젤레스 쿠바 지회를 설립하였다. 마탄사스뿐만 아니라 아바나와 카르데나스에도 지회를 만들었다.

"우리도 무조건 독립자금을 모아야 하오. 쌀 한 톨이라도 모아서 나라를 찾는 일에 우리도 한몫해야 한다는 걸 기본으로 삼고 모두 독립자금을 모읍시다."

쿠바 한인회장의 말에 토를 다는 사람이 한 사람도 없었다.

한인들은 어느 땅에 가든 그 무엇보다 후세를 교육하는 데 열의를 보였다. 덕배를 비롯한 청년들이 주축이 되어 쿠바에서도 학교를 세우기로 하고 한인회장에게 의견을 말했다.

한인회장도 덕배의 의견에 적극 찬성했다.

"나도 하루빨리 그 일을 시작하려고 했는데, 우리 함께 학교를 세우기로 하지."

덕배는 메리다 한인학교를 직접 세운 것이나 마찬가지였기에 봉삼이와 함께 학교를 세우는 일에 앞장섰다. 모두의 노력으로 드디어 쿠바에 도착한 지 1년 후 민성국어학교를 세울 수 있었다. 바로 다음 해에는 카르데나스에 사는 한인들이 진성학교를 세웠다. 메리다 한인학교처럼 규모가 크지는 않았지만 일단 아이들에게 우리말과 우리글을 가르치는 곳이 두 곳이나 생긴 게 너무나 기뻤다. 무슨 일이든 처음이 어렵지 두 번째 하는 일이라 훨씬 짧은 기간에 할 수 있었다. 덕배는 안창호 선생이 주장하던 나라를 되찾으려면 인재를 키워야 한다는 말을 아이들에게 들려주며 윤재 누나가 말했던 꿈과 희망을 포기하지 말라고 가르쳤다. 그 후 쿠바에서도 상해임시정부로 독립자금을 보내며 모두 한마음이 되어 나라를 되찾는 일에 함께했다.

어느 날 덕배가 학교에서 아이들을 가르치고 집에 돌아가니 덕배 아버지가 유난히 덕배를 반겼다.

"덕배야, 저기 저 달이 오늘따라 무척이나 밝구나. 조선 땅에서도 저 달이 보이갔디?"

"아버지, 밤이슬을 맞으면 몸에 나빠요. 어서 안으로 들어가세요."

"아니야. 오늘은 덕배 너와 저 달을 보면서 약조할 일이 하나 있다."

덕배는 무슨 일인가 싶어 바짝 긴장이 되었다.

"덕배야, 너도 이제 장가를 가야디. 조선에 있었다면 벌써 장가를 가서 아이도 생겼을 게다. 나도 손자를 안아 보고 죽어야디. 내래 천대받는 삶이 싫어서리 어린 너를 데리고 새로운 삶을 살아 보겠다고 머나먼 땅으로 왔지비. 그런데 요즈음엔 밤마다 제물포가 그립고 애오개가 너무 그립구나. 내래 살아생전에 조국 땅을 다시 밟아 볼 수 있을지 모르갔다. 덕배니가 어서 장가를 가야 함메. 그래야 내래 눈을 편히 감을 수 있디 않갔네?"

덕배는 많이 약해진 아버지 모습을 보는 게 안타까웠다. 아버지가 조심스럽게 덕배 앞에 사진을 내밀었다. 덕배는 아버지가 주는 사진을 받았다. 그러나 아버지 앞에서 사진을 보기가 민망했고 또 달빛이라 잘 보이지도 않을 것 같아 무조건 대답했다.

"알았어요, 아버지. 아버지 뜻대로 할게요."

덕배는 아버지가 시키는 대로 하겠다고 말은 하면서도 손은 어느새 안주머니에 있는 골무를 만지작거리고 있었다.

"사진을 보니 아주 건강하고 참하게 생겼더라."

아버지가 흐뭇하게 말했다. 덕배는 이제 아버지의 세대가 저물고 자신에게 새로운 시대가 다가오고 있다는 생각이 들었다. 메리다에서 용기있는 삶을 실천한 아버지처럼 앞으로 쿠바에서 덕배도 아버지가 했던 역할을 해야 한다는 생각이 들었다.

"아버지, 어서 방으로 들어가요."

덕배는 아버지의 팔짱을 끼고 부축했다. 어느덧 아버지의 몸이 덕배 쪽으로 기우는 것을 느낄 수 있었다. 환한 달빛이 아버지와 아들의 발길을 비춰 주었다.

메리다 조선인 학교와 쿠바의 민성국어학교, 진성학교에서 공부하던 조선 사람들은 멕시코와 쿠바 곳곳에 잠들어 있고, 그들의 후손은 멕시코와 쿠바와 중남미 곳곳에 퍼져 현재 멕시코에는 약 4만여 명이 넘는다. 메리다에 약 1,600여 명의 후손이 살고 있고 메리다 근처 깜뻬체에 495명이 살고 있다. 쿠바에는 1,000여 명의 후손이 살고 있으나 이제는 오랜 시간이 흘러 이들 중 순혈은 별로 없다.

에네껜 농장도 1970년대 마닐라 합성섬유의 등장으로 이제 역사 속으로 사라졌다. 현재 메리다 근처에 있는 '소뚜다 떼 뻬온' 에네껜 농장은 관광객을 위해 남겨진 곳으로, 에네껜에서 뽑은 섬유는 공예품으로 만들어져 관광상품으로 판매되고 있다.

현재 메리다 한글학교와 깜뻬체시 한글학교가 정식 인가를 받아 운영되고 있고 멕시코시티를 비롯한 여러 도시에도 한글학교들이 있어서 한인 후손과 멕시코인들에게 한글을 가르치고 있다.

세 소년과의 만남

잊힌 역사 속에서 가상의 인물들을 만날 때가 있다. 그 인물들은 자기 이야기를 대신 해 줄 사람을 몹시 기다렸다는 듯, 어느 날 문득 내 안에 들어와 오래전에 만난 사이처럼 서슴없이 이야기보따리를 풀어놓는다. 어떤 때는 세월이 흘러 사람은 죽어도, 그 정신이나 생각은 남아 우주를 떠돌다 나와 접속이 되는 건 아닌가 하는 생각마저 들기도 한다.

에네껜 아이들

2005년, 멕시코 한인 이주 100주년을 맞을 즈음에, 한인 디아스포라(팔레스타인을 떠나 온 세계에 흩어져 사는 유대인을 이르던 말로, 고국을 떠나 다른 나라에 정착한 이들을 가리키기도 함)에 대한 르포 기사들이 신문과 방송에 연일 보도되었다. 가까이는 남과 북에 떨어져 사는 이산가족의 아픔을 비롯하여, 구소련이 붕괴되면서 국적을 잃고 떠도는 고려인 카레이스키의 딱한 사연까지, 나약했던 조국을 둔 탓에 후손들까지 불행한 삶을 감내해야 하는 아픔을 언젠가는 꼭 글로 그리고 싶었다.

첫 번째로 관심을 갖게 된 한인 디아스포라가 멕시코 이민자들의 후예들이었다.

1905년, 멕시코로 떠난 이민자들은 1,033명이다. 그러나 이들은 불행하게도 자의로 이민을 간 것이 아니라 철저하게 사기를 당해 고국을 떠난 이들이었다. 어처구니없게도 독일계 영국인 마이어스(Myers)와 일본인 다시노 가니찌가 맺은 사기 계약에 희생된 사람들이었다.

마이어스와 가니찌는 비밀계약을 맺고 이민자들이 장밋빛 환상을 갖도록 이민자 모집 과정에서부터 일간지에 대대적으로 거짓 선전을 했다.

이를 사실로 믿고 계약서에 서명한 사람들은 대부분 모국어조차 글로 쓰지 못하는 문맹이었기에 계약서에 무엇이 적혀 있는지도 알지 못했다.

당시 대한제국 정부는 이들의 사기 음모를 전혀 눈치채지 못한 채 그들을 낯선 땅으로 떠나보냈고, 그들이 돌아오려고 했을 때는 이미 대한제국의 국권이 일본에 넘어간 뒤였다. 그들은 사실상 멕시코에 버려졌고, 그 후 1921년에 그들 중 288명이 쿠바로 이주했다.

멕시코에 도착한 이민자들은 낯선 나라의 환경과 문화에 적응할 시간도 없이 고된 노동에 시달려야 했다.

결국 그들은 순수 이민자들이 아니라 노예로 팔려가서 기민(棄民, 국가로부터 버림받은 국민)이 된 기막힌 디아스포라였다.

그 사실을 알았을 때 내 안에 덕배, 윤재, 봉삼이라는 세 소년이 들어왔다. 세 소년은 서로 앞다투어 낯선 땅에 버려져 암담한 삶을 살면서도 희망의 끈을 놓지 않은 사람들의 이야기를 내게 풀어놓았다.

세 소년과의 만남을 마무리하면서 절망뿐인 환경에서 희망의 씨앗을 심은 많은 조선인 이민자들의 영혼을 오늘의 대한민국으로 불러들여 그들의 고단했던 영혼에 위로를 보내고 싶다. 그리고 현재 우리나라에 들어와 힘겹게 살아가고 있는 외국인 노동자들에게도 심심한 격려와 위로를 보낸다.

2016년에는 이 책 덕분에 '쿠바 아바나 도서전'에 초청을 받아 쿠바에 가서 한인 후손을 만나기도 했다. 2019년에는 '멕시코 국제아동청소년도서전'에 초청되어 메리다와 멕시코시티에서 한인 후손들의 뜨거운 환대를 받았다. 더구나 같은 해 39회를 맞은 '멕시코 국제아동청소년도서전'이 이 책의 주 무대인 메리다에서도 최초로 공동 개최되었고, 나는 이 책을 쓴 작가로 메리다 대회 개막식에 함께했으며 메리다와 멕시코시티에서 인터뷰도 진행했다.

메리다에서 내가 만난 한인 후손들은 대한민국을 모국으로 두었다는 자긍심이 대단히 높았다. 도서전 행사가 열리는 기간 내내 날마다 찾아와 강의실을 메워 주었고 에네껜 섬유로 만든 기념품을 선물로 주기도 했다. 메리다 한인회에서는 강의에 감사하다는 감사장과 꽃다발도 안겨 주었다.

2009년에 초판을 펴낸 이 책을 10년 계약이 만료되어 꼼

꼼한 수정을 거쳐 새로 펴내게 되었다. 이번 개정판을 내면서 1921년 멕시코 메리다에서 쿠바로 간 한인들의 이야기까지 다루었다. 1905년 사기이민으로 제물포를 떠난 사람들 중에 288명이 1921년 메리다에서 쿠바로 재이주했기에 에네껜 이민사는 멕시코와 쿠바를 함께 아울러야 완성된다는 생각에, 이야기를 덧붙였다. 개정판을 내면서 메리다에서 나를 뜨겁게 환영해 주었던 메리다 한인회의 여러 후손들께 감사를 드린다.

특히 하루 종일 시간을 내서 에네껜 농장 소뚜다 떼 뻬온 (Sotuda De Peon)과 마야 유적인 치첸잇사(chicén izá), 이낄 세노떼(Cenote De Ik Kil) 등 관광지를 안내해 준 Juan Durán Cong 님과 그의 아들 Juánki Durán 님, 에네껜 섬유로 만든 예쁜 가방과 모자를 선물한 Yesvi Pech Lee 님, 감사장과 꽃다발로 환영해 주신 메리다 한인회 Ulises Park Lee 회장님, 이이르빙 님, 메리다 한인이민사박물관 Dolores Garcia 관장님, Hose Emilio Corona H 님, Kyung Hwa Lee 선생님 부부와 통역을 맡았던 통역 겸 피아니스트 신현준 님, 그 외 이름을 몰라 언급할 수 없는 많은 한인 후손들께 진심으로 감사를 드린다.

멕시코시티 유현수 한인회 회장님과 주멕시코 대사님, 한국문화원 송혜미 님께도 감사드리며 특별히 개정판을 쓸 때 도

에네껜 아이들

움을 주신 오성제 목사님과 그레이스 리님께도 감사를 드린다.

2021년으로 쿠바 한인 이민 100주년을 맞았다. 머나먼 타국에서 힘겨운 노동과 열악한 환경에 시달리면서도 임시정부에 독립자금을 보내고 희망의 끈을 놓지 않았던 이들의 이야기가 더 많은 이들에게 알려지기를 바라며, 이즈음에도 비슷한 처지에 놓인 사람들에게 이 책이 조금이나마 위로가 되기를 바란다.

2022년 5월 문영숙